U0091206

將軍別鬧 3

文創 風 621

果九 著

目錄

風 文創 621

第五十七章　誰連累了誰

蕭景田從海邊回來的時候，天已經快黑了。

麥穗坐在灶前燒火，孟氏忙著炒菜，見兒子回來，忙道：「快洗把手吃飯，趕了大半天的集，肯定累壞了。」

突然，大門「砰」的一聲被人從外面踢開，把麥穗和孟氏嚇了一大跳。

蕭福田和蕭貴田鐵青著臉走進來。

「老三，你到底是怎麼得罪龍霸天的？」蕭貴田沒好氣地問道。

蕭景田見兩人氣急敗壞的樣子，不動聲色地洗完手，起身拿起搭在繩子上的布巾，邊擦手邊問道：「龍霸天對你們怎麼了？」

「他對咱們怎麼了？」蕭福田鐵青著臉道：「咱們被龍叔攆走了！你知道嗎？你只顧自己一時痛快，從來都不考慮別人的感受，老三，你實在是太過分了！」

「景田，你跟龍叔到底是怎麼回事啊？」孟氏見兄弟倆氣急敗壞的樣子，心知事情不妙，忙放下鍋鏟，忐忑不安地上前問道：「怎麼還連累你大哥、二哥？」

麥穗心裡也慌起來。

「大哥、二哥，這件事我三言兩語也說不清楚。」蕭景田無所謂道：「既然你們是因為我而受牽連，那你們的損失由我來承擔就是。」

「你說得倒輕巧，咱們在這村子裡，可是再也抬不起頭來了。」蕭福田越說越生氣，臉紅脖子粗地吼道：「你以為咱們會稀罕你給的那幾個錢？你給咱們一時，能給咱們一輩子嗎？你知不知道得罪龍霸天，就等於別想在村子裡混下去，日後就算出海打魚，要去鎮上賣魚也得看他的臉色討生活……」

「大哥，事已至此，那你想怎麼樣？」蕭景田反問道。他沒想到龍霸天會拿他們出氣，但他覺得自己並沒有做錯什麼。

「我怎麼知道該怎麼辦？」蕭貴田沒好氣地說。「反正事情是你惹下的，你看著辦！」

話音剛落，沈氏和喬氏就哭哭啼啼地走進來。「這日子真的是沒法過了啊……老三，你到底是怎麼得罪了龍叔？以後咱們可怎麼辦哪！」

「媳婦，妳可不能哭啊，得想想肚子裡的孩子。」孟氏忙上前扶住沈氏，蒼白無力地安慰道：「這些事情，妳不要操心，咱們再商量、商量。」

「男人沒了收入，怎能不操心？」喬氏憤憤道：「難道咱們日後喝西北風不成？」

「穗兒，給大嫂、二嫂每人先包二兩銀子。」蕭景田沈著臉道：「你們放心，我會儘快給你們再重新找個差事，保證讓你們賺得比以前還多。」

麥穗心裡雖然不願意，但她總不能違背蕭大叔的意思，只得進屋包了銀子給她們。

兩家人才心安理得地走了。

蕭宗海從田裡回來後，得知此事的來龍去脈，皺眉道：「景田，不是爹說你，這事還是你衝動了。龍霸天那個外甥在千崖島大集上橫行霸道。也不是一天、兩天，整個集市上的人都能忍，你怎麼就忍不了呢？還把人家揍一頓。他要是故意攪亂你們的生意，你們忍一忍，讓他出口氣也就罷了，怎麼跟他硬對著幹呢？如今他吃了啞巴虧，能不生氣嗎？」

「爹，您別說了，我並不覺得我有什麼錯。」蕭景田面無表情道。「有些事不是靠『忍』就能解決的。」

他還就是不怕龍霸天那樣的惡人，明的、暗的儘管一起來好了，他照單全收。

蕭宗海只是嘆氣。

吃完飯，蕭景田和麥穗一前一後地回了屋。

麥穗見蕭景田被他爹和大哥數落一頓，於心不忍，便去給他端水，還伺候他洗漱。

此事若真要說起來，也是因她而起，若她不去千崖島賣那些魚乾和乾蝦，就不會遇到龍霸天的外甥，也就不會有現在這些麻煩事了。

「妳今天是怎麼了？」蕭景田見她忙裡忙外給他端水倒茶，打趣道：「這麼賢慧？」

「哪有，我本來就這麼賢慧好不？是你沒有發現罷了。」麥穗見他的心情似乎沒有受到影響，暗嘆他的內心還真強大，嬌嗔道：「說起來，此事也是由我而起，如今鬧成這樣，該如何是好？」

「我說了，一切有我，妳不必擔心。」蕭景田展顏笑道：「是大哥他們把二兩銀子看得太重而已，若是好好打魚，這點錢也不是不能賺。等明天我就讓大哥跟我一起出海，讓他摸摸路子，以後于掌櫃那邊的魚就讓他去送好了。至於二哥，讓他以後把捕到的魚都給妳送過來，妳想用來曬魚乾就曬魚乾，想做成魚罐頭就做魚罐頭。」

「那你呢？」麥穗一頭霧水。

回來的時候，她見那個趙將軍神色焦急地在岸邊等著，就知道肯定有什麼重要的事要跟蕭景田商量，如今聽蕭景田這麼說，她越發覺得事情不簡單！

「至於我，以後有很長一段時間都不能出海了。」蕭景田笑了笑，伸手攬過她，下巴抵在她鬢間，溫言道：「最近沿海一帶要組建海事衛所，專管海上防禦，我答應趙將軍會出面幫忙，所以就顧不上捕魚了。」

「你這個忙要幫上幾個月啊？」麥穗驚訝道。

「不知道，半年、一年……也許更久。」蕭景田鄭重道：「以後家裡就全靠妳了。」

「不行，我不讓你去。」麥穗埋首在他懷裡，嬌嗔道：「我還是喜歡你出海捕魚，然後得空了就種種地，或是跟我一起去千崖島趕集。你不是說一直很嚮往這樣的日子嗎？」

「傻丫頭，我去總兵府幫忙，也是會常常回來的。」蕭景田抬手撫摸她的鬢間，柔聲道：「妳看海上若是不安寧，咱們也做不成生意，所以這一帶的衛所組建已經迫在眉睫，是非建不可的，我不過是幫著出一些主意罷了。」

「最近海上不是安寧了嗎？怎麼還急著建衛所？」麥穗不解地問。「不是還有總兵府的士兵嗎？」

「上次海戰妳也看到了，總兵府那些士兵壓根兒就沒什麼戰鬥力。」蕭景田凝重道：「出戰的幾乎都是溧陽郡主帶來的人，如今那些人已經走了，若是海上再有戰事怎麼辦？

所以我只得建議他們收編那些海蠻子和一個江湖幫派，那些人長年在海上混跡，要經驗有經驗，要身手有身手，讓他們來守衛這片海，是最合適不過了。」

「可這些再怎麼說都是官府的事。」麥穗雖然知道其中的利害，卻是真的不想讓他插手。她不是聖母，也沒有什麼俠義心腸，她只想過平平淡淡的日子。

「傻丫頭，這是官府的事情不假，可也是我作為一個男人的責任。」蕭景田把她往懷裡攬了攬，低頭吻了吻她的額頭，柔聲道：「咱們這一帶雖然暫時安穩，可別的地方卻鬧得正凶呢！」

「別處的海蠻子都是從哪裡來的？」麥穗好奇地問道。

「他們都是從外地流竄過來的，其中好多都是鄰國鬧戰亂和饑荒，逃亡出來的難民。」蕭景田望著窗外皎潔的月色，肅容道：「前段時間我不是跟于掌櫃去了一趟齊州嗎？齊州南邊的海患最嚴重，漁民們都不敢出海捕魚了，所以咱們這裡也不能鬆懈。」

麥穗沈默不語，她知道自己終究是攔不住他的。

「怎麼？不高興了？」蕭景田摸摸她的臉，笑道：「我不過是去到禹州城而已，隔三差五會回來的。」

「我知道你以前做過大將軍，天生懷有保家衛國的豪情，如今你既然打算幫總兵府組建衛所，我自然是留不住你的。」麥穗伏在他膝頭，幽幽道：「現在我只希望咱們沿海一帶的衛所能儘快組建起來，你也好早點回家，我不要你建功立業，只要你平平安安地回來，和我一起開開心心地過日子。」

「妳真這麼想？」蕭景田扳過她的身子，認真道：「妳不稀罕功名利祿，只想過平淡的日子？」

他之所以歸隱，是因為見慣了沙場的殘酷殺戮和皇家之間的明爭暗鬥，身心疲憊，才想回來過平淡的日子。而她，同樣也想要平凡過日子，恰好與他想到一處去，不得不說，他跟她的確是有緣的。

「我雖然沒有經歷過你以前經歷的事，但有一點我很清楚，那就是如果一個人的功勞太大，往往會引起當權者忌憚，這也是為什麼有些人在功成名就後，毫不猶豫地選擇退隱，而有些人，捨不得那些用命搏來的榮華富貴，最終卻不得不面臨兔死狗烹的命運。」面對他炯炯的目光，麥穗頓覺不好意思，垂眸道：「我覺得只要兩個人在一起，就算日子平淡，那也是甜的，不一定非得去謀求官位和名利才算成功……」

窗外，有道黑影閃過，蕭景田神色一凜。麥穗也看見了，忙住了口。

接著，傳來輕輕的敲門聲。

「我去看看。」蕭景田穿鞋下炕。

外面傳來低低的說話聲。很快地，蕭景田就回了屋，手裡還捏著一封信。

麥穗上前挑了挑燭光，屋裡倏地亮起來。蕭景田對著燭光展開信，看了看，嘴角浮起一絲笑意，搖搖頭，又順手把信放到燭火上燒了。

「誰給你的信？」麥穗好奇地問道。

大半夜的還送信過來，這般神神秘秘，有些像是特務在接頭。

「是我以前的一個舊相識。」蕭景田看著那封信漸漸地燃成灰燼，也不隱瞞麥穗，笑道：「他有個姪子剛剛被派到總兵府當差，咱們白天看到的那個把船拴起來的船隊，就是由他姪子負責指揮的。他說他那個姪子沒什麼經歷，是熱血的性子，他擔心姪子會惹下事端，故而讓我替他多照顧一些。」

「看來你這個故友的姪子，還真是天不怕、地不怕。」麥穗忍俊不禁道：「船上作戰居然敢把船連起來？殊不知這樣做，若是對方使用火攻，抑或是海上起了風浪該怎麼辦？」

「妳也懂這個？」蕭景田很驚訝，沒想到他的這個小娘子竟然還懂得海戰！

「對啊，難道你沒聽說過『火燒赤壁』的典故？」麥穗隨口答道。「如此有名的戰役，史書上就有記載，怕是戲文裡也唱過吧？」

「火燒赤壁？」蕭景田皺眉道：「妳在哪裡看過的？」這個典故，他還真沒聽說過。

「我、我忘記了。」麥穗自知失言，忙道：「反正就是以前在書上看到的，說是因為士兵不熟悉海上作戰，故而用鐵鏈把船拴起來，結果被敵方乘機放了一把火，因而全軍覆沒。今天我見他們也是用繩索拴起來訓練，便想到這個典故。」

「的確是這樣。」蕭景田點頭道：「還有大哥、二哥的事，妳別太在意，不管怎麼說，他們都是因我而受牽連，才會沒了差事，兩人都拖家帶口的也不容易，咱們拿出一點銀子給他們，也不算什麼。再說以後我不常在家，可不希望家裡因為這些事鬧得不得安生。」

「你放心，我沒有想不開，不管怎麼說，他們跟咱們都是一家人，只要不過分，咱們能幫就幫。」麥穗嘆道：「他們有你這樣的好兄弟，應該高興才是。」

蕭景田笑了笑，情不自禁地低頭吻住她。

夜裡，兩人纏綿了一番，才沈沈睡去。

半夜，麥穗醒來，想到睡在她身邊的這個男人要去禹州城，心裡很失落。他若真的當過土匪倒好，人人避之唯恐不及，國家的事也不干他的事。可他偏偏曾經是個大將軍……

元宵節過後的第二天，是狗子成親的日子。

孟氏和麥穗連同蕭芸娘，一大早便趕過去幫忙。

姜孟氏平日裡日子過得拮据，招待起客人來卻很大方。

灶房裡放著好幾個大盆，裡面盛著滿滿的已經醃好的魚和煮好的肉，各色蔬菜也是早就洗得乾乾淨淨，整整齊齊地排在菜板上，給人殷實的感覺。

院子裡放了十張桌子，前來賀喜的人三三兩兩地坐在一起喝茶聊天，很是熱鬧。

新娘子天沒亮就進門，正由蕭芸娘陪著坐在新房炕上。

說起來蕭芸娘還是蘇二丫的長輩，蘇二丫按輩分還得喚她一聲表姨，如今晚輩都已經成親，她這個當姨的，卻還待在閨中，這讓蕭芸娘愈加感到失落。

蘇二丫雖生性爽朗，但見表姨不說話，她作為新娘子，自然也不好意思開口。

一時間，新房裡靜悄悄的，沒有半點聲音。

蘇大姨媽和蘇三也來了。

其實她們作為新娘子的奶奶和姑姑原本不該來，但蘇大姨媽說這親上加親的親事不必講究那麼多，母女倆便大大方方地坐在姜孟氏的炕上，由孟氏陪著她們喝茶。

麥穗則幫著姜孟氏在灶房裡炒菜做飯，兩人忙得不可開交。前天晚上姜孟氏已經把雞和豬頭肉、豬下水什麼的都滷好，只需要再做個魚和炒幾道菜。雖然每桌只上十道菜，但算下來也有一百多道，光盛菜的盤子，姜孟氏就幾乎借遍了大半個村子。

姜孟氏交給麥穗的主要任務是做魚，她說她自己做的魚，魚皮容易沾鍋，一沾鍋魚皮就掉下來，看相十分不好。

「要想魚皮不黏鍋，得等鍋熱了用薑片抹一遍，或直接用油把薑片爆炒一下，之後再把魚放下去煎，就不會沾鍋底了。」麥穗笑道，繫好圍裙站在鍋灶前。

待所有的魚都煎成金黃色，麥穗往鍋裡添了些水，淹過所有的魚，再放上鹽、調好的醬、醋、蔥花、薑，然後蓋上鍋蓋，先用大火燒滾後，再轉小火慢燉。

千滾豆腐萬滾魚，魚燉的時間長一些才好吃。

「還是妳厲害，魚皮果然沒掉。」姜孟氏笑嘻嘻地拍了拍麥穗的肩頭，讚許道：「有句話怎麼說來著，能者多勞，以後家裡有客人，就找妳來做魚。」

「也不用如此麻煩。」麥穗用布巾擦了擦額頭的汗，笑道：「回頭我把做魚的手藝教給妳兒媳婦，讓她幫著做不就得了？」

「那敢情好！」姜孟氏頓時來了興趣道：「回頭我不但讓二丫跟著妳學做魚，而且還要跟著妳做生意，妳看如何？」

「好啊，我一個人還真的忙不過來呢！」麥穗笑了笑。「那就這麼說定了。」

鍋裡嗞嗞冒著熱氣，魚香滿屋。

「表姊倒是找了個好幫手。」蘇三扭著腰肢從門外走進來，掏出手帕，搗了搗鼻子，妖嬈地看著麥穗，心裡依然泛酸。雖然她如願成了袁庭的妾室，但成親後才知道，妾室就是妾室，終究是上不了檯面的，袁庭似乎壓根兒沒想過要把她帶回老家。

兜兜轉轉想了一番，蘇三又鬼使神差地道：「聽景田說，他過幾天要去總兵府當差了。妳放心，我會抽空去看他，好好照顧他的。」

「那就謝謝三表姊了。」麥穗不冷不熱地道。

「我還聽說，景田得罪了龍霸天，龍霸天便為難大表哥和二表哥。妳讓景田不要擔心，我會替你們討回公道的。」蘇三提著裙襬，走到麥穗面前，上下打量她一番，驚覺這個女人比初見時好看許多，身上的衣料也很考究，半點也不像是個農婦的樣子。想到這就是蕭景田的女人，她心裡又恨得牙癢癢，恨不得衝上前去打這個女人兩巴掌。

「這件事已經解決了，無須三表姊操心。」麥穗原本就對蘇三沒什麼好感，如今見她一副惺惺作態的樣子，心裡愈加反感。「表姊過好自己的日子就行，不用管旁人的瑣事。」

「可蕭景田不是旁人，他是我表弟，他的事情，我管定了！」蘇三挑釁地看著麥穗，冷笑道：「怎麼？難道妳不願意？」

麥穗冷笑一聲，不再搭理她。

第五十八章　老相好

蘇三冷哼一聲，扭著腰肢進屋，坐在炕邊生悶氣。

她最看不慣那個麥穗一副趾高氣揚的樣子了，有什麼了不起？以為自己多乾淨，還不是跟人家私奔過，也好意思在她面前神氣！

「怎麼了，三兒？」蘇姨媽見女兒悶悶不樂，疑惑地問道。

「沒什麼，剛才看見景田媳婦，我想起一件事來，不知道該不該跟我姨媽說。」蘇三絞著帕子，故作神秘道：「此事總歸是蕭家的事，但我若說了，要是被景田知道，肯定會責怪我的。」

「哎呀，有什麼事妳就說，姨媽不怪妳。」孟氏急切地問道。

「姨媽，我聽說景田媳婦那個相好的，曾悄悄地跟她買過不少魚乾呢。」蘇三望了望灶房那邊，壓低聲音道：「妳們想啊，她怎麼每次都能賣個精光，而別人的乾貨卻賣不動？」

「我還真的沒往那方面想過。」孟氏臉色一沈道：「她每次出去，都有景田跟著，她不可能做出這種事的。」

「姨媽，這事您可別不信。」蘇三向前傾了傾身子。「景田媳婦那個相好的，現在當了官，身邊帶了個名喚『喬生』的小廝，那小廝以前跟著袁庭在鏢局押過兩次鏢，交情還算不錯。前幾天，喬生說他們家大人買了好多魚乾和乾蝦，賞給他們這些下人，而那賣魚乾的，正是景田和他媳婦，要不然，我怎麼會知道此事呢？還有就是，海戰那幾天，那個吳三郎就駐守在山梁村，聽說還特意去見景田媳婦呢！」

兩人是老相好，又是在那種境遇下見面，乾柴烈火的，還不知道得怎麼恩愛一番呢！

「怪不得老三媳婦每次出去賣貨，都能賺到不少錢，原來是她那個老相好幫的忙。」孟氏喃喃道：「他怎麼敢這樣明目張膽地買他們的貨呢？」這要是換了別人，避嫌還來不及呢，怎麼還敢出手相幫？

「妹妹，妳那個媳婦可不簡單啊！」蘇姨媽冷笑道：「妳想想，妳媳婦當姑娘的時候，就打算跟著那個相好的私奔，如今那個相好的當了大官，妳媳婦能不動心？若說一點想法都沒有，我是不信的。」

「可如今我瞧著她跟景田感情還不錯，怕是兩人早就圓房了的。」孟氏小聲道：「她那個當了大官的相好的，會要一個已經破了身的女人嗎？」

「哎呀，妹妹，這種事可說不準。她跟她那個相好的，都好到要私奔了，妳怎麼知道她嫁進你們家的時候，還是處子之身呢？」蘇姨媽咄咄逼人道：「妳看見落紅的帕子了？」

「這個倒沒有。」孟氏皺眉道：「她剛嫁進來的時候，景田壓根兒不搭理她，兩人還分房睡了這麼長時間，後來還是我跟芸娘把他們撮合到一個屋裡睡的。那個時候，景田對她也是淡淡的，後來兩人才慢慢好起來。但我一個當娘的，總不能盯著他們，看他們什麼時候圓房，還要媳婦的帕子來看吧？」

「那這事可就真說不準了，咱們都是過來人，若是女人有心隱瞞，男人哪會想到要看什麼帕子。」蘇姨媽振振有詞道：「別忘了，女人對自己的第一個男人總是惦念的。」

「姨媽，我娘說得對，景田就是被那個賤人給算計了。」蘇三想到自己一個清清白的大姑娘卻給袁庭當了妾室，而那個賤人失了身卻嫁給她喜歡的男人為妻，便氣得直掉眼淚，忍不住埋怨孟氏。「景田又不是找不到媳婦，姨媽妳幹麼急著讓他娶親？妳娶就娶吧，偏偏還娶了個破了身的女人給景田，景田真是虧大了！」

「哎，說實話，景田剛回來的時候，十里八鄉都說他在外面當了土匪，名聲也不怎麼好。我就想著，只要有願意嫁給咱們景田的，差不多就行。」孟氏嘆道：「別的事情，我還真沒想過。」

「若不是私奔過，若不是被破了身，又怎麼會不顧景田的名聲，義無反顧地嫁進你們家？」蘇姨媽冷笑道：「若當初妳為景田作主，娶了咱們三兒，不就什麼事都沒有了嗎？」

孟氏只是嘆氣。憑良心說，她對景田這個媳婦是很滿意的。這個媳婦，人長得好看不說，而且還很勤快，下田幹活也從來不喊累。如今又是曬魚乾、又是做魚罐頭的，幾乎沒一刻閒著，對他們家的人也不錯。聽說，還是個識字的。

可她作夢也沒想到，她這個媳婦竟然有個老相好的在惦記著，竟然還大剌剌地幫忙，這可怎麼辦才好？

麥穗和姜孟氏包完餃子，便坐在灶房裡歇息。

「聽說徐家的魚乾都是運到京城裡去賣的。」姜孟氏扒拉著灶前的乾草道：「妳也跟他們學一學，把貨拉到京城去賣，以後咱們家就要跟著妳混了，妳可得好好琢磨、琢磨。」

「我現在還不能跟徐家比。」麥穗熟練地嗑著瓜子道：「我跟景田商量過了，先讓咱們這裡的人都知道我在做魚罐頭，然後在鎮上開個鋪子，先站穩腳跟再說。」

「看不出來，妳還真能折騰。」姜孟氏笑了笑，又道：「說好了，以後妳可得帶著我兒媳婦做生意，我家二丫人勤快著呢！」

「好、好、好，妳都快說一百遍了。」麥穗朝她扮了個鬼臉。「真囉嗦，怕了妳了。」

姜孟氏哈哈大笑。

到了下午，跟狗子相熟的幾個年輕人，紛紛挽著袖子過來鬧洞房。

麥穗是長輩，自然不會去湊這個熱鬧。

吃完飯，麥穗幫姜孟氏收拾灶房，又跟孟氏和蕭景田打了聲招呼，就先回家去。做飯的時候弄了一身蔥花味，很不舒服，因此她一回到家就洗漱一番，換了衣裳，然後把換下的衣裳連同蕭景田出海穿的衣裳一起放進木盆，再端著木盆去了河邊。

村邊那條小河裡的水，不但清澈見底，而且還很溫熱，麥穗很喜歡到那邊去洗衣裳。

而在姜孟氏家喝喜酒的男人們，吃完飯便各自散了，回家幹活。

女人們則繼續坐在炕上聊天，因為多了幾個前來賀喜的女眷，蘇姨媽和蘇三自然不好再繼續談論麥穗的長短，只是有一句、沒一句地聊著天。

孟氏心裡被媳婦的事情堵得慌，從窗子瞧見蕭景田起身告辭，便也跟著一起回家。

蕭景田回到家後，閒來無事，就拿著抹布去了新房，擦拭窗子和大門。等過些日子，家具做好了，他們兩口子就能搬進來住。

孟氏也拿了抹布，隨後跟進來。

「娘，這裡不用您。」蕭景田道。「我一個人擦就行。」

「景田，你實話告訴娘，你是怎麼得罪龍霸天的？」孟氏一邊擦著門，一邊問道。

「娘，這事已經過去，您就不要再提了。」蕭景田很不喜歡他娘這樣，早已船過水無痕的事情，偏還要問出個所以然來。

「你在千崖島大集上打了龍霸天的外甥，是不是？」孟氏看了看蕭景田，語重心長道：「景田，你不要什麼事都瞞著娘，我是你娘，娘不會害你的。」

「娘，您到底想說什麼？」蕭景田不耐煩地問道。

「景田，那天在千崖島大集上，你仔細想想，是不是有人一下子買了你們好多貨？」孟氏一臉凝重地道：「我都聽說了，買你們貨的那個人，是你媳婦以前那個相好的，也就是齊州知府吳三郎。」

「您是怎麼知道的？」蕭景田頗感意外。

「當然是你三表姊告訴我的。她說吳三郎身邊的小廝跟袁庭認識，那小廝說他們大人在千崖島大集上買了好多乾海貨賞給他們。」孟氏道：「你說說，他買的不是你們的，又能是誰的？」

蕭景田擦著窗子，淡淡道：「就算是他買的，那又怎麼樣？」既然他們是賣貨，自然誰都可以來買，也沒人規定吳三郎不能買。

「景田，你不覺得這件事很蹊蹺嗎？」孟氏見蕭景田似乎對這件事不上心，恨鐵不成鋼地道：「如果那個吳三郎不在意你媳婦，怎麼會那麼大手筆地出銀子買你們的貨？而且你三表姊還說，上次戰亂你媳婦在山梁村住的那幾天，還去見過吳三郎呢。你想想，他們兩人當初打算要私奔，情意自然是有的，如今那個吳三郎又出手買你們的貨，你不覺得這件事有些不對頭嗎？」

「這有什麼好不對頭的？」蕭景田不以為意道：「就算是吳三郎買的，那又怎麼樣？誰還沒有個過去。前段時間三表姊到咱們家鬧騰，我媳婦還不是沒說什麼嘛！」

「那能一樣嗎？」孟氏見蕭景田壓根兒就沒往別的方面想，忍不住提醒道：「這裡沒外人，娘問你，你媳婦跟你圓房的時候，是、是不是處子之身？」

「娘，哪有您這麼問的？」蕭景田見她娘竟然懷疑到這方面，一時間不知道該說什麼才好，臉一沈道：「她當然是處子之身，這點有什麼好懷疑的？您到底在三表姊那裡聽說了什麼亂七八糟的？」

在麥穗之前，他雖然也沒有經歷過風月之事，但他初次得到她的時候，卻從來沒有懷疑過她不是處子，他至今還記得當時她身下斑斑的血跡和她的痛楚。只是這些閨房之事，他怎麼好意思跟娘親說？

「景田，娘這不是為了你好嘛！」孟氏見蕭景田生氣，忙解釋道：「不管你信不信，這種事總得防著點，若是你媳婦真的跟別人不清不楚的，吃虧的還不是你？」

「娘，我屋裡的事，您還是少操心吧！」蕭景田面無表情地看了看孟氏，淡淡道：「還有，以後別再跟蘇姨媽和三表姊一起亂嚼舌根，哪有婆婆如此誹謗自己兒媳婦的？若是再讓我聽到這些閒言碎語，我可是不客氣了。」說完，他扔了抹布就往外走。

孟氏見蕭景田壓根兒不信她說的話，只能無奈地嘆了口氣。

夜裡，蕭景田倚在窗前看書，麥穗則拿了兩根削尖的木棍在比劃著。

她打算用蒲草編製瓶蓋，原本的泥罐是有蓋子的，但她覺得用後山上的這種蒲草來做內蓋，是再合適不過了。只是她女紅不大好，織了半天，才織出並不規則的一個橢圓形。

「這些不都一直是表姊替妳織的嗎？」蕭景田瞟了一眼她手裡的活兒，溫言道：「幹麼要勉強做自己不擅長的事？」

「就算有人替我織，我也得稍微會一點啊。」麥穗忍著被木棍扎手的疼痛，道：「誰會也不如自己會，自己要用的東西，總不能一味指望別人。萬一哪天表姊不搭理我了，我豈不是做不成魚罐頭？」

「妳倒是想得多。」蕭景田笑了笑，繼續翻著書，漫不經心地問道：「聽說上次海戰，齊州知府還下令讓山梁村的人去營地做飯？」

他不是懷疑她，而是想知道她對吳三郎的反應如何。

「是啊，我和娘也去了。」麥穗頭也不抬地繼續做著手裡的活兒，一邊回道：「我覺得那個吳大人真是多此一舉，不過是做個飯，他們自己的人都能做，居然還要從村裡找人，也不知道他是怎麼想的。」

「許是想要搞好兵民關係吧。」蕭景田淡淡道：「齊州地理位置很特別，東西南北往來的人都要路經齊州，故此齊州知府雖然只是個五品官，卻是個肥差，妳那個同鄉倒是得了個好差事。」

「好差事，也得要好官來做才行。」麥穗皺眉道：「反正我是真的不看好吳大人。」

「何以見得？」蕭景田饒有興致地望著她。

「吳三郎這個人，太過優柔寡斷，遇事不夠決斷。」麥穗順手從籃子裡拿了根蒲草，繼續編著她那個不規則的圓，淡淡一笑，又道：「反正我覺得讓他舞文弄墨還行，卻不適合在官場上混。」

「沒想到妳對他這麼瞭解。」蕭景田揶揄道。

「無所謂瞭解不瞭解，只是我的感覺罷了。」麥穗不以為意道。

蕭景田淺淺一笑，沒再出聲。

燭影搖曳，燈下的女人低著頭，露出半截白皙的脖頸，鬢間木簪上的流蘇，也隨著她手上的動作來回搖擺。

他感受著她身上淡淡的體香，不禁放下手裡的書，忍無可忍地撲上去，一把抱住她，又翻身把她壓在身下，肆無忌憚地吻上去。

他不允許她心裡想著別人，他要她完完全全地屬於自己。

「景田，你先放開我，你得讓我把蒲草收起來吧。」面對他突如其來的襲擊，麥穗又羞又窘地掙扎著。她是他的妻，也不排斥床事，但像他這樣也不看看周遭環境就想要的，她心裡還是有些不能接受。

炕上放了漁網和蒲草，都還沒有收拾，甚至連被子也沒鋪，他也太急了吧！

蕭景田顯然聽不進她的抗議，兩、三下扯去她的衣衫，緊接著便是一番掠奪。

許是他的動作有些粗魯，那久違的疼痛再次席捲她的全身，她可憐巴巴地在他身下求饒。「景田，輕點，疼！」

「給我生個孩子。」男人喘著粗氣道，卻沒打算停下來，反而愈加賣力地衝刺。

麥穗奮力掙扎著，本想抬腿把這個瘋狂的男人踢下炕去，無奈自己被他死死地壓在身下，半點也動彈不得。

她只得咬緊牙關，一聲不吭地忍受著他剛勁有力的衝撞，不知道過了多久，他才大汗淋漓地釋放自己，氣喘吁吁地停下動作。

麥穗渾身是汗，像是剛剛從水裡被撈出來一樣。

觸到她眼角的淚水，蕭景田心裡猛地顫了一下，忙掏出帕子給她擦淚，柔聲道：「對不起，我是不是弄疼妳了？」

藉著燭光，他看到適才在她身上留下的那些又紅又紫的吻痕，懊悔不已，忙抱著她，哄道：「剛才是我太急色了，妳打我吧！」

麥穗渾身像散了骨架般地又痠又痛，她疲憊不堪地翻了個身，背對著他，不再搭理他。

見她生氣，蕭景田皺了皺眉，不聲不響地穿好衣裳，便出門去井邊打水，提到院子的鍋灶前，開始添柴燒水。

孟氏在屋裡聽見動靜，披衣走了出去。

見蕭景田坐在灶前燒火，不解地問道：「景田，這大半夜的你要幹麼？」

「娘，您睡您的，我燒點水。」蕭景田頭也不回地答道。

「大半夜的燒什麼水？」孟氏不悅地看了看南屋，心想肯定是媳婦要洗漱，才讓兒子出來燒水的，便皺眉走到蕭景田面前道：「還是我來燒吧！」

「不用。」蕭景田面無表情道：「您睡您的，不用您管。」

孟氏站了一會兒，見蕭景田執意不肯，只得悻悻地回屋。

「他願意燒水，妳就讓他燒，瞎摻和什麼？」蕭宗海躺在被窩裡道：「妳呀，就是個操心的命。」

「哪有大半夜讓男人起來燒水的？」孟氏嘀咕道：「這個媳婦真是越來越不像話了。」她的兒子她知道，以前可是連油瓶倒了都不會去扶的，哪裡會做燒水這種瑣事。

「妳怎麼知道是媳婦讓兒子去燒的水？」蕭宗海微怒道：「別什麼事情都往人家媳婦身上推。再說了，就算真是媳婦的意思，那也是媳婦有本事，能使喚妳兒子，既然是一個願打、一個願挨，妳管什麼？」

孟氏不敢跟蕭宗海頂嘴，只得訕訕地閉了嘴。

第五十九章　媳婦，我錯了

蕭景田端了熱水，拿著布巾，細心地給他的小娘子擦拭身子。

麥穗賭氣地掙扎著推開他，卻被他一把按住。「別亂動，我替妳清洗一下，妳睡得也清爽些。」

「不用你管。」麥穗羞愧難當地翻了個身，扯過被子蓋在身上。

他這是給一巴掌再賞甜棗嗎？真是夠了。

「好了，別生氣了。」蕭景田一把扯開她身上的被子，硬是制住她的雙手，要替她擦身子。

他力氣大，她實在不是他的對手，只得紅著臉躺在那裡任他擦洗。

看著她身上斑斑點點的痕跡，他心裡又是一陣自責，明明知道她跟那個吳三郎並非是娘說的那樣，但他內心深處，其實還是很在意的。

他懊惱地捏了捏眉頭，暗暗告誡自己，以後切不可如此了。

麥穗越發覺得委屈，她跟他做了好幾個月的夫妻，多少瞭解他的脾性，他並非是急色之人，也不是魯莽的性子，他之所以會那麼瘋狂地對她，肯定事出有因。

但無論是哪種原因，她都不想原諒他。有什麼事不能開誠布公地說出來，彼此談談心，非得要在床上那麼折磨她……她恨死他了！

想起方才他提到吳三郎，若他是因為吳三郎而惱她，那就真的是無理取鬧了。

替她擦完身子，蕭景田自己也提了一桶水，去樹下沖了沖澡，才輕手輕腳地回屋，脫鞋上炕。他長臂一伸，把她攬在懷裡，柔聲道：「別氣了，是我錯了。」

麥穗奮力掙扎出他的懷抱，賭氣不搭理他。

蕭景田無奈地笑了笑，只得由她，識相地躺回自己的被窩裡。

第二天，蕭景田出海回來的時候，已經是下午了。

麥穗正坐在炕上編製蒲草瓶蓋，見蕭景田進屋，她連眼皮都沒眨一下，像是沒看到他一樣。

蕭景田走到木盆前洗漱一番，打開衣櫃，取出麥穗給他新做的一件靛藍直裰換上，上前討好道：「我今天捕了好多八帶魚，給于記飯館送去一些後，還剩下好多，我跟大哥、二哥說好，讓他們今天晚上過來吃飯。妳喜歡吃什麼味兒的告訴我，我做給妳吃。」

麥穗把身子扭到一邊，繼續編蒲草瓶蓋。

哼！誰稀罕他的八帶魚！

「好了，我都知道錯了，妳就別再生氣了。」蕭景田摸了摸身上新做的衣衫，眸底滿是笑意。他索性挨著麥穗坐下來，抬手揉了揉她的頭髮，信誓旦旦道：「我保證，以後妳若是不同意，我絕對不碰妳，行嗎？」

見麥穗還是不搭理他，蕭景田笑著搖搖頭，抬腿走了出去。片刻，又一陣風似地走進來，手裡拿著一把綠綠的草，獻寶般地送到麥穗面前，神秘道：「妳瞧，這是什麼？」

麥穗抬頭看了一眼，只見那綠草類似前世的狗尾巴草，有股淡淡的薄荷味，許是已採下有一段時間，有些蔫了的，而其中一株上面還結了很像雞冠的穗子，其他也沒什麼特別的。

「傻丫頭，這就是鳳頭草啊。」蕭景田淺笑道：「我今天去于記飯館送八帶魚的時候，剛巧銅州那邊送來了鳳頭草，這樣妳就可以放心地做那些魚罐頭了。不過妳要記住，咱們用鳳頭草來保鮮的事情，除了妳我，還有于掌櫃，切不可再讓第四個人知道。」

「嗯，我知道了。」麥穗見他這樣一味地伏低做小，心裡的氣也消了不少，她抬頭看了他一眼，低聲問道：「這些鳳頭草要怎麼用？」

「把這些鳳頭草和泥罐一起放在水裡浸泡四、五個時辰即可。」蕭景田見總算哄得他的小娘子不生氣，心裡暗暗地鬆了口氣，笑著解釋道：「這鳳頭草原本就是長在水裡的，因此必須泡在水中，才能發揮它的效用。銅州那邊送來一捆割下來的鳳頭草枝葉，還有一些是帶根的，咱們把帶根的先養在水缸裡，以後就把泥罐放在缸裡浸泡就行。」

「好。」麥穗點點頭。「我知道了。」

「妳休息一會兒，我讓娘去把八帶魚煮了，今晚讓大家都嚐嚐鮮。」蕭景田擁住她，低頭吻了吻她的額頭，溫聲道：「等飯好了，我叫妳。」

還沒等八帶魚出鍋，老大、老二兩家人便來了。

「景田的這網八帶魚可是咱們村今年的第一網！」蕭福田坐在炕上，興奮道：「以前出海，我都沒怎麼往深水去，如今跟了景田這艘大船，才知道還是深水有貨。這一網下去，咱們兩個大男人都快要拖不上網來，裡頭竟然全是活蹦亂跳的八帶魚，真是太讓人意外了！」

「你們今天是在千崖島那邊捕魚的吧？」蕭貴田忙問道：「明天還去嗎？我也想去試試看。」

自從蕭景田讓蕭貴田把捕到的魚都送到麥穗這兒之後，他果真每天給麥穗送魚，並無半點不好意思，很是心安理得。

而喬氏則跟村人說，是因為麥穗要做魚罐頭，可蕭景田的船網的都是大魚，大魚做不了魚罐頭，所以他們才專門給弟媳婦送這些小魚的。

眾人聽了，紛紛上門問麥穗要不要多收些鮮魚做罐頭。畢竟拿到鎮上去賣，還得交上攤子的費用呢！

麥穗一一回絕，說暫時用不了這麼多魚，等以後魚罐頭賣得好了，肯定會從村裡收魚。

「去吧，明天那邊指定熱鬧。」蕭福田笑道。「村人明天怕是都要去碰碰運氣呢！」

「人一多，哪有那麼多八帶魚讓你們捕。」蕭宗海也脫鞋上炕，笑道：「別說咱們村了，估計外村的人也會去湊熱鬧，咱們橫豎撈了第一網，討了個好彩頭。」

蕭福田和蕭貴田紛紛點頭道「是」。

只是煮個八帶魚，灶房裡不忙，因此沈氏和喬氏搬了小板凳，坐在門口閒聊。

蕭景田來來回回地在灶房裡幫忙，讓妯娌倆很驚訝，這個老三是越來越讓她們看不懂了。

「你去炕上歇著就行，讓你媳婦過來幫我做。」孟氏見蕭景田在她身邊打下手，低聲問道：「你媳婦在屋裡幹麼？」

不是她這個當婆婆的苛待兒媳婦，而是讓她兒子在灶房裡忙來忙去的，她於心不忍。男人怎能在灶房裡幹活呢？

「娘，她有些不舒服，我讓她在屋裡歇著了。」蕭景田沈聲道：「再說，就這麼點活兒，也用不著這麼多人打下手吧？」

他突然覺得他娘有些偏心。大嫂、二嫂都在外面坐著聊天，怎麼還讓他媳婦過來幹活呢？

吃飯的時候，蕭景田把自己碗裡一條帶卵的八帶魚拿去灶房切成兩半，放在麥穗碗裡，叮囑道：「帶卵的好吃，妳嚐嚐。」

見她唇角沾著墨汁，他忍不住嘴角微翹，一臉寵溺地掏出手帕替她擦拭嘴角。

「我自己來就行。」麥穗嬌嗔地看了他一眼。眾目睽睽之下，她頓時感到很不好意思，吃沒幾口，便回了屋。

蕭景田也忙跟著過來，問道：「怎麼？不好吃嗎？我看妳沒吃多少。」

「你這樣，我怎麼好意思待下去？」麥穗哭笑不得道：「你成心的吧？」

「我這不是在跟妳賠不是嘛！」蕭景田振振有詞道：「我過幾天就要去總兵府了，妳若是再跟我鬧彆扭，那多沒意思。」

「這麼快就要走啊？」麥穗不捨道：「你去了以後，不會經常回來嗎？」

「當然。」蕭景田一本正經道：「妳也看到了，那個蘇錚根本就不懂在海上該如何操練新兵，我不去怎麼行？還有，我訂的那套家具做好了，說是明天就能送過來。我找人看了，二月初一是個好日子，咱們那天就搬過去住吧。」

「就算搬過去，你也不在家住。」麥穗垂眸道。

「那也得搬。」蕭景田笑道：「我走了以後，妳讓岳母過來陪妳住一段日子，妳們母女倆在新宅裡住著，也寬敞舒服一些。」

麥穗點點頭，心裡卻知道要是蕭景田不在家，吳氏擔心落人閒話，肯定不願意過來住的。

到了夜裡，蕭景田果然很規矩，老老實實地躺在自己被窩裡睡覺，半點也不敢逾越。麥穗其實很想問他那天到底為什麼那麼對她，但又羞於提起那晚的事情，只好作罷。她望著窗外皎潔的月光，心裡嘆道，難道他跟她還沒有到無話不說的地步嗎？為什麼她總覺得他有好多事都瞞著她呢？

二月初一，宜喬遷。

蕭景田在老宅、新宅各放了一串鞭炮，並請眾人吃了一頓飯，小倆口才高高興興地搬到新宅。

跟麥穗要好的梭子媳婦和狗蛋媳婦連同姜孟氏，也紛紛跑過來看新宅子，三人大大方方地坐在客廳的藤椅上，摸著扶手上精美的雕花，一臉羨慕。

錢。

嘖嘖，這麼大的房子，沒有個幾百兩，根本就蓋不起。看來，這兩口子是真的賺到不少

「景田媳婦，妳如今已經住了這麼好的房子，就趕緊多做些魚罐頭，好把咱們的魚通通收過去吧。」梭子媳婦拍著大腿笑道：「妳現在發財了，可不能忘了咱們。」

「就是啊，景田媳婦，要不然妳開個魚罐頭作坊，俺們都跟著妳幹。」狗蛋媳婦端詳著這寬敞明亮的新宅子，羨慕道：「俺們不敢奢望也住妳家這樣的大房子，只要每個月都有些打油買肉的錢就行了。」

「聽見了嗎？景田媳婦，咱們可都指望妳呢！」姜孟氏大口灌著茶，喝完後抹抹嘴。「說說看，以後妳有什麼打算？」

「難得兩位嫂子和表姊相信我。」麥穗微笑道：「其實魚罐頭光靠零賣是不行的，得有商家大批、大批的要才行，就像徐家和龍家那樣，能夠把貨整船運出去賣，只有這樣，我才敢大量收鮮魚做魚罐頭。」

「這事難辦啊！」梭子媳婦撓撓頭，道：「要怎麼知道哪些人願意買這些魚罐頭呢？」

「就是啊，徐家和龍家到處送貨，都有固定的人在收，也不怕把貨壓在家裡，可是妳這魚罐頭可咋辦？」狗蛋媳婦才意識到問題的嚴重性，嘆道：「我覺得這件事，得讓妳家老三出面才行，妳一個女人家可怎麼辦？」

「慢慢來吧，我想先去南山頭村後面那條官道試試，看能賣多少。」麥穗給她們一人又倒了一杯茶，笑道：「若是賣得好，打開銷路就不用愁了。」

「唉，真是光看到人吃肉，沒看到人受罪。」梭子媳婦有些敬佩地看著麥穗道：「也就是妳這麼大膽，要是我，我可不敢拋頭露面出去賣貨。」

「我也是，讓我幹點粗活還行，若是要出去跟人打交道，我是不行的。」狗蛋媳婦感同身受地點頭，皺眉道：「官道那邊人來人往的，什麼人都有，妳可得小心點，出門一定得讓景田陪著妳。」

麥穗笑著道是。

待兩人走後，麥穗才拉著姜孟氏的手鄭重地道：「表姊，妳之前不是說要讓妳兒媳婦跟著我做生意嗎？只要她願意，從明天起，妳就讓她每天過來，我每個月給她二兩銀子的工錢，妳覺得如何？」

「啥銀子不銀子的，幫忙可以，咱們不要錢。」見麥穗提起銀子，姜孟氏的臉騰地紅起來，連連擺手道：「不成、不成，幫個忙還要拿錢，算啥啊！」而且月錢還這麼多，二兩銀子可不是個小數目。

「妳們若是不要工錢，那我可不敢用。」麥穗晃著姜孟氏的胳膊，淺笑道：「表姊，我是真的忙不過來，需要有人長期過來幫忙，若是妳覺得工錢少，咱們還可以再商量。」

「別，我這就讓她過來。」姜孟氏很瞭解麥穗的脾氣，認真道：「我先讓她過來幫妳的忙，若是妳們能合得來，妳就留下她；若是不行，等她有了身孕後，我就不讓她過來幫忙了。」

「表姊想得倒周全。」麥穗笑道：「那就這樣吧！」

當天夜裡，麥穗就把浸泡在鳳頭草水裡的小泥罐全都撈出來，放在廂房裡晾乾。晾乾後的泥罐顏色有些發暗，聞起來還有股清爽的青草味道，摸上去涼涼的。

一想到這鳳頭草泡過的泥罐能長時間地保存鮮魚，麥穗心裡樂開了花。

「什麼事笑得這麼開心？」蕭景田不知什麼時候進了門，從背後擁住她，盡情地嗅著她鬢間的髮香，兩手還不規矩地在她身上亂摸。

現在他每每出門辦事，用不了多長時間，就急急地想回家跟他的小娘子待在一塊兒。以前他對「英雄難過美人關」這句話很不屑，現在輪到他身上，他才知道，眼下他也是難過她這個美人關了。

「沒什麼，我想先做些魚罐頭，到南山頭村那邊的官道試試行情。」想到他即將遠行，麥穗心裡空落落的，勉強一笑。「你有空跟我一起去嗎？」

「我明天就得走了。」蕭景田抱住她，啃咬著她的脖子，氣喘吁吁地道：「我讓牛五過來幫妳，以後我不在家，若是有體力活，妳就找他。」

「明天就走？怎麼走得這麼急？」麥穗疑惑地問道。

「禹州城那邊出了點小狀況，我得提前過去看看。」蕭景田說著，一下子攔腰將她抱起，踢開門，大踏步地進了臥房。

他把她放在炕上，低頭吻住她，帶著老繭的大手探進她的衣衫裡，感受著她光滑如玉的肌膚。正情迷意亂中，他突然停下來，望著她清澈如水的眸子，啞聲問道：「可以嗎？」

自從那晚以後，連續幾個晚上他都規規矩矩地獨自入睡，不敢再有別的舉動，就是擔心會再惹惱她。

麥穗被他吻得渾身嬌軟無力，正面紅耳赤地閉上眼睛感受著他柔情似水的愛意，如今見他停下來這樣問，心裡愈加羞愧，一時間竟不知該如何回答，她羞於說出「可以」兩個字。

「我就當妳同意了。」不等她回答，蕭景田順勢翻身壓在她身上，急急地扯著她身上的衣衫。

「我還沒有洗澡。」麥穗突然想起這個很嚴重的問題，不是她矯情，而是她剛才弄了半天魚罐頭，身上有股魚腥味，連她自己都無法忍受，蕭大叔那麼愛乾淨，怎能受得了呢？

「等做完了再洗，我又不嫌棄。」男人正在興頭上，哪裡容得下女人臨陣逃脫。

他沒幾下就除去兩人身上的衣物，正待他準備好好大快朵頤的時候，門外卻傳來一陣細碎的腳步聲。

第六十章 賣貨去

「妳三哥、三嫂還真粗心，這麼晚了，連大門也不關。咱們住在村子邊上，若是有什麼阿狗阿貓摸進來，可如何是好？」孟氏的聲音不高不低地從門外傳來。

「有我三哥在，怕什麼？」蕭芸娘笑道。「您就知道瞎操心。」

麥穗聽到母女倆說話，嚇得魂飛魄散，面紅耳赤地推開身上的男人，急急忙忙地找衣裳穿。

該死的，她的衣裳被他扔得到處都是，而且古代這些衣裳極其不好穿，她好不容易穿進一隻袖子，卻發現穿反，只得脫下來重穿，她都快急哭了。

天哪，若是被婆婆和小姑看見他們正在……她一頭撞死得了！

蕭景田倒是沒有麥穗那麼慌亂，他一個箭步上前關上臥房的門，黑著臉撿起自己的衣裳，從容不迫地穿上。要不是來的人是他娘跟他妹妹，他肯定會把來人給扔出去。

「景田，你們睡了嗎？」孟氏敲著房門道：「怎麼連大門也不關？」

「娘，您有什麼事嗎？」蕭景田從容應道，他不慌不忙地繫著腰帶，見麥穗手忙腳亂地穿著衣裳，便走到她面前，悄聲道：「妳慢慢穿，她們進不來的。」

麥穗臉紅地瞪了他一眼。

「娘聽說你明天就要走了，所以跟芸娘過來看看。」孟氏又推了推門，見蕭景田還沒過來開門，疑惑道：「景田，你先開開門，咱們進去再說。」

麥穗索性抱著衣裳去了裡面的浴室，然後飛快地關上門。

蕭景田笑著搖搖頭，上前開門。

「你媳婦呢？」孟氏見蕭景田遲遲不開門，本來就疑惑，如今見麥穗不在，便問道：「難不成出去串門子了？」

「她在洗澡。」蕭景田淡淡答道。

「娘，妳們先坐，我一會兒就出去。」麥穗在浴室答道，她還沒穿好鞋。

「妳洗妳的，我就是過來跟景田說幾句話。」孟氏抬腿上了炕，擔憂道：「景田，不是娘說你，你說你在家裡好好的，幹麼要跑去禹州城？」

蕭景田不語。

「我聽你三表姊說了，說總兵府要組建什麼衛所，讓你去幫忙，還說你以前做過什麼將軍，能鎮住那些人。到底是真的假的啊？」孟氏急切地問道。「你不要什麼事都瞞著娘，你不知道娘有多擔心。」

「就是啊，三哥，爹、娘都不放心讓你去呢。」蕭芸娘附和道。

「娘，此事我心意已決，不必再提。」蕭景田面無表情道：「您放心，即便我去了禹州城，也會經常回來的，家裡的事還請您多擔待。」

孟氏只是嘆氣，她知道她是勸不住兒子的。

麥穗這才穿戴整齊，推門從浴室裡走出來。

蕭芸娘一個勁兒地使眼色給孟氏。

孟氏會意，清清嗓子道：「你不在家，這麼大的房子，你媳婦一個人住著也怪空曠的。我想著你走了以後，就讓你妹妹搬過來住，兩人也好作個伴。」

「是啊，三哥，三嫂一個人太孤單，兩個人也好有個照應。」蕭芸娘忙道。能住大房子多好啊，她早就住夠老宅那邊的房子了。

蕭景田看了看麥穗，麥穗會意，笑道：「那敢情好，明天我就把東廂房收拾出來，讓芸娘過去住就是。」

這麼大的房子，平日裡就她一個人住著，還真是怪嚇人的。

「讓我住東廂房啊？」蕭芸娘噘嘴道：「我不能住在正房嗎？」

「眼下正房就咱們這間能住，其他的房間，不是客廳，就是灶房、浴室，妳想住哪兒？」蕭景田不耐煩地說：「再說我會經常回來，難不成妳要住我和妳三嫂的房間？」

「當然不是，那我住東廂房就是。」蕭芸娘唯恐蕭景田不答應讓她過來住，忙點頭道：「我明天就搬過來。」

「隨妳。」麥穗淺笑道。

母女倆坐了一會兒，閒聊幾句，才起身離去。

兩口子一直把兩人送到大門外。

蕭景田這才迫不及待地關了大門，攔腰抱起麥穗，一陣風般地回了屋，幾乎是把她直接摔到炕上。

麥穗掙扎道：「還是先洗澡吧！」她身上真的有魚腥味。

「我等不及了。」男人低吼一聲，忍無可忍地壓上去，剛剛穿好的衣衫，很快又被扔到一邊。

窗外月色朦朧，繁星點點。

微涼的天光從窗格影影綽綽地透進來，灑在兩道纏綿的身影上，直到殘月西沈，兩人才疲憊不堪地睡去。

一夜好夢。

夢裡，麥穗夢到她的魚罐頭全都被人瘋搶乾淨，賺了滿滿一袋銀子，然後蕭景田帶著她，兩人騎著馬，疾馳在山間小路上，任憑風從耳邊呼呼地颳過。

他還帶她去了銅州的靈珠山，讓她親眼瞧見那些漫山遍野的鳳頭草，兩人在山間跑啊跑的，玩得很開心。

第二天，麥穗一覺醒來，蕭景田已經不在身邊。她動了動，只覺渾身上下像是被車輪輾過般痠痛。昨晚他接二連三地要了她三次，最後要不是她連連求饒，他怕是能把她折騰到天亮。

他在床上的精力太過充沛，她委實不是他的對手。

待下了炕，卻見蕭景田清清爽爽地從浴室走出來，見她醒了，便柔聲道：「我給妳準備好熱水了，妳快去洗澡，待會兒吃了飯，我也該走了。」

昨晚得到徹底的釋放，他覺得格外精神抖擻、神清氣爽，他甚至都不想走了，只想夜夜陪著她，就這樣一直沈淪下去。

「那我先做飯吧。」麥穗匆匆理了理頭髮，總不能讓他空著肚子出門吧！

「不用，我去做，我熬個粥，再把娘送過來的包子熱一熱就行，妳先去洗澡。」蕭景田笑道，又伸手摸了摸她的臉，便邁開長腿去了灶房。

麥穗心頭一熱。

大叔，你這麼體貼，我都不想讓你走了，咋辦？

剛吃完飯，來接蕭景田的馬車就到了門口，是趙庸親自前來迎接的。他說先前招安的那些海蠻子已經妥善安置在禹州城，他想把鐵血盟的人安置在齊州府那邊，讓蕭景田跟他一起去一趟齊州府，好選個地方修建衛所。

麥穗站在村口，一直目送馬車遠去，才鬱悶地回家。

蕭大叔剛離開，她就盼著他回來了，怎麼辦？

「三嫂，我三哥走了？」牛五站在胡同口問道。

「嗯，走了。」麥穗見牛五睡眼矇矓，一副沒睡醒的樣子，笑道：「你這個時候怎麼還不去魚塘？不怕晚了被人責罰？」

「魚塘那邊我不去了，我想自己出海打魚，閒的時候再把家裡幾畝薄地收拾、收拾，種上一些雜糧。」牛五笑道：「三嫂，妳今天是不是要去南山頭村後的官道上賣魚罐頭？我三哥說，他不在家的時候，讓我幫著三嫂出去賣貨。」

「不用，你忙你的吧，我怎能耽誤你的工夫？」她不想欠別人的人情。

「嘿嘿，三嫂妳這樣說，可就見外了。」牛五撓撓頭，如實道：「三哥昨晚說每個月給我二兩銀子，就是要讓我幫著三嫂賣貨，還說我若是不答應，就是嫌銀子少。其實這差事我當然是願意的，龍霸天跟大哥、二哥翻臉，我也不好意思繼續在魚塘待下去，要是跟著三嫂賣魚罐頭，還能長長見識，只要三嫂不嫌棄我愚笨就行。」

「我怎麼會嫌棄你？若說起見識，你可比我厲害多了。」麥穗聽他這樣說，心頭一熱，淺笑道：「那咱們走吧！」

麥穗才和牛五一起回到新宅，姜孟氏便領著蘇二丫進門。婆媳倆說說笑笑的，關係很融洽。

麥穗沒讓蘇二丫跟著出去賣貨，而是讓她在家裡收拾蕭貴田送過來的魚，大的做魚罐頭，小的曬魚乾。

蘇二丫在家就不是個嬌生慣養的，挽起袖子便開始動手處理魚。姜孟氏閒來無事，也上前幫忙。

麥穗便跟牛五拉著魚罐頭出了村子。

南山頭村後的這條官道是一條交通要道，而且還是十字路口，據說沿著這條官道一直往南走，便能走到京城。

官道很寬敞，兩邊栽了好多筆直的楊樹。

時值早春，楊樹的枝頭已經探出些許嫩綠的新葉，在晨起的微風中，徐徐伸展。

路邊有許多賣貨的攤位。賣小吃的、賣點心的、賣粥的、賣衣裳的、賣馬鞍的，甚至還有賣草藥的，簡直是應有盡有。有點類似前世高速公路上休息區的感覺。

牛五趕著馬車，靠邊停下來。周邊立刻有幾個賣貨的小攤販圍過來詢問，想知道他們是賣什麼的。

得知賣的是魚罐頭，幾人臉上才明顯鬆了口氣。還好不是跟他們同行，要不然，這生意真的是沒法做啊！

兩人把車上的泥罐一字排開，麥穗還特意打開幾瓶，送給跟她相鄰幾個攤子的人品嚐。眾人吃了，都連聲叫好。有的甚至還主動掏錢買了兩瓶，說是要帶回去給老婆、孩子嚐嚐。

不時有來往的行人在茶水鋪子裡歇腳，或是在攤位前挑選一些自己需要的什物，補充一下物資，再繼續趕路。

除了方才幾個擺攤的人先後買了幾瓶以外，路上來來往往的行人幾乎都沒有扭頭看一眼他們的攤子，這讓牛五很著急。

「不著急，等人多的時候，你喊個幾嗓子就行，咱們第一天來，能賣幾瓶算幾瓶。」麥穗不以為意地道。

她先前出去賣過幾次貨，對這樣的事早就司空見慣，哪能一到新地方就有人把貨搶購一空的？就拿上次去千崖島大集來說，也不過是賣了七、八瓶而已。

牛五只得耐心等著。

快到晌午的時候，路過的人漸漸多起來。

不但茶棚、粥棚爆滿，就連麥穗這邊都有好幾個外地口音的人圍過來問價。他們嚐了嚐魚罐頭的味道，紛紛點頭讚賞，其中一人津津有味地連吃了兩條小魚，扭頭對身邊的玄衣男子道：「老大，這沿海一帶就是有新鮮的吃食，咱們不如拉一點回京城去賣，就這味道，肯定能賣個好價錢。」

「就是不知道這些熟食能不能久放。」玄衣男子皺眉道。

這味道的確不錯，鹹中帶甘、香酥可口，更重要的，還帶了點淡淡的海草味，就像是剛剛從水裡撈出來的魚一樣。他走遍大江南北，吃過無數道美味佳餚，可這樣的味道他還是第一次嚐到。

「您放心，我這魚罐頭上寫著保質期，最少能保半年不變味。」麥穗指著瓶子下端的日期，認真地道：「您看，這是我昨天剛剛做的，我保證就算放到八月，這罐頭裡的魚還跟您現在吃的味道一個樣。」

「當真？」玄衣男子疑惑地問道：「我憑什麼相信妳？」

「信譽。」麥穗淡然道：「若是您實在不信，我也沒法子，但我相信時間能證明一切。」

這男人濃眉大眼，留了一把絡腮鬍，膚色異常黝黑，頗有些像「魯智深」的那個扮相。

「有道理。」玄衣男子微微一笑，眼角的皺紋深了深，低頭看了看地上的泥罐，摸著下巴沈思片刻，道：「一瓶二十文有些貴，妳最低能賣多少？」

「你要多少？」麥穗反問道。

「咱們車上能拉多少？」那玄衣男子扭頭問身邊的人。

這時，一輛馬車緩緩停在攤位前。

有一位婦人從馬車裡探出頭來，笑道：「哎喲，這不是青山他那個小姨子嗎？怎麼，到這兒來賣魚了？」

「是啊，您是？」麥穗愣了一下，她不認識這個婦人。

這個婦人衣衫華麗，氣質雍容華貴，她不記得在哪裡見過啊！是認錯人了吧？

「妳忘了？青山跟妳堂姊成親那天，妳還做了魚給咱們吃呢。我呀，到現在還念念不忘那魚的滋味呢！」那婦人笑著下了馬車，道：「我是青山家隔壁虎子的表姑，那天去虎子家串門子，正好碰到青山娶親，便也去湊了個熱鬧。那天人多，妳不記得我也是正常的。我姓謝，妳跟著虎子喊我表姑就行。」

「表姑好。」麥穗從善如流地喚道。

莊青山家隔壁虎子的表姑，瞧這關係繞得可遠了。

謝氏捏了一條魚放在嘴裡嚼了嚼，連說好吃，便吩咐車夫。「把這些魚罐頭都搬上車，我全要了。」

全要了？麥穗有些驚喜，難不成她家裡是開鋪子的？若是如此，那以後豈不是可以給她家長期供貨了？

牛五也很高興，連忙幫車夫把魚罐頭往馬車上搬。

「等等，我先來的，妳怎能全要了？」玄衣男子不樂意了，臉一沈，甩著馬鞭道：「這些貨我都要了，全都給我搬上車去。」

「什麼叫你先來的？」謝氏毫不示弱道：「剛才我都聽見了，你還在猶豫價錢，連要多少也沒說個數呢。」

「妳這是打算欺負外地人？」玄衣男人握著馬鞭，走到謝氏面前，冷笑道：「也不打聽、打聽爺是誰，當年爺行走江湖的時候，連土匪、強盜見了爺都會害怕，更何況是妳們這些無知愚蠢的婦人！來人，給我把貨點了，全往車上搬，我看誰敢阻攔?!」

麥穗最恨這種蠻不講理、還瞧不起女人的男人，但她又不想把事情鬧僵，便上前打圓場道：「這位爺、表姑，你們捧我的場我很高興，只是我現在就這麼多貨，不如你們一人一半先拿著，等過幾天，我再多做些魚罐頭給你們，行不行？」

「不行，誰要跟他一人一半？他又還沒付錢，可不算是買了。」謝氏也不是個吃素的，揚起下巴問道：「說說看，你行走江湖的時候是什麼名號？」

「說出來嚇死妳們。」玄衣人不屑道：「爺就是江湖上有名的黑旋風！如今金盆洗手改做生意，怎麼？你們不會連爺的名號也不知道吧？」

「青山他小姨子，妳聽說過嗎？」謝氏問道。

麥穗搖搖頭。

她雖然來這裡差不多一年，但最遠的地方只去過暗礁島，哪裡聽過什麼黑旋風、白旋風的？若是論名號，蕭景田還是大名鼎鼎的大將軍呢！

「老大，用不著跟她們廢話，直接搶就是了。」玄衣男子身邊的人快氣死了，竟然連黑旋風的名號都沒聽過，這樣的人，還跟他們囉嗦什麼？

「動手！」黑旋風一聲令下。

「你們幹什麼，哪有動不動就搶的？」麥穗憤憤道：「我管你是黑旋風還是白旋風，這些魚罐頭我不賣了，請你們自重。」

「妳說不賣就不賣？」黑旋風冷笑道：「我偏要買，怎麼了？有本事妳攔住我呀！」說完，他一招手，身後幾個年輕人便「嘩啦」一聲圍上來。

「顧三，給我教訓他們！」謝氏也怒了，扭頭對車夫道：「一幫鼠輩，還敢來咱們地盤上撒野，給我揍！」

顧三得了命令，一個閃身晃到那些人面前，抬腿就撂倒兩個。牛五也挽起袖子上前幫忙，雙方打成一團。

「你們別打了，快住手！」麥穗急得大喊，卻沒人聽她的。

牛五雖然身手平平，但那個顧三卻是個厲害的，他們雖然是兩個打五個，卻絲毫不落下風，而且越戰越勇。

「表姑，不如這樣，您把貨讓給他們，回頭我再給您加倍數量地送去府上，行不？」麥穗忙走到謝氏面前，勸道：「您看，這鬧起來，要是驚動官府也不好。咱們做生意講究和氣生財，請您看在咱們相識一場的分上，給我個面子，還是算了吧！」說著，忙喊住牛五。

「牛五，快回來，別打了！」

牛五乘機退出來，但他的腿上和胳膊上，還是結結實實地挨了好幾下。

「那好吧，看在妳做魚好吃的分上，我給妳個面子。」謝氏無所謂地笑了笑，扭頭對正在激戰中的顧三，喊道：「顧三，別打了，咱們不跟他們計較。這批貨，咱們不要了。」

顧三應了一聲，兩、三下結束戰鬥，閃身跳了出來。

麥穗這才鬆了口氣。

誰知，那五個人卻不依不饒地追上來。

顧三拍拍身上的塵土，本來不想打了，可一回頭見那些人追過來，很是惱火，索性抄起棍子又衝上去。

這幫小兔崽子！不把你們打趴下，你們是不肯善罷甘休的吧！

「真是欺人太甚！」牛五也火了，想也不想地跟著衝過去。

場面又開始混亂起來，而且是越打越激烈，就連謝氏也控制不住場面了，在一旁急得直跺腳。

不遠處，幾十名衙役朝這邊奔過來，後面還緊跟著一輛馬車。

「住手！」為首那衙役厲聲喝道：「什麼人在此胡鬧？」

轉眼間，那些衙役便衝過來，將他們團團圍住。

第六十一章 有眼不識金鑲玉

「出了什麼事？」吳三郎掀開車簾一角往外看，不耐煩地問道。

因為組建衛所一事，這些日子他已經來來回回在這條官道上奔走數次，很是疲憊。在他的印象中，這條官道上一直很太平，並沒什麼狀況發生。

「大人，前面有人打架。」為首那衙役上前稟報道。

「把他們通通給我拿下，派人押到鎮上衙門裡去交給許大人，讓許大人好好審一審，看他們到底是不是那些海蠻子的同黨。」吳三郎放下簾子吩咐道，這種小事他懶得插手。

「官爺，這是場誤會。」麥穗一看事情真的鬧大了，忙上前解釋道：「他們只是起了些口角，並非惡人。」

天哪，她不過是來賣個魚罐頭，哪裡想到會鬧出這樣的事來。若是牛五真的被抓進衙門，那可怎麼辦哪！

「對啊官爺，咱們只是吵了一架而已。」黑旋風沮喪道：「咱們保證下次不敢了，官爺。」誰想去衙門啊！聽說那個許知縣是個昏官，眼裡除了銀子沒別的，若是落到他手裡，肯定會被扒了一層皮。

「少囉嗦，是不是口角之爭，去衙門裡再說。」為首那衙役黑著臉道：「光天化日之下，居然敢在官道上動手鬧事，你們是活得不耐煩了嗎？帶走！」

衙役們不由分說地推搡著他們往前走。

「三嫂，妳不用擔心，咱們又不理虧。」牛五邊走邊對麥穗道：「妳且繼續在這裡賣魚罐頭，不用管我。」

「牛五，罐頭咱們不要了，我陪著你去衙門，跟許知縣把事情說清楚就是。」麥穗顧不得那些魚罐頭了。

吳三郎聽見熟悉的聲音，忍不住掀起簾子，冷不防看到人群裡那個熟悉的身影，忙喊道：「停車！快停車！」

馬車應聲停下來，他急急地下了馬車，快步走到麥穗面前，驚喜道：「穗兒，妳怎麼在這裡？」

「吳大人，我在這裡賣魚罐頭，不想我的客人們發生了點口角，就被你的人抓起來了。」麥穗勉強笑道。

「原來是這樣。」吳三郎上下打量她一眼，溫言道：「不要怕，他們有沒有傷到妳？我替妳作主。」

「沒有，他們只是都搶著要我的貨而已。」麥穗見他身材稍稍有些發福，又穿著一身官服，很是威風，不再是她記憶中那個清瘦的文弱少年了。她不禁暗嘆他十年寒窗，果然沒有白費。她淡淡一笑。「懇求大人念在他們只是一時衝動的分上，放過他們這次。咱們做生意的，講究的是和氣生財，實在不想把事情鬧大。」

「既然妳這樣說，我便依妳。」吳三郎眉眼含笑地看了看她，扭頭吩咐道：「既然是場誤會，那就把他們都放了吧！」

「是。」為首那衙役立刻大聲吆喝著上前放人。

「多謝大人。」麥穗微微屈膝，行了一禮。

「今天我還要趕回齊州府，就不多聊了，改日再會。」吳三郎勾起嘴角道，轉身上了馬車。

眾衙役亦步亦趨地簇擁在馬車後面，漸行漸遠。

直到馬車拐了個彎，再也看不到蹤跡，眾人才回過神來。

事情就這樣解決了？想來這大人跟這個賣魚罐頭的女人，關係真是不一般啊！

「一看就是舊相識，沒瞧見兩人談笑風生嗎？」

「我看也是的，而且那大人看上去很喜歡這個賣魚罐頭的女子，我看他一直在笑。」

「對，我也看到了，說不定是大人的紅顏知己吧。」

麥穗聽見眾人的竊竊私語，心中有些哭笑不得。

黑旋風撓撓頭，帶著手下鄭重地朝麥穗作揖道：「小人有眼不識金鑲玉，得罪了姑娘，還請姑娘原諒。告辭！」

能跟齊州知府關係如此密切的，肯定是厲害角色。果然是天外有天，人外有人。

黑旋風翻身上馬，領著一眾手下，揚長而去。

「多謝姑娘。」顧三也抱拳道：「若不是姑娘，顧某這場牢獄之災，實在是逃脫不掉了。」

「壯士行俠仗義，讓人佩服。」麥穗微微屈膝道。

「好了，看那些壞人灰頭土臉的樣子，我心裡也不氣了。」謝氏上前抓起麥穗的手，笑道：「我呀，就喜歡妳處事不慍不火的樣子，妳還這麼年輕，竟然能臨危不亂，是個能成大事的。」

「表姑過獎了。」麥穗淺笑。「我不過是個賣魚罐頭的，還能成什麼大事？」

「好了，耽誤這麼一會兒，我也累了。顧三，咱們走！」謝氏笑盈盈地上了馬車，細聲道：「過幾天，待我得空，就去魚嘴村找妳。」

「告辭。」顧三朝牛五抱了抱拳，揚鞭而去。

「三嫂，他們、他們就這樣走了啊？」牛五苦著一張臉道：「怎麼也沒說要買咱們的罐頭呢？」原來這場架，是白打了啊！

「也許、也許是忘了吧……」麥穗欲哭無淚。剛開始是兩家搶著要她的貨，現在又都拍拍屁股走人……

這時，從茶鋪裡走出來一個手拿摺扇的白衣男子，緩緩上前問道：「小娘子，妳這魚罐頭還賣不賣了？」

白衣男子看上去二十多歲的樣子，風度翩翩，舉手投足間瀟灑自如，又是從背光處走過來，麥穗只覺得面上一暗，接著一股淡淡草木清香迎面襲來，這氣息跟蕭大叔倒有些相像。

麥穗不禁對這人有了些親切的感覺，淺笑道：「賣，你要多少？」

「全要了吧！」白衣男子「嘩」地打開扇子，又「啪」的一聲合上，朝身後的小廝遞了個眼色。
那小廝忙上前張羅著搬貨。
麥穗這次的魚罐頭做了不少，足足有兩百多罐，每罐二十文，算下來竟然有四兩銀子的進帳，讓她心裡樂開了花。
白衣男子身邊的小廝上前付了銀子，便拉著魚罐頭揚長而去。
周圍賣貨的人，徹底炸開了鍋。
「哎呀，人長得好看，這貨也賣得快啊！」
「就是啊，第一天來，不但把貨全都賣了，竟然還有人為了搶她的貨而打起來。嘖嘖，這事怎麼從來沒有發生在咱們身上啊！」
「誰說不是呢！」
「看來，這小娘子是要發大財了啊！改天我也讓我媳婦來賣貨，看看能不能把貨一下子全賣光。」
「哈哈哈，你小子可別偷雞不著蝕把米，萬一媳婦再跟人跑了咋辦？」
「去你的！瞎說什麼？人家小娘子不也是在這裡賣貨嗎？怎麼沒跟著別人跑了？」
「那是還沒到時候。」
牛五在一旁聽見，覺得三嫂被污辱了，衝上前就想跟他們理論。
麥穗一把拉住他，不以為然地道：「算了，回家。」
剛走到半路，就見謝氏的馬車又返回來。

顧三笑道：「剛才光顧著說話，忘記拉貨了，我家夫人特意讓我回來把貨拉上。」

「大叔，對不住，今天的貨已經賣完了。」麥穗淺笑道：「您要多少？過兩天我給您送去。」

「這樣啊……」顧三一聽麥穗的魚罐頭都賣光了，很驚訝，忙道：「那你們先送三百瓶來，送到禹州城西大街鳳陽客棧對面的謝記熟食鋪子就行。」

「行，我五天後就給您送過去。」麥穗滿心歡喜地應道。

「牛五兄弟，到時候一起來啊！」顧三對牛五的印象不錯，他覺得這個年輕人挺有義氣的，不怕惹事。

「好的，我一定去。」牛五很佩服顧三的身手，心裡也願意跟這樣的人來往，立刻高高興興地應道：「到時候，我跟我三嫂一起給您送貨過去。」

「那好，咱們禹州城見。」顧三笑了笑，甩著鞭子調轉馬頭，飛快地向前駛去，轉眼就不見了蹤跡。

麥穗回到家，已經晌午了。

早有嘴快的把消息傳回魚嘴村，蕭宗海聽說後，心急如焚地正要去官道上探個究竟，就見牛五趕著馬車進了胡同。

麥穗昨晚沒睡好，又鬧騰了一上午，身心疲憊。她下了馬車，便回了自己家，關上門，一頭倒在炕上，睡死過去，連飯也沒顧得上吃。

蕭宗海不好盤問兒媳婦，便把牛五叫到老宅那邊，問他到底是怎麼一回事。

蕭芸娘倒了杯水給牛五喝。

孟氏見牛五的袖口都被撕碎，便拿了針線過來，張羅著給他縫衣裳。

牛五脫了外套，端起茶杯，一口氣喝光茶水後，才把官道上發生的事原原本本地說了一遍。他拍著大腿道：「宗海叔，嬸子，你們是不知道，那個叫啥黑旋風的真不講理，咱三嫂都說不賣了，他卻硬要買，甚至還吩咐手下的人用搶的。你們說說，這不是明擺著欺負人嘛！」

他突然覺得跟著三嫂出去賣貨，比替龍霸天來回送貨要刺激得多。哈哈，他就喜歡這樣的日子，能四處跑跑看看、打打架什麼的，簡直太愜意了。

「哎呀，怎麼還得罪人了呢？」孟氏聞言，嚇了一跳，手一抖，差點被針給扎破指頭。

「嬸子，不是咱們得罪他們，是他們太霸道。」牛五不以為然道：「那個表姑也是，非要跟那個黑旋風較真，要不然也不會打起來。你們不知道，當時有好多人都在看熱鬧，也就是咱三嫂心大，要是換了別人，該急哭了。」

「你剛才說吳大人要把你們帶到衙門裡去？」蕭宗海不動聲色地問道：「後來，是景田媳婦向他求情，他才放了你們？」

「對呀，吳大人還沒看到三嫂的時候，確實是要把咱們抓去衙門的。」牛五沒想太多，直言道：「但他之後下了馬車，見到三嫂後，就把咱們都給放了。」

「牛五哥，吳大人跟三嫂是從小一起長大的。」蕭芸娘皺眉道：「他們是一個村的。」

「哦，我差點忘了這事。」牛五撓撓頭，尷尬道：「其實他們就是說了幾句話，然後吳大人就匆匆上馬車走了。」

他好像聽說過，三嫂在娘家的時候有個青梅竹馬的玩伴來著；而且，兩人還曾經鬧著私奔過。怪不得那個吳大人對三嫂另眼相看，原來是有這層情分在。

「你跟老三媳婦說，以後官道那邊，還是別去了。」蕭宗海臉一沈，對孟氏道：「讓她好生在家裡待著，別再鬧出什麼事端來。」

「好，我再去跟她說。」孟氏從鍋裡拿了幾個包子，放在碗裡，便去了新宅。

孟氏來到新宅，在門口喊了幾聲，見裡面沒有一絲動靜，便上前敲門道：「媳婦，起來吃飯了。」

麥穗剛睡著，便被婆婆給吵醒，心裡有些惱火，睡眼矇曨道：「娘，我先睡一會兒，等會兒再吃。」

「不吃飯怎麼行？快起來開門，先吃飯！」孟氏不依不饒地敲著門。

麥穗只得忍著不悅，下炕去開門。

以前她覺得這個婆婆挺好的，會疼媳婦，也是個通情達理的，但現在她真的越來越覺得婆婆十分偏心。

小姑子早上睡到太陽曬屁股，婆婆也不會吱一聲。可她這個當媳婦的，已經累了大半天，回來不過是打個盹，也得被婆婆給吵起來，想想就一肚子火。

「熱呼呼的包子，趁熱吃。」孟氏不動聲色地把手裡的碗放到炕上。
麥穗念她一片好意，只得洗了手，取了筷子，無精打采地坐在炕上吃飯。
「媳婦，妳爹讓我過來跟妳說，官道那邊以後還是別去了。」孟氏盤腿坐在炕上，肅容道：「妳不知道村人傳的那些話有多難聽？景田又不在家，妳總得避避嫌。」
「村人說什麼了？」麥穗吃著包子問道。
「他們說，為了買妳的貨，男人們都打了起來。」孟氏說著，臉紅了一下，又道：「還說，吳大人得知此事後，帶著人去解圍，還說吳大人對妳……」
「前面說得都對，後面純屬瞎掰。」麥穗臉不紅、心不跳地跟婆婆解釋道：「不是吳大人得知此事後去解圍，而是吳大人碰巧路過，他當時的確是想要把他們全抓起來送去衙門的，也確實是因為我求情才放了他們。我承認，此事我是欠了吳大人一個人情，但我跟他之間並不是你們想的那樣。再說了，人家吳三郎現在怎麼說也是個知府，能對我這樣的小小村婦有啥想法啊？」
真能瞎傳……就算那個吳三郎對她真有意思，她也不可能答應的，人家她現在喜歡的是蕭大叔嘛！
「媳婦，咱們知道事情不是村人說的那樣，可是妳架不住村裡那些傳言啊。」孟氏見媳婦說得雲淡風輕，心裡只覺堵得慌，又勸道：「人言可畏，妳是成了親的人，凡事自然得顧及婆家的顏面不是？」
「娘，我自認沒有給你們丟人。」麥穗不悅道。「今天的事只是個意外，以後不會再發生了。」

「不要再有以後了。妳爹說了，不讓妳再去官道那邊賣魚。」孟氏苦口婆心地勸道：「妳安心在家裡待著，咱們女人原本就不該拋頭露面去賺錢。」

「娘，您跟爹說，我以後不去官道就是。」麥穗不想跟婆婆起爭執，又道：「只是五天後，我得去禹州城送貨，今日有間鋪子要跟我買三百瓶的魚罐頭，我不能失信於人。而且我得親自去一趟禹州城看看，若是她的鋪子生意好，我就長期給她供貨，這樣，就不用去官道那邊賣魚罐頭了。」

孟氏只是嘆氣。

這個媳婦怎麼心心念念就想往外跑呢？

姜孟氏和蘇二丫也聽說了麥穗在官道上惹出的風波，因此一吃完晚飯，她們就跑到新宅來看麥穗。

姜孟氏笑道：「景田媳婦，這下妳可出名了，魚嘴村沒人不知道妳的，他們都想過來嚐嚐妳的魚罐頭到底是怎麼個好吃法，竟然讓想買貨的人打起來了？」

蘇二丫掩嘴笑。

「表姊，妳別取笑我了，我心裡已經夠亂的了。」麥穗笑了笑，給婆媳倆倒了茶，嘆道：「就因為這件事，我公公、婆婆都不讓我去官道那邊賣貨了，說是怕別人說閒話。」

「身正不怕影子斜，妳怕啥？」姜孟氏不以為然道：「再說了，今天不是有牛五陪著妳嗎？妳甭管村人怎麼說，他們是嫉妒妳呢！」

「不管是不是妒忌，反正我公公、婆婆是不高興了。」麥穗搖頭道：「若是景田知道此事後，說不定也不讓我出去了。哎呀，女人想要做點事，怎麼這麼難？」

「因為妳不是一般的女人。」姜孟氏拍拍麥穗的肩頭，打趣道：「一般的女人入不了景田的眼，不是嗎？」

「也是。」麥穗一本正經地點頭道。

「妳可真不經誇。」姜孟氏笑彎了腰。

「三舅媽，聽牛五說，禹州城有個鋪子訂了咱們的貨，是真的嗎？」蘇二丫笑問道。

「是的，他們的確訂了三百瓶罐頭。」說到這件事，麥穗又高興起來，衝蘇二丫笑了笑。

「所以咱們得忙個好幾天了。我二哥每天送的魚肯定不夠，妳讓妳家狗子把妳公公捕到的魚，也給我送兩天來，我估摸著四天就能做好。」

「好，只要有活兒幹，再忙我也願意。」蘇二丫興奮道。

「表姊，妳可真是娶了個好兒媳。」麥穗誇讚道。

有句話她沒好意思說，同樣是蘇家的人，蘇二丫可比蘇三強了何止百倍。

麥穗和蘇二丫足足忙了四天，才把三百瓶魚罐頭做好。

第四天晚上，麥穗就跟牛五商量好，準備隔天就去禹州城送貨。

孟氏見實在攔不住她，便讓蕭芸娘陪著麥穗一起去。

麥穗覺得自己很不被尊重，有些不悅。

她還能跑了不能？有必要派小姑子盯著她嗎？

車廂裡放不下那麼多瓶瓶罐罐，麥穗索性用麻袋把一些魚罐頭裝起來，掛在馬背上。

馬車晃晃悠悠地出了村子，好在啟程早，雖然馬車走得慢，但還是趕在晌午時分進了禹州城。

第六十二章　懷疑

時值二月，早春。

禹州城早已是花紅柳綠，一派生機盎然。街上人山人海，車水馬龍，很是熱鬧。

蕭芸娘看什麼都覺得新鮮，不時扭頭跟牛五說話，一路上手舞足蹈的，像是劉姥姥進了大觀園。

牛五之前雖然來過禹州城，但對這裡卻不是很熟，問了好幾個人才打聽到所謂的西大街在何處。馬車七彎八拐地走了好一陣子，才來到鳳陽客棧門口。

鳳陽客棧對面，果然有家氣勢磅礡的「謝記熟食店」。

之所以說氣勢磅礡，那是因為這家「謝記熟食店」光店面就足足有人家的九間大，而且還分了上、下兩層，一樓是「謝記熟食店」，二樓則是「謝記茶館」，茶館裡似乎有人正在說書、唱曲，不時有掌聲和叫好聲傳來。

謝記的生意看上去很火爆，人來人往，絡繹不絕。

麥穗暗自豔羨。

以後她也要開一間這樣的大鋪子，好好地在古代大展身手一番。

顧三蹺著二郎腿坐在謝記門口吃瓜子，腳下一地的瓜子皮。他見到牛五和麥穗，忙熱情起身道：「你們可算是來了！再不來的話，咱們東家就要讓咱去你們村子催貨了呢！」

「讓你們久等了。」麥穗聽了這話，很高興。

「小娘子果然是守信之人，咱們東家就喜歡跟妳這樣的人打交道。」顧三眉眼彎彎地吩咐手下去馬車上卸貨，見天色已到了晌午，便熱情相邀道：「三位遠道而來，先去二樓用了午飯再走吧。咱們東家一大早就去廟裡上香，過一會兒就回來。」

「不了，咱們初次來禹州城，想四處逛逛。」麥穗笑著拒絕，其實她是希望看能不能遇見蕭景田。

「既然如此，我就不勉強了。」顧三抱了抱拳。

待結了帳，麥穗拿了銀子，興沖沖地領著牛五和蕭芸娘上了馬車。

蕭芸娘嚷嚷著要去醉仙樓吃飯。她說以前曾經聽蕭景田說起過這間酒樓，說醉仙樓在禹州城可是很有名氣的，裡面的東西可好吃了。

牛五撓撓頭，既然有名氣，那一定挺貴的吧？但當著蕭芸娘的面，他又不好說什麼。

「三嫂，咱們好不容易來一趟，就去看看嘛！」蕭芸娘索性晃著麥穗的胳膊撒嬌道：「說不定咱們還能碰到三哥呢！」

麥穗心裡一動。

「好，那我就請你們到醉仙樓吃飯。」麥穗咬咬牙，答應下來。賺錢就是為了享受的，醉仙樓就醉仙樓吧。

就算見不到蕭大叔，看看蕭大叔曾經到過的酒樓也好。

三人一路打聽，趕著馬車去了醉仙樓。

醉仙樓依舊是客滿為患。

一樓招待散客，二樓設了雅間，三樓則是茶室。

麥穗要了二樓雅間。

蕭芸娘暗嘆三嫂大手筆，興高采烈地提著裙襬跟著牛五上了二樓。

麥穗摸摸包袱裡鼓鼓的錢袋，率先點了大盤雞、水煮魚和鮮果湯。

牛五和蕭芸娘推來推去的，誰都不肯點菜，說吃什麼都好。

麥穗很無奈，只得又要了兩道甜點。

其實醉仙樓的菜不貴，就拿大盤雞來說，比千崖島還要便宜一些。

麥穗越想越覺得自己是個土包子，以後還得多賺一些錢，這樣去飯館的時候，才不用擔心價錢。

禹州城的大盤雞很實惠，滿滿一大盤，雖然裡面大都是各種菌子蘑菇，但分量卻很足，味道也不錯。水煮魚上面漂著一層薄薄的黃油和各種調料，很是清淡，吃起來帶著一股淡淡的土腥味。

「他們這魚是河裡的魚吧？還不如三嫂做的魚罐頭好吃呢！」牛五皺眉道：「三嫂做的可是一點魚腥味也沒有。」

「牛五哥嘴就是甜。」蕭芸娘掩口笑道。

牛五撓撓頭，不好意思地笑了笑，埋頭吃飯。

麥穗笑著靠在窗邊，推開窗子往外看。混合著淡淡藥香的微風迎面襲來，外面的喧鬧連同陽光瞬間湧進來。

街上熙熙攘攘的人群很是熱鬧，馬車甚至還堵在一起，跟在後面的車夫一邊罵一邊嫌棄前面的人不會趕車。

麥穗覺得有趣極了，原來古代也會堵車。

醉仙樓對面是個醫館，牌匾上寫著「保寧堂」三個大字，許是保寧堂的名氣很大，門口竟然還排了長長的隊伍。

一輛馬車緩緩地停在醉仙樓門口。

馬車裡跳下來一個身穿粉衣的小丫鬟，手忙腳亂地把矮凳放在馬車下方，又輕輕地撩起簾子。

裡面伸出一隻白皙的手，粉衣小丫鬟忙上前扶著那隻手，隨後一個頭戴帷帽的紅衣女子步出車廂，在小丫鬟的攙扶下，慢慢地下了馬車。

兩人剛走沒幾步，那紅衣女子突然一個踉蹌，軟軟地倒下去。

她身邊丫鬟立刻眼疾手快地扶住她，驚慌失措地朝醫館裡喊道：「大夫、大夫，快來人啊，我家小姐暈倒了。」

「姑娘，我幫妳。」這時，從人群裡快步走出一個婦人，上前幫著粉衣丫鬟把那暈倒的女子攙進醫館。

麥穗認出那婦人正是那個表姑謝氏。

片刻，方才跟著進去的年輕車夫，又急急地從醫館裡走出來，跳上馬車，調轉車頭，匆匆地走了。

這個年輕車夫她見過，是叫什麼「秦十三」的，聽說是秦溧陽的侍衛。如此說來，那個戴帷帽的女子肯定就是溧陽郡主了。

不過溧陽郡主是個練家子，並非尋常閨閣女子，怎會突然暈倒呢？

麥穗有些難以置信。

「三嫂，妳在看什麼呢？」吃飽喝足的蕭芸娘容光煥發，眉眼彎彎地湊過來問道：「是有什麼新鮮事嗎？」

「沒什麼，咱們走吧。」麥穗不以為意地笑了笑。

秦溧陽貴為郡主，自然有許多人伺候，輪不到她來關心，她也不想關心。

結了帳，三人出了醉仙樓。

謝氏正提著裙襬從醫館裡走出來，一抬頭瞧見麥穗，忙快走幾步，上前拉著她的手，笑道：「哎喲，是妳啊，我敬香回來後，知道妳先離開，還埋怨顧三沒有留妳，卻不想能在這裡碰到妳。妳說，咱們是不是有緣？」

「嗯，我跟表姑的確有緣。」麥穗笑問道：「我見表姑剛從醫館出來，您是來醫館抓藥嗎？」

其實，她還是有些好奇溧陽郡主到底生了什麼病。

「妳不知道，剛才有個小娘子在這裡暈倒，我把她扶進去。」謝氏壓低聲音道：「我出來的時候，那小娘子還沒醒，但我聽大夫說她是喜脈，好像是胎象不穩。想來小娘子身子過於孱弱，所以那大夫便讓她叫她男人過來。」

「喜脈？」麥穗大驚。

難道溧陽郡主有了身孕？她還沒有成親哪！

「怎麼？妳認識那個小娘子？」謝氏驚訝地問道。

「不是、不是，我不認識。」麥穗自知失言，忙解釋道：「我剛剛聽您說那小娘子暈倒，以為她是得了什麼病，卻不想會是喜脈。我雖然不大懂醫術，卻也看過一些醫書，從來沒聽說懷個孕還能讓人暈倒的。」

「是那小娘子體質太弱。」謝氏不以為然地笑道：「這女人啊，一懷了孕就跟以前完全不同。過去身子強壯的，有了身孕後說不定變得很虛弱，而也有身子虛弱的，有了身孕後就變得康健起來。等妳有了身孕，就知道了，想當年我懷孕的時候，足足在床上躺了一個月呢！」

「原來如此。」麥穗恍然大悟。

原來女人有了身孕後竟如此神奇，她還真不知道這些。

「三嫂，咱們回吧。」蕭芸娘坐在馬車裡朝麥穗招手喊道：「再不走，天都要黑了。」

「就來了。」麥穗扭頭看了看等在不遠處的馬車，淺笑道：「表姑，咱們改日再聊，我得走了，若是我這魚罐頭賣得好，您什麼時候要貨，就提前派人去跟我說一聲，我也好早做準備。」

「好，那就這麼定了。」謝氏點頭道。

牛五趕著馬車，緩緩地穿梭在人群中。

人太多，馬車走得極慢。

蕭芸娘在車廂裡悶得慌，索性坐在牛五身邊，陪他說話。兩人嘰裡呱啦地說個不停，不時發出陣陣笑聲，也引來路人各種目光。

這小倆口的感情也太好了吧？

而麥穗則抱膝坐在馬車裡，心裡暗忖，如今溧陽郡主有了身孕，那孩子的父親肯定非富即貴。待日後成親，溧陽郡主為人妻母，自然就不會惦記她的夫君了。

人群裡，迎面走來兩個引人注目的身影。

一個是秦十三。

另一個……另一個竟然是蕭景田！他穿著乾淨索利的緊身衣褲，在人群裡十分顯眼。

麥穗簡直不敢相信自己的眼睛。

她眼睜睜地看著她日思夜想的夫君，在熙熙攘攘的大街上跟她擦肩而過，腳步匆匆地進到醉仙樓對面的那間醫館。

「牛五，你趕緊調頭，我要回醉仙樓一趟。」麥穗忙道：「我剛才看見你三哥了。」

蕭芸娘正跟牛五聊得起勁，壓根兒就沒看到蕭景田，如今聽麥穗這樣說，兩人都很驚訝。

蕭芸娘忙伸直脖子，四下裡望了望。「三哥在哪裡啊？」

「三嫂，這個地方人太多，不好調頭，等到了前面路口再說吧。」牛五甩著鞭子道。道路兩邊的商家都把貨物搬到路上，稍有不慎，要是把人家的貨物給壓壞怎麼辦？

「那你們去前面路口等我，我去去就來。」麥穗也覺得這裡不好調頭，便彎腰走出車廂，縱身跳下去，腳步生風地往回走。

「三嫂，妳早點過來找咱們啊！」蕭芸娘坐在馬車裡喊道。

「嘿嘿，三哥跟三嫂的感情還真要好。」牛五打趣道。「三哥知道三嫂來了，肯定會留三嫂住下呢！」

蕭芸娘掩嘴偷笑。

這一頭，麥穗在人群裡穿梭一陣子，卻怎麼也找不到醉仙樓。

奇怪，她記得方才馬車不過是拐了兩個彎，怎麼會找不到回去的路呢？

沒法子，她只得停下來找一個走街串巷的貨郎問路。

貨郎抬手往她身後一指。「妳到了那個路口，往東一拐彎就看見了。」

麥穗汗顏，她果然是走錯了……道了謝，她又急急往回走。

沒想到，蕭景田卻不在醫館裡，也沒有看見秦溧陽和那個小丫鬟。

大夫說他們已經走了。

「他們沒有說是去哪裡了？」麥穗走得急，額頭上出了一層密密的汗，樣子有些狼狽。

「這老朽就不曉得了。」大夫搖搖頭，摸著花白的鬍鬚道：「那小娘子是內寒的體質，且胎象不穩，需好生靜養才是。我只聽那小娘子的夫君說，讓她好好回家休息。」

因麥穗來回耽擱了些時辰，牛五趕著馬車回到家的時候，天已經黑了。見女兒、媳婦回來，孟氏總算鬆了口氣，忙張羅他們上炕吃飯。

蕭芸娘吃著飯，嘴也不閒著，嘰嘰喳喳地說著禹州城的所見所聞，牛五則不時附和幾句。

麥穗只是一聲不響地吃飯，今天的事太過蹊蹺，她沒辦法不懷疑。

「你們去禹州城，沒見著景田嗎？」蕭宗海冷不防插話問道。

「回來的時候，三嫂說在路上看到三哥，然後就返回去找他，卻也沒找著。」蕭芸娘看了麥穗一眼，又道：「大概是三嫂看錯了吧！」

「當時人多，的確有可能看錯了。」牛五附和道。

「我沒看錯，那個人就是景田。」麥穗賭氣般地放下筷子道：「你們慢慢吃，我回去歇著了。」

「芸娘，今天沒出什麼事吧？」孟氏見媳婦悶悶不樂的樣子，悄聲問道：「我怎麼看景田媳婦好像不大高興的樣子？」

按理說，出去賣貨賺了錢回來，應該很高興的啊。

「興許三嫂是累了。娘，您就別瞎想啦，累不累啊！」蕭芸娘嗔怪道：「您怎麼老是疑神疑鬼的，真能操心。」

孟氏嘆了口氣，不再吱聲。

而麥穗回屋後，泡了澡，便早早地上炕歇了。

許是白日裡太累，她鑽進被窩，很快就睡著了。

正睡得迷迷糊糊間，她突然覺得有人在拽她的衣裳。

她一個激靈醒了，藉著窗外透進來的月光，她驚訝地看見竟然是蕭景田回來了。

她是在作夢嗎？麥穗一頭霧水地揉了揉眼睛。

「媳婦，是我！」蕭景田抬手刮了刮她的鼻子，低頭吻住她的唇，迫不及待地噙住她的舌尖，帶著薄繭的大手探進她的衣衫裡來回撫摸著她光滑如玉的肌膚，所到之處，引起陣陣酥麻。

「景田，我有話要問你。」麥穗推著他壓過來的身子，直截了當問道：「溧陽郡主腹中的孩子是誰的？還有，她怎麼還把你叫過去了呢？」

「我不知道，也不想知道。」蕭景田再次吻住她的唇，兩、三下就扯下她的衣衫。這些日子，他無時無刻不在想著她、渴望著她，眼下這短短的相聚時刻，他可不想浪費在別的事情上。

秦溧陽腹中的孩子愛是誰的就是誰的，反正跟他沒關係。

一番雲雨過後，兩人都已筋疲力盡，連動也不想動。

麥穗更是身心疲憊，連話都懶得說了。

隔天一覺醒來，她的身邊早已空空如也，蕭景田早就不在了。

若不是炕上一片凌亂，麥穗還以為是她作了個春夢。

起身洗漱後，她來到灶房，見鍋裡熱著粥，灶裡還有餘火。

灶臺上有張字條，上頭寫著：有事去京城，過幾天回來，勿念。

他果然又離開了。

麥穗有些懊惱，她都還沒來得及好好問一問他昨天到底是怎麼回事，他說一句「不知道」就行了嗎？太氣人了！

吃過早飯，蘇二丫推門走進來，見了麥穗，眉眼彎彎地道：「三舅媽，今天就我公公這一份魚了，二舅媽她說二舅今天不舒服，沒出海去呢。」

姜木魚每次打的魚都不多，沒一次能超過蕭貴田他們，不過他撈的魚卻比別人的個頭大，麥穗覺得是他的漁網比別人大了一點點的緣故。

「無妨，妳先在家裡收拾一下這些魚，我跟牛五去海邊看看，收點別的海貨回來，也做成罐頭。」麥穗覺得光做魚罐頭太單一，想挑戰一下新品種，蝦和蟹同樣可以做成罐頭賣出去。她有鳳頭草，不怕這些海貨變質。

蕭芸娘還在睡覺，麥穗也沒去打擾她，只是簡單收拾一下，拿起帷帽，就去了隔壁牛五家。

牛五正在家裡煙燻火燎地做飯，弄了滿滿一院子的煙。

「三嫂，妳吃飯了嗎？」牛五見麥穗進來，不好意思地笑了笑，指著灶火道：「我這柴火沒曬乾，點不著，讓三嫂見笑了。」

「我見笑啥，我也不會燒火的。」麥穗沒進屋，站在院子裡道：「我已經吃好了，你慢慢做飯，我想去海邊看看，收點別的海貨，回頭你趕著板車去瓷窯拉一車瓦罐回來就行。」

「好、好，好，我待會兒就去。」牛五一個勁兒地點頭。

麥穗被嗆得咳了幾聲，掏出手帕、摀著嘴走出去。

海邊很熱鬧。早出的船已經紛紛回港，岸上全是新鮮的漁獲。

狗蛋媳婦和梭子媳婦站在碼頭上等著自家漁船進港，兩人也沒戴帷帽，一張臉被海風吹得通紅。

許是今天船上的貨比較多，狗蛋和梭子大老遠就朝她們不停揮手，得意地翹著大拇指，大喊道：「好多蝦和蟹，推了板車過來沒有？」

「推了、推了。」狗蛋媳婦興奮道：「一次拉不了，就多拉幾次。」

「若是天天如此，咱們就發財了。」梭子媳婦笑道，她一扭頭瞧見麥穗，眼前一亮，忙朝麥穗招手道：「那不是景田媳婦嘛？快來看看咱們船上的貨。」

海邊風大，麥穗緊了緊身上的衣衫，把帷帽推到腦後，提著裙襬朝兩人走過去。

第六十三章　牛五跟小姑子

漁船緩緩靠岸。

狗蛋和梭子跳下船，拴好繩，把船上的漁獲一筐一筐地搬下來。

麥穗也挽了裙襬，上前幫忙。

筐裡全是活蹦亂跳的蝦和小蟹，再新鮮不過了。

小拇指頭粗細的蝦白裡透紅，核桃大小的小蟹連同碧綠的海菜一同被撈上來，有著海的氣息。

「這些蝦要是曬成蝦乾，再把蟹打成醬，倒是能賣個好價錢。」梭子媳婦看著麥穗，半開玩笑、半認真地道：「景田媳婦，妳只做魚罐頭，有沒有想過做點別的？比如蝦罐頭和蟹罐頭。」

「哎呀，這蝦跟蟹咋能做成罐頭？妳這不是為難景田媳婦嘛！」狗蛋媳婦把籮筐搬到板車上，嘲笑道：「景田媳婦，妳看她想錢都想瘋了。」

「我還真是有這個想法。」麥穗看著這些活蹦亂跳的蝦和蟹，越看越喜歡，這些可是沒有半點污染的海鮮哪！

誰說海邊的村莊窮的啊？分明是個聚寶盆！

「真的假的啊！」梭子媳婦和狗蛋媳婦手裡的動作一頓，兩眼放光道：「妳是說這些蝦跟蟹啥的也能做罐頭？」

「能。」麥穗肯定地點頭，一口氣挑了十筐蝦跟蟹，道：「這些我要了，妳們幫我送我家新宅那邊，回頭我再跟妳們算錢。」

狗蛋媳婦和梭子媳婦歡天喜地地推了板車，準備給她送貨。

許久沒有來海邊，麥穗不急著回家，她在沙灘上散步，風是鹹的，海是藍的，天也是藍的，此情此景可謂是海天一色。

莊栓正在碼頭上修船，見到麥穗，他停下手裡的動作，笑問道：「景田媳婦，聽說景田去京城了，沒說啥時候回來？」

「他只說過幾天回來。」麥穗這才發現沙灘上多了好多艘木船，而且這些木船的船頭、船尾磨損得厲害，不像是用來打魚的漁船，她不禁好奇地問道：「莊叔，哪來這麼多船啊？」

莊栓正拿了錘子往船上釘木板。

「是昨天晚上景田帶回來的。」莊栓釘好木板，收起錘子，從地上的布兜裡掏出一個大瓷罐放在地上，又取了小刷子，細心地沾了瓷罐裡的桐油往木板四周刷，邊刷邊道：「這些船都是總兵府在海上操練時碰壞的，昨晚景田去了我家，讓我幫忙修理一下，說是京城那邊出了點事，他這幾天得去一趟。」

「莊叔，最近海上安寧嗎？」麥穗這才知道原來蕭景田昨晚是回來送船，順便在家裡歇了一晚。只是他一回去就纏著她恩愛，好多事她都還沒來得及問他，也不知道他什麼時候能回來繼續出海捕魚。
「齊州南邊那一帶的海域又開始不太平了。聽景田說，那一帶的海面上有不少島嶼，那些海蠻子就聚集在島嶼上，專門搶過往的官船。」莊栓搖搖頭，嘆道：「他們是聽說咱們這裡組建了海事衛所，所以不大敢過來鬧事。再說，咱們的漁船最遠就只在暗礁島那邊活動，他們也不敢對咱們怎麼樣，咱們這一帶暫時還是安寧的。」
說著，他看了看麥穗，又安慰道：「妳放心，景田這次只是去海事衛所幫忙，等忙完這陣子，他就回來了。昨晚他還說，他只想留在村裡出海捕魚呢！只是他不在家這些日子，家裡的事就全靠妳了。以後要是家裡有什麼事，儘管說，咱們村人肯定都會幫妳，畢竟景田也是為了咱們這一帶的安寧才去幫忙的。」
麥穗只是笑。話雖如此，自家若是真有什麼事，哪好意思麻煩別人。
漁民們將船上的漁獲清理完畢後，女人們都推著漁獲去了鎮上，男人們則留下來清理漁網。
他們早上走得早，清理完漁網得回家補一覺，等睡醒了，賣魚的女人們也就陸續回來了。日復一日，年復一年，漁家一整天的日子大致上都是這樣過的。
麥穗在海邊遛達一會兒，才慢騰騰地回家。
一輛陌生的馬車停在她家門口。
見她回來，馬車上的人立即跳下來，手裡的摺扇「嘩啦」一聲打開，似笑非笑地看著她，道：「小娘子，別來無恙，還記得我是誰嗎？」

「扇子兄！」麥穗一眼就認出他。
這個人不就是當初在官道上，一口氣買了她好多魚罐頭的人嗎？對這樣的大主顧，她自然是記在心裡的。
「扇子兄？」年輕人哈哈一笑。「在下姓柳單名一個澄字，柳澄。」
「柳公子。」麥穗微微屈膝行禮。
「我這次來，是專門來跟小娘子訂貨的。」柳澄繼續搖著扇子道：「實不相瞞，那批貨在齊州賣得不錯，小娘子還有什麼樣的貨，一併說來聽聽。」
「柳公子，咱們屋裡談。」麥穗眼前一亮，忙領著柳澄進門。
蕭芸娘正在院子裡跟蘇二丫聊天，見進來一個陌生男子，她臉一紅，快步回了自己住的東廂房。
就連蘇二丫也有些尷尬，也趕緊端著狗蛋媳婦和梭子媳婦送來的海貨，躲到一旁的灶房裡。
牛五正在清洗剛剛拉回來的瓦罐，見來了人，滿臉笑容地跟柳澄打了聲招呼，又繼續忙著手裡的活兒。
麥穗領著柳澄進了東廂房的書房坐下，心情愉悅地給他泡茶。
「咱們柳家靠著祖上傳下來的幾間鋪子餬口，平日裡都是賣乾海貨為主，冬天的時候，才會拉幾車鮮魚去賣。」柳澄放下扇子，大大方方地品茶，笑道：「沒想到你們這裡除了乾貨和鮮魚，竟然還有吃起來更方便的魚罐頭，果然是天外有天、人外有人哪？」

「柳公子過獎。」麥穗笑了笑，又起身給他續滿茶，道：「不知道你們那邊的人喜歡吃什麼口味的？我可以根據你們那邊的口味，來調製魚罐頭的味道。」

「咱們齊州的小紅辣椒向來都是朝廷的貢品。」柳澄拿起扇子搖了搖，笑道：「若是調上一點辣椒，我想會賣得更好。」

「好，我知道了，那就放些辣椒。」麥穗眼前一亮，要是說別的口味，她還真的不怎麼會，但若是香辣蝦、香辣蟹，那可是她的拿手菜。她想了想，又道：「既然你們齊州的辣椒久負盛名，那煩請公子託官道上的順風車給我捎一百斤辣椒過來，你算算總共多少銀子，到時候咱們兩兩相抵就是。」

「那就這麼辦！」柳澄收起扇子，起身道：「明天我有個朋友會到你們金山鎮的衙門辦差，我讓他把辣椒順道給妳送上門來就是。」

最後，兩人約定十天後交貨。

因為柳澄是上門取貨，麥穗主動把價格降了兩文錢，她寧願少賺點，也希望對方可以上門取貨，要不然舟車勞頓的，還真不划算。

雙方皆大歡喜。

三月，地面上結的冰漸漸化了。

蕭宗海又開始扛著鋤頭，整天在田裡鋤地鬆土。

蕭景田不在，麥穗那邊又忙，孟氏只得跟著每天出去做些力所能及的農活，老倆口忙得團團轉。

這讓蕭福田和蕭貴田兩家人很不滿。公公、婆婆偏心老三，偏得越發沒樣了，怎麼就不幫著他們兩家去田裡幹活呢？

妯娌倆越想越生氣，憤憤地去了老宅。

「爹，不是咱們非得說老三，而是最近福田在海上忙，我又有身子，田裡的活兒實在是沒人可做。」沈氏病懨懨地道：「爹要是不幫咱們，就真的誤了時節了。」

「就是啊，爹，咱們也是忙得沒工夫做田裡的活兒，反正咱們兩家的地是連在一起的，麻煩爹順便幫咱們打理一下。」喬氏悄然看了看蕭宗海，見他沈著臉不說話，忙道：「若是我自己能做，是斷斷不敢讓爹幫忙的。」

孟氏訕訕地沒吱聲。

「這是妳們的意思？還是他們兄弟倆的意思？」蕭宗海面無表情道。

老三不在家，他幫著做點田裡的活兒是理所當然的，怎麼他們兩家就是想不開呢？

「爹，這有什麼區別嗎？」沈氏見公公臉色不好看，但仗著如今自己已有身孕，公公也不可能訓斥她，便壯著膽子道：「他們兄弟倆整天在海上賣命，回來後還得去田裡幹活，媳婦們看在眼裡、疼在心裡，又知道他們兄弟倆是個有什麼事都壓在心裡的人，所以才來請爹過來幫忙的。」

「老大媳婦，那我問妳，村人哪個不是這樣的？」蕭宗海反問道。「之前景田在家的時候，還不是出海回來就下田裡幹活，難道那些麥子是自己飛到家裡來的？」

「爹，這村裡誰不知道，若是沒有您幫忙，老三那十畝麥子怎麼可能打理得過來？」喬氏皺眉道：「是您起早貪黑，幫著種上又收回來的哪！」

「話雖如此，可是一直以來，咱們都是跟著老三吃白麵的，連咱們日常買衣裳、打油買醋的錢，也全是老三給的。」蕭宗海坦然道：「難道我幫著他幹活不應該嗎？」

「那倒不是。」喬氏紅了臉道：「咱們也不是埋怨爹幫著老三幹活，只是覺得咱們兩家田裡的活兒忙不過來，想讓爹幫幫忙而已。」

「等我忙完這邊的活兒再說吧。」蕭宗海沒好氣地道：「但凡有志氣、有主意的，就不會跟老人提這樣的要求。你們看看老三媳婦，日子過得多紅火，若是妳們也有這個本事，自然就沒心思成天琢磨這些有的沒的了。」

妯娌倆討了個沒趣，訕訕地出了老宅。

蘇二丫出門倒水，見沈氏跟喬氏站在老宅門口嘀嘀咕咕地說話，忙笑著打招呼。「大舅媽、二舅媽，怎麼站在外面？進來坐坐吧！」

「不了，咱們回去了。」喬氏冷冷看了她一眼，拉著沈氏就走。

「誰呀？」麥穗問道。

「是大舅媽跟二舅媽，我看她們兩個好像不大高興。」蘇二丫皺眉道：「我請她們進來坐，她們也不進來。」

「不用管她們。」麥穗不以為意道，她如今只想關起門做自己的事，不願理會別的。

晌午的時候，麥穗執意留牛五跟蘇二丫一起吃飯。

蘇二丫到底是新媳婦，死活不肯留下，說婆婆肯定做好飯在家裡等著，麥穗只好作罷。

而牛五回去也是一個人，不管在哪裡，有口熱飯吃就行，便絲毫不在意地留在麥穗這裡蹭飯。

麥穗也沒有古代女人在男人面前的忸怩，她直接進了灶房，炒了兩道菜，還上了兩碟炸蝦、炸蟹。

牛五吃得連呼過癮，笑道：「三嫂，眼下咱們的生意越做越大，我看能開間作坊了。我以前去京城的時候，看見有些鋪子前面是店鋪，後面就是作坊，這樣取貨、賣貨什麼的也方便些，咱們也可以這樣做。」

「你是說去鎮上開作坊？」麥穗問道。

她之前也想過去鎮上開鋪子，也打聽過鋪子的價錢，憑她現在的實力，買個鋪子不是難事。只是現在鎮上並沒有鋪子要轉賣，她就是有錢也買不了。

「對啊，龍霸天跟徐四在鎮上都有鋪子，而且後面就是官道，東邊就是渡口，無論走水路還是旱路，都很方便。」牛五見麥穗對這個提議感興趣，侃侃而談道：「三嫂，我之前在龍霸天那裡做工的時候，龍家的鋪子幾乎每天都要出一船貨，生意真的很好，咱們也可以去鎮上試試。」

「可是據我所知，現在鎮上並沒有現成的鋪子可買……」麥穗無奈道。

「三嫂，沒有現成的鋪子，咱們可以買地自己蓋，眼下廟口那邊就有一塊空地。」牛五挾起一隻炸得外酥裡嫩的小蟹，放在嘴裡嚼著，興致盎然道：「三嫂，妳想啊，廟口那邊的位置多好啊，離官道近，離渡口也不遠，比徐四和龍霸天的鋪子位置都還要好。」

「那麼好的位置，徐四和龍霸天怎麼不去呢？」麥穗去過廟口，知道牛五說得沒錯，那邊的位置的確好，而且地方也寬敞。更重要的是，現在鎮上店鋪很多，除了廟口那邊，其他還真沒有什麼合適的地方了，新開的鋪子當然得選個好位置才行，而廟口那邊就是最好的位置。

「聽說徐四跟龍霸天當初都看上那塊地方，兩家都爭得很厲害，還差點鬧出人命，衙門左右為難，為了息事寧人，便誰也沒有給。」牛五鄭重地道：「這些都是些陳穀子爛芝麻的事了，前任知縣裁定的事，跟現任知縣也沒什麼關係。再說三哥跟許知縣的關係不錯，我覺得讓三哥出面說一聲，肯定沒問題的。」

「好，等你三哥回來，我跟他商量一下。」麥穗點頭道。「若此事成了，我就讓你當掌櫃的，日後定不會虧待你的。」

好想立刻就買下廟口那塊地啊……蕭大叔，你快回來吧！

「嘿嘿，那好，以後我牛五就跟著三嫂混了。」牛五心花怒放，也不推辭，毫不客氣地拍拍胸脯道：「三嫂放心，我別的不行，看鋪子啥的，還是在行的，交給我沒問題。」

蕭芸娘進了院子，見麥穗跟牛五竟然一起說說笑笑地吃飯，臉一黑，啥話也沒有說，扭頭就走。

牛五丈二金剛摸不著頭腦，訕訕地道：「三嫂，我怎麼看芸娘好像不高興？是在生我的氣嗎？」他也沒說什麼啊……

「沒有啊，她生氣了嗎？」麥穗放下筷子，掏出手帕擦擦嘴角，起身道：「若是不放心，你就過去問問。」

「我？」牛五皺眉道：「若是我去了，她更生氣怎麼辦？」

「去吧，我敢保證，你不去，她才會更生氣。」麥穗拍拍他的肩頭，收拾了殘羹剩菜，便去灶房洗碗。

她心裡暗忖，這兩個人該不會是看對眼了吧？

牛五撓撓頭，去了老宅。

蕭宗海跟孟氏去了田裡，不在家。

蕭芸娘坐在屋簷下穿針引線，她手法很嫻熟，手裡的彩線隨著動作來回擺動、上下翻飛，牛五一時看呆了，站在那裡不知道該說什麼。他從來都不知道，女人繡花的樣子竟然這麼好看。

「你來幹麼？」蕭芸娘沒好氣地把身子扭到一邊，不看他。

「我來看看妳。」牛五搓著手，不知道該說什麼。

「我不用你看，你走吧！」蕭芸娘臉一沈，賭氣地起身回屋，「砰」的一聲關上門。

牛五垂頭喪氣地出門左拐，又回到了新宅。

蕭芸娘見牛五真的走了，心裡更加生氣，索性把手裡的繡活摔在地上，一頭撲倒在炕上，嚶嚶地哭起來。

她覺得她的命真的很苦，親事不順，她爹還動不動就把她軟禁在家裡不讓她出門。

有時候她甚至自私地想，若是真嫁不出去，就嫁給牛五得了，反正牛五肯定會對她好的。

沒想到，牛五卻是半分表示也沒有。

而這一頭，麥穗見牛五耷拉著腦袋回來，知道他是碰了一鼻子灰，好氣又好笑地問道：「怎麼？她不肯跟你說話嗎？」

「那倒不是。」牛五有些不知所措，道：「她問我來幹麼，我說我來看她，然後她說我不用你看，你走吧，然後我就回來了。」

「你還真是實在人。」麥穗輕咳一聲，揶揄道：「牛五，你若真心喜歡我家小姑，那可得用心了。這次哄不好，那就下次再哄。」

這人跟人就是不一樣。

若是蕭大叔碰到這樣的事，肯定不會灰頭土臉地回來。

只是蕭大叔會怎麼做呢？

瞬間，她腦海裡不由浮現出她跟蕭景田第一次去千崖島鬧彆扭的情景，當時她怪他弄丟自己，賭氣不理他，他可是二話不說，扛起她就走，不是一般的霸氣。

「嘿嘿，我聽三嫂的。」牛五耳根泛紅，如實道：「其實，我是真的喜歡芸娘，只是、只是不知道該怎麼跟她說……」

「當然是想說什麼就說什麼，說出你的心裡話。」麥穗同情地看了看牛五，淺笑道：「我和你三哥看好你喔！」

牛五只是嘿嘿直笑。

第六十四章　成記船隊

過沒幾天，蕭景田就風塵僕僕地趕回來，還帶回來一隻小黑狗，毛茸茸的，很可愛。

「你這是去哪裡弄來的？」麥穗驚訝地問道。

「別人送的，喜歡嗎？」蕭景田抬手撫摸著小黑狗，笑道：「這是條小狼狗，妳慢慢養著，等過幾個月，牠就能看家護院了，給牠取個名字吧，以後妳就是牠的主人。」

他當然不會告訴她，這隻小狼狗實際上是他從趙庸那裡強行搶來的。

「這隻小黑狗全身沒有一根雜毛，倒是挺可愛的。」麥穗滿眼喜愛道：「那就叫牠黑風吧！希望牠能像風一樣自由自在地成長。」

「好，就叫黑風。」蕭景田讚許地點頭。「等明天我給牠做個窩，以後這裡就是牠的家了，記得好好餵牠，得每天給牠吃肉。」

「我每天還要做魚罐頭呢，哪有時間給牠做肉吃？」麥穗嬌嗔道：「我每天還吃不上一頓肉呢！」

「妳放心，以後只要我在家，保證妳每天都有肉吃。」蕭景田抬手揉了揉她的頭髮。

「我去給牠搭個窩，讓小傢伙住得舒坦一些。」

「我幫你。」麥穗甜甜一笑。

兩人心情愉悅地在院子裡搭狗窩。

蕭景田想搭個小巧一些的讓黑風先住著，麥穗則執意要一步到位，直接做個稍大一些的屋子，這樣黑風就不用換房子了。

最後，還是男人妥協，答應給黑風做個大房子。

先前蓋新房的時候，還剩下好多木材，材料都是現成的。

蕭景田很熟練地在大門後面做了一間寬寬大大的狗屋，麥穗則端著桐油，仔細地塗在外面，又拿了乾草鋪在裡面，兩人配合得很有默契。

想到之前秦溧陽的事情，麥穗又忍不住問道：「景田，溧陽郡主真的有孩子了嗎？」

「嗯，是有了，她那天之所以叫我去，是因為她嚇壞了，問我該怎麼辦才好。」蕭景田動作一頓，繼而又無所謂地道：「妳想啊，我連她孩子是誰的都不知道，我哪裡知道她該怎麼辦？」

「那你說她的孩子會是誰的？」麥穗心裡這才釋然，又好奇地問道：「這麼大的事，她都不跟你說？」

「我又不是她的誰，跟我說了幹麼？」蕭景田見他的小娘子一臉認真地看著他，頓覺好笑，抬手揉揉她的頭髮。「以後這樣的事少打聽，跟咱們沒關係！」

麥穗還想說什麼，就見一輛馬車急急停在大門口。

袁庭匆匆地從馬車上跳下來，推門進了院子，疾聲道：「將軍，不好了，蘇副將和杜老大兩幫人在海上操練的時候打起來，咱們怎麼也勸不住，您快去看看吧！」

蕭景田臉一沈，放下錘子便跟著袁庭出門。

原來事情的起因是蘇錚在兵書上看到一套陣法，覺得很適合在海上布局，興致勃勃地想在海上操練一番。

不料，卻被杜老大一口回絕。

杜老大認為此舉太過荒唐，說是海上跟陸地不同，海上講究船隻的靈活跟遊刃有餘，並不適合布陣。

杜老大覺得蘇錚自以為是，狂妄自大。而蘇錚卻認為杜老大不服從命令，要按軍法處罰他。

兩人一言不合就打起來。

在蕭景田的調解下，蘇錚跟杜老大最終握手言和，信誓旦旦地表示要齊心協力、同心同德，共同守護這片海域。

海上操練進行得很順利。

蘇錚正要領著將士們收兵回總兵府的時候，朝廷突然來了調令，急令趙庸率軍趕往齊州增援。

四海幫捲土重來，在齊州一帶的海路上大肆搶劫漁船不說，還不時上岸掠劫一番，讓當地漁民苦不堪言。

趙庸不敢怠慢，立刻跟蕭景田商量，讓蕭景田跟他一起去齊州抗敵，留下蘇錚在禹州城坐鎮。

為此，蘇錚很不服氣。他覺得是趙庸小看了他，非要跟蕭景田調換，還體貼地說，蕭景田是禹州人，坐鎮總兵府是再好不過的。

趙庸沈思良久，才答應蘇錚的請求。畢竟，坐鎮總兵府也不是件輕鬆的事，軍糧調度、派遣援軍等諸多瑣事，的確需要一個像蕭景田這樣穩重老練的人來做，他才放心。

蕭景田覺得在哪裡都無所謂，便答應跟蘇錚調換，留在總兵府看守門戶。

吃過早飯後，麥穗依依不捨地給蕭景田收拾行李。

她捨不得他走。

「我很快就會回來的。」蕭景田見他的小娘子悶悶不樂，打趣道：「怎麼？我還沒走，妳就捨不得了？」

「我是覺得在咱們魚嘴村也可以看守門戶。」麥穗替他理了理衣衫，認真道：「不一定非得去禹州城的總兵府。」

「妳說得沒錯，但官府之間的信件往來，卻不會送到魚嘴村來。」蕭景田低頭吻了吻麥穗，笑道：「現在海上操練已日漸穩定，衛所也組建好了，等趙將軍從齊州回來，我就算完成任務了。到時候，我就天天陪著妳。」

「你說的可是真的？」麥穗仰臉看著他。

她總覺得自己抓不住這個男人，彷彿他一走，就要長長久久地離開她一樣。

「當然是真的，我什麼時候騙過妳？」蕭景田索性把她擁進懷裡，安慰道：「我如果不忙，就回來看妳。」

「我聽說溧陽郡主也在禹州城。」麥穗垂眸道：「若是她再糾纏你，你該怎麼辦？」

「橫豎妳才是我的妻，擔心這些幹麼？」蕭景田哭笑不得。「妳整日裡忙著做魚罐頭，腦子也不歇著，亂想什麼呢？」

「我也不是亂想。」麥穗輕嘆道：「難道你不覺得溧陽郡主有孕很不可思議嗎？」

「再不可思議也是別人的事，跟咱們沒什麼關係。」蕭景田一把抓起行李，牽著她的手就往外走，笑道：「妳準備把我送到村口還是大門口。」

「當然是村口了。」麥穗嬌嗔道。

蕭景田不在家，家裡空蕩蕩的，異常冷清。

黑風跳著迎上來，嘴裡發出「嗷嗚、嗷嗚」的聲音。

「你餓了吧，我給你弄點吃的。」麥穗看著黑風，心裡酸酸的，見牠不停蹭著她的裙角，便拍拍牠的頭。

她進了灶房，給牠做了滿滿一碗肉粥，黑風搖著尾巴，吃得格外香甜。

「蕭娘子，別來無恙啊！」院門外，只見柳澄搖著扇子走進來。

讓麥穗想不到的是，跟他一起來的，竟然還有吳三郎。

「吳大人，柳公子。」麥穗頗感驚訝，上前打招呼。

「妳我之間，不必如此客氣。」吳三郎展顏笑道：「妳喊我三郎就行。」

「那怎麼行，吳大人如今身居高位，我一介民婦，豈敢直呼尊名。」麥穗客套道。

「小娘子當真客氣，咱們吳大人一聽做魚罐頭的人是妳，立刻拋下手頭公務，就跟著來了。」柳澄當然知道兩人是青梅竹馬，笑道：「青梅竹馬、兩小無猜，便是如此了。」

麥穗笑著把兩人請進客廳裡，上了茶。

蘇二丫跟蕭芸娘、牛五正把東廂房套間裡的魚罐頭搬出來，整整齊齊地排在大門口處，等著裝車。

三人幹起活來，忙而不亂，讓吳三郎心生佩服。

眼前這個女子再也不是他記憶中那個膽小怕事、唯唯諾諾的小姑娘了。

他看了看這處氣派的院子，心裡暗暗讚許，看來她那個土匪男人還是有些能耐的，別的不說，能蓋得起這麼好的院子的男人，絕對不是遊手好閒之輩。

而且這男人的眼光還相當不俗，是個見過世面的，無論是房子的格局還是裡面的擺設，都給人一股大氣的感覺，絕非尋常人所能想出來的。

想到這裡，他心裡又有些泛酸。

「小娘子，咱們這次來，是要給妳引薦一個大商家，若是成了，妳可得給我再抽兩成好處才行哪。」柳澄自然不知道吳三郎心中的兜兜轉轉，喝了一口茶，半認真、半開玩笑地道：「吳大人，你說是不是？」

「的確是。」吳三郎收回思緒，溫言道：「這次真的是個大商家，他的船隊來往於周邊各國，專門販賣各國特產，所需的量也很大。只是他眼光太挑剔，能不能看上眼，我就不好說了。」

媽呀，國際貿易？

麥穗頓時來了興趣，忙問道：「是哪裡的客商？」

她頓時覺得眼前這個胖乎乎的青梅竹馬好可愛啊！

「穗兒，妳聽說過成記船隊嗎？」吳三郎反問道。

「沒聽說過。」麥穗不解道：「成記船隊在當地很有名嗎？」

「成記船隊行事向來低調，不怎麼有名氣，但實際上卻是個做大生意的商家。」吳三郎笑道：「他們對貨物的要求比較嚴，要裝上船的貨物得他們老闆親自過目才行。」

「這我倒是可以理解，畢竟他的貨是要去別的國家兜售的，有誠信才能有生意。」麥穗聽吳三郎這麼說，頓時對這個未曾謀面的成記船隊多了幾分好感，又問道：「那我該怎麼做才能成為他們的供應商呢？」

原本以為她的貨能打入京城就算成功了，可現在突然冒出來一個成記船隊，還是周遊列國的。若是真能跟成記船隊打上交道，那她的魚罐頭豈不是要名揚海外了？

「咱們來正是想跟妳說這事的。」吳三郎笑了笑，向前側了側身子，和顏悅色道：「後天成記船隊會在禹州城的醉仙樓舉辦品茶會，專門賣他們從楚國運來的茶葉，順便收點當地的特產。妳若是感興趣，不妨去試試，若是真的成了，那可是一筆大生意。」

「好，那到時候我就去試試。」麥穗聽了異常興奮，聽起來成記船隊的這個品茶會跟前世的招商洽談會很相似，她當然不會錯過這個機會。

同時，她對柳澄的印象也好了幾分，若是柳澄拿她的魚罐頭賣給成記船隊賺差價，她也不知道，可如今人家竟然親自登門，如實相告，的確仗義。

「好，到時候妳跟柳公子一起去就行。」吳三郎笑道：「可惜那天我恰好有事，要不然我也會去的。」

「柳公子也是要去賣特產嗎？」麥穗詫異道。

「我是去買茶葉。」柳澄拿出扇子，晃了幾下，又「啪」的一聲收起來，展顏道：「在下很想嚐嚐楚國茶葉是什麼味道。」

「嗯，他比較喜歡吃。」吳三郎接話道。

麥穗莞爾，想不到吳三郎也有幽默的時候。

眼見已到了晌午，兩人竟然還沒有走的意思，麥穗只得起身道：「你們聊，我去給你們炒兩個小菜。」

「這怎麼好意思？」柳澄展開扇子搖了幾下，卻依然沒有走的意思，他雖然自小嬌生慣養，卻比較喜歡吃百家飯。

有道是，讀萬卷書，不如行萬里路、吃千家飯！反正他也不喜歡讀書。

吳三郎抿了口茶，大大方方地對麥穗道：「妳也不用忙活別的，給咱們做一鍋南瓜野菜粥就行，我想柳公子會喜歡的。」

「喜歡，當然喜歡。」柳澄笑咪咪地道：「我這個人啊，只要是我沒吃過的菜，我都喜歡。」

「那好，我這就去給你們做。」麥穗喊了蕭芸娘，一起去了灶房做飯。

牛五還在跟柳澄的管事和車夫一起往車上搬貨，忙出了一頭汗，貌似在蕭芸娘面前，他幹活格外賣力。

「三嫂，那兩個人要留下來吃飯啊？」蕭芸娘很驚訝，她三哥不在家，三嫂還敢留男人吃飯？還有，跟柳澄一起來的那個人不是吳三郎嗎？難道三嫂不用避嫌？

「嗯，都這個時辰了，哪能不留人家吃頓飯。」麥穗雖然也覺得有些彆扭，但又不好攆人家走。

再說，南瓜野菜粥做起來也不麻煩。先用菜籽油把蔥花爆香，然後放水，加入老醬和鹽調味，再放入南瓜和白米，最後再放一些時令的野菜就行。

說起來，這南瓜野菜粥是窮人家的吃食。這些日子，吳三郎肯定在外面大魚大肉吃膩了，才想憶苦思甜一下罷了。

南瓜什麼的，家裡倒是有。蕭家別的沒有，南瓜一年四季都不缺，往往舊的沒吃完，新的又該採收了。

麥穗把削了皮的南瓜和米一起放進鍋裡，讓蕭芸娘燒著火，自己又去了後院的菜園。她先前在樹底下發現一層碧綠的薺菜，當時看著小，沒捨得挖，現在長得綠油油的。

麥穗挖了一大把薺菜，洗乾淨，用滾水焯了，放進鍋裡，才讓蕭芸娘停火。待鍋裡的菜粥翻了個滾、起了白浪，南瓜野菜粥便大功告成。

嫩黃色的南瓜和碧綠的薺菜，漂浮在乳白色的湯汁裡，可謂色香味俱全。

麥穗讓牛五過去陪柳澄和吳三郎吃飯，她則跟蕭芸娘舀了一些，去老宅那邊吃。

柳澄跟吳三郎每人喝了滿滿三大碗，連聲叫好，許久沒有這麼痛快吃過一頓飯了。牛五看得目瞪口呆。話說這南瓜野菜粥他一點也不愛喝，這兩人是早上沒吃飯吧？

孟氏聽說吳三郎在隔壁新宅裡吃飯，很吃驚，忙問道：「媳婦，妳怎麼還留他在家吃飯？」就不怕別人說閒話嗎？

「娘，他是跟著柳公子來取貨，又不是我叫他來的，到了飯點吃個飯而已，誰會說閒話？」麥穗不以為然道：「您可別多想啊，我跟他可沒啥。再說後天我和牛五、芸娘，還有二丫，咱們要去趟禹州城參加品茶會，到時候見到的男人更多，若是都要避嫌，豈不是連門都不能出了？」

「什麼？妳又要去禹州城？」孟氏大驚。「媳婦，景田不在家，妳可別再往外跑了。」

「娘，三嫂都說了，一起去的還有咱們，怎麼就不行了？」蕭芸娘在新宅那邊幹了幾天活，也被那忙碌的氣氛感染，心情很不錯，一聽孟氏不讓他們去，不耐煩地道：「再說，咱們跟三嫂是去談生意的，又不是您想的那樣。」

「女人還談什麼生意？」孟氏白了蕭芸娘一眼。「我看妳們閒著沒事在家裡曬點小魚、小蝦的，趕個集賣一賣，或者送牧場就行。經常往禹州城跑，算什麼啊？」

「娘，這事就不用您操心，我自有分寸。」麥穗懶得再解釋什麼，放下筷子就回了家。她就知道，自己跟婆婆永遠說不通。

新宅那邊，柳澄和吳三郎已經吃飽喝足。

牛五給兩人泡了茶，見麥穗回來，閒聊幾句，兩人才起身告辭，臨上馬車的時候，柳澄還打著飽嗝道：「日後想吃南瓜野菜粥了，咱們就過來，希望妳夫君不要嫌棄咱們啊。」

「怎麼會？我夫君最喜歡結交朋友，他見了兩位，肯定會很高興的。」提起蕭景田，麥穗心裡一暖，笑道：「他也特別喜歡吃我做的南瓜野菜粥呢！」

吳三郎見她臉上滿滿的笑意，心裡愈加酸澀，如今的她，終究是別人的妻子，而他，不過是昔日一個故人罷了。

直到馬車上了官道，柳澄才推了推吳三郎，打趣道：「吳大人，見了青梅竹馬一面，魂丟了？」

「我是在想衙門的事。」吳三郎輕咳一聲，掩飾道：「我沒你那麼閒，出來這一趟，還不知有多少事情等著我回去處理呢。後天去禹州城，你替我多幫幫她。」

「怎麼？心裡還想著她？」柳澄試探地問道。

「她已經成親了。」吳三郎黯然道：「說到底是我連累了她。」

柳澄收起扇子，放在手裡把玩一番，握拳輕咳道：「我看她現在過得不錯，你就別多想了，若是起了不該起的心思，對她、對你都不好。這些道理無須我多言，你應該懂的。」

「你說得沒錯。」吳三郎點點頭，嘆道：「但對於她，我終究是做不到不聞不問。」

「可以過問，但凡事得有個分寸。」柳澄搖著扇子道：「看不出吳大人竟然是如此重情重義之人，在下佩服。」

一個俏生生的身影站在府衙門口，翹首以待，瞥見馬車朝這邊緩緩而來，眼前一亮，忙理了理衣衫，上前相迎。見到馬車上下來的人，便笑盈盈地上前見禮。「吳大人、大哥，你們可回來了！」

「如玉，妳怎麼來了？」柳澄搖著扇子道：「是鋪子裡出了什麼事嗎？」

「哪有，我就是想著你們應該快回來，就過來等你們。」柳如玉一雙美目在吳三郎身上落了落，嬌嗔地看了自家兄長一眼。

柳澄搖搖頭，率先進了衙門。

「柳小姐。」吳三郎作揖還禮。

「大人，使不得。」柳如玉忙側身躲開，臉紅道：「今天是父親的壽辰，還望吳大人賞臉去府上吃個宴席。」

柳家田地、鋪子無數，家境殷實。因柳家大伯父對吳三郎有提攜之恩，吳三郎到了齊州以後，對柳澄一家自是照顧有加。再加上吳三郎跟柳澄不僅年紀相仿，而且性情相投，兩人的關係一日千里，很快就成了無話不說的好友。柳如玉更是對吳三郎芳心暗許。

柳家上下看在眼裡，喜在心裡，他們是很樂意把女兒嫁給吳大人的。

「一定、一定。」吳三郎連連點頭應道。

第六十五章　品茶會

夜裡，麥穗在燈下喜孜孜地數著包袱裡的銀票，心裡樂開了花。

現在她手裡有上百兩銀子，家裡的日子也起了翻天覆地的變化，若是能再做上幾筆成記船隊的生意，那她就真的發大財了。

她越想越激動，竟然翻來覆去地睡不著。

好想蕭大叔啊！

若是他在家，該有多好……

一想到後天要去禹州城參加品茶會，她心裡又開始興奮起來，這次去，她一定要去看看蕭大叔，看看他在總兵府住得習不習慣。

想到他最愛吃她烙的餅，麥穗又一骨碌地爬起來，點了燈，去灶房和麵。後天一大早就要出發，她得提前準備點吃的帶上路。

「三嫂，妳幹麼呢？」蕭芸娘起來如廁，發現灶房的燈亮著，吃了一驚，忙過來問道：「大半夜的怎麼還和麵？妳是餓了嗎？」

「不，後天不是要去禹州城嗎？我打算做點吃的帶去給妳三哥。」麥穗笑道：「妳睡妳的，我和點麵也睡了。」

「哦，妳是要給我三哥做吃的啊。」蕭芸娘打著哈欠回了屋。

真搞不懂，就算要帶去禹州城，也不用大半夜地在灶房裡忙活吧。

麥穗不以為意地笑了笑，繼續和麵。

蕭宗海聽孟氏說麥穗要去禹州城談生意，半晌沒吱聲，抬腳就去了鎮上找于掌櫃。景田不在家，他得找個人說說這事才行。

于掌櫃得知緣由，笑道：「蕭大叔，這是好事啊，您幹麼要攔著她？有這麼個能幹的媳婦，您應該高興才是。」

「女人家出去拋頭露面，不好吧？」蕭宗海蹲在地上，拿著樹枝畫圈圈，嘆道：「我老了，也沒見過什麼世面，但我家裡的日子還算過得下去，並不指望兒媳婦出去賺錢養家，這要是傳出去，可是會讓別人笑話的。你跟景田是拜把子的交情，跟老三媳婦也熟，你去勸勸老三媳婦，讓她別出去到處亂跑了。」

「大叔，你們怎麼不自己勸？」于掌櫃笑道：「再說，你那兒媳婦未必會聽我的啊！」

「就我家老伴那任人揉捏的性子，她勸不住的，我畢竟是當公公的，也不好跟兒媳婦說這些。」蕭宗海嘆道：「之前她去過一次禹州城，我覺得她是去送貨，也沒怎麼攔著。但這次又去，還是去參加什麼品茶會，肯定有好多男人。你說，她一個女人家萬一有個什麼好歹，我該怎麼跟景田交代？」

「大叔，您別急，我先去問問景田媳婦，看她到底是咋想的，然後再把您的意思告訴她，怎麼樣？」于掌櫃笑道：「其實景田就在禹州城，景田媳婦不會出啥事的。」

他覺得蕭宗海多慮了。

蕭景田的那個媳婦，做事還是很可靠的。但礙於情面，他還是跟著蕭宗海去了一趟魚嘴村。

麥穗烙完餅，又開始做蘿蔔鹹菜，這些東西不容易壞，而且蕭景田在外面也不容易買到，她想給他多帶點。

遠遠地見于掌櫃信步走進來，她忙招呼道：「于掌櫃來了，屋裡坐。」

「怎麼做這麼多餅？」于掌櫃笑問道：「妳該不會是要去禹州城找景田吧？你們兩口子感情還真好，他前腳剛走，妳就要跟過去看他。我家九姑跟妳正好相反，我就是走一年，她都不會過問一聲的。」

「讓你見笑了，我也不全是為了去看景田。」麥穗如實道：「我是要去參加一個品茶會，聽說到時候會來很多商家，我打算順便推銷一下我的魚罐頭而已。等品茶會一結束，我再去看景田。」

「品茶會？」于掌櫃來了興趣，自顧自地扯了板凳坐下，問道：「是由誰操辦的？」

「聽說是成記船隊。」麥穗把切好的蘿蔔條放進泥盆裡，撒了鹽醃上，又取了辣椒，洗乾淨後也放進去。

蕭大叔最愛吃這樣的脆蘿蔔。

「成記船隊？」于掌櫃一頭霧水。「我怎麼沒聽說過啊……」

「就是周遊列國那個成記船隊。」麥穗笑了笑，道：「我也是第一次聽說。聽說這個船隊買貨比較嚴苛，但若是他們看好我的魚罐頭，那來的就是大訂單，所以我想試試。」

「妳可真能幹。」于掌櫃環視一眼這個新宅子，笑道：「我要是妳，住著這麼好的房子，閒來沒事在家裡曬點小魚、小蝦的，意思意思就行，還折騰什麼？」

「話也不能這麼說，銀子對每個人來說，都是不夠的，想要讓自己過上更好的日子，就得努力賺錢。」麥穗聽于掌櫃這麼說，瞬間明白他的來意，反問道：「難道于掌櫃不是這麼想的嗎？要不然，于掌櫃還辛辛苦苦地開飯館幹麼？」

「我……那個……我那飯館是祖上傳下來的。」于掌櫃頓時覺得無言以對。

「我也想給我的後代子孫留下一份可以傳承下去的基業呢！」麥穗眉眼彎彎道：「所以啊，不努力是不行的。」

「也是、也是。」于掌櫃訕訕地笑道，又問：「妳說的那個品茶會是在哪裡？我明天剛好要去禹州城，順便過去看看。」

「醉仙樓。」麥穗把知道的一五一十地告訴于掌櫃。「聽說成記船隊要在那裡賣楚國的茶葉，好多商家都會過去搶購呢。」

「楚國的茶葉？」于掌櫃眼前一亮，如數家珍道：「若真的是楚國茶葉，那我倒要去多買一些了。妳不知道，楚國的茶葉以老君眉聞名於世，還有大紅袍、宋葉青，都是楚國很有名的茶。」

「是嗎？那我可得買些嚐嚐。」麥穗笑道：「那你知道景田愛喝什麼茶嗎？我想給他買一點。」

「這妳還真問對人了。」于掌櫃心裡暗嘆這夫妻倆的感情真好，笑道：「景田最愛喝老君眉，那茶湯顏色翠綠、甘甜爽口，實屬名茶，只是價錢比較昂貴，差不多得一百兩銀子一斤，非尋常百姓能喝得起的。」

「的確挺貴的。」麥穗倒吸一口涼氣。

媽呀，蕭大叔的口味不是一般的刁啊，竟然愛喝一百兩銀子一斤的老君眉……咳咳，當她沒問好了。

提起茶，于掌櫃頓時來了精神，又給麥穗講解一下楚國的各種名茶、產地以及來歷，全然忘了他的來意。走的時候，他還拿了幾瓶麥穗送的魚罐頭，腳步輕鬆地告辭離去。

第二天，柳澄如約來到魚嘴村接麥穗跟牛五等人，直奔禹州城。

醉仙樓門口，早已停滿馬車，人來人往，很是熱鬧。

柳澄遞了帖子，立刻有管事模樣的人，客客氣氣地領著一行人進了醉仙樓的後花園。

後花園佈置得雅致有序，裡頭擺了好多張桌子，每張桌子上都放著茶壺、茶具，還有各色點心，準備得很周全。

品茶的地方分了男女兩處，女眷們品茶的地方用屏風遮了一圈。

麥穗心裡感嘆，女人想要做生意還真不容易，早知道她扮成男裝就好了。

主場她進不去，只好把手裡的魚罐頭給了牛五，讓他跟著柳澄去男人那邊喝茶。

牛五深感責任重大，鄭重其事地理了理衣衫，昂首挺胸地跟著柳澄走了。

來到品茶會的人很多。

除了慕名來買茶的，還有好多是想拿到成記船隊訂單的商家，其中就包括徐四和龍霸天。

徐四雖然之前跟成記船隊有些來往，但成記船隊對誰都是冷冷淡淡、客客氣氣，因此對於能不能拿到成記船隊的訂單，他沒有太大把握。

牛五按照柳澄的指點，把帶來的魚罐頭放到涼亭下的大理石石桌上，石桌上擺滿商家帶過來的商品，依序等著成記船隊的人前來品鑑。

在座每個人雖然都談笑風生地喝茶聊天，眼睛卻都時不時瞄向涼亭那邊。

成記船隊是新冒出來的商家，關於他們的老闆，更是比神龍出沒還要神秘，別說頭了，連尾也見不著。

聽說成老闆是不輕易見人的，許多事一直由他的管事成福代勞。

成福是個四十多歲的中年人，樣子很和善，走到哪裡都帶著兩個身強體健的保鏢。此刻他正端著茶杯，與人談笑風生地說笑，而堆在牆角那一大堆的茶葉，轉眼間就被人搶購大半。

賣得最快的是大紅袍。

這茶雖然價格也不菲，但還在能接受的範圍，且據說此茶有提神醒腦、祛痰治喘、止咳解暑等功效，因而聞名於世。

老君眉固然有名，但無奈價格太貴，反而被孤零零地堆在一邊，乏人問津。

想到于掌櫃說蕭景田喜歡喝老君眉，麥穗決定待會兒包上二兩給蕭景田送過去，橫豎不過是二十兩銀子，花了就花了吧，反正是給蕭大叔喝的，不算浪費。

謝氏也來了，見到麥穗，她親親熱熱地上前打招呼，挨著她坐下來，滔滔不絕地打開話匣子。「妹子，妳家的魚罐頭我暫時不打算成批進了，下次妳再來禹州，就給我捎個三、五十瓶就行。這不，天越來越熱，我擔心放久會壞，等過了這個熱天，我一定去妳家拉貨。」

「表姑，我那魚罐頭是經過特殊處理的，絕對壞不了。」麥穗信誓旦旦道：「您信我，放個半年都沒問題的。」

「真的能放半年？」謝氏驚訝道：「妳那可是做熟的哪！」

「表姑若不信，可以試驗一下。」麥穗笑道：「您帶幾瓶魚罐頭回去，放上個半年，看裡頭的魚會不會壞就行了。」

對於謝氏的質疑，麥穗覺得很正常。她之前並沒有透露保存魚罐頭的秘密和方法給謝氏知道，難怪人家懷疑。

「行，那我真得試一試。」謝氏低頭抿了一口茶，笑道：「這成記船隊的茶葉還真不錯，我也過去買點帶回家喝，妳去不去？」

「去，我也想買點，好嚐嚐這楚國的茶。」麥穗很喜歡喝茶，只是她對茶葉沒有多大研究，也談不上喜歡喝哪種茶。在她眼裡，只要是綠茶，她都喜歡喝。

蘇二丫跟蕭芸娘津津有味地喝茶、吃點心，小聲地說話，這樣的場合她們平生是第一次來，頓覺此生圓滿了。

麥穗和兩人打了聲招呼，便跟著謝氏繞出屏風，走到茶攤那邊去買茶。

謝氏包了一斤大紅袍。

麥穗包了二兩老君眉。

雖然都是花了二十兩的銀子，謝氏卻暗嘆這個小娘子的大手筆，她就說民間自有高手在，不要瞧不上任何看起來不如自己的人就對了。

兩人買完茶，又回到原來的位子，繼續喝茶聊天。

在座的女眷大都是跟著男人們一起來買茶的，認識的便三三兩兩地坐在一處說話，不認識的便自顧自地坐在自己的位子上喝茶，偶爾起身在四下裡走動一下。

謝氏很健談，跟麥穗聊得熱火朝天。「哎呀，妳說我跟妳這麼投緣，卻是終日不得相見，而跟那些看不慣的人，卻動不動就得碰面，當真是煩人。妳記得上次妳來禹州城的時候，暈倒在醫館門口那個姑娘嗎？」

「記得，她怎麼了？」麥穗不動聲色地問道。

「哼，這世上真是好人難做，我上次那麼幫她，想不到她竟然是個恩將仇報之人。」謝氏憤憤地道：「前幾天，我見她從我家隔壁出來，便上前跟她打招呼，問她是不是剛剛搬過來的鄰居。她卻冷著一張臉，說我認錯人了，還死活不承認那天在醫館前發生的事，妳說氣不氣人？」

「妳說她搬到妳家隔壁？」麥穗很驚訝。

難不成溧陽郡主在禹州城置辦了宅子，打算要長住？景田上次不是說，她回京城以後，就不會再回來了嗎？

「對呀，要不是我之前見過她一面，還真不敢相信她竟然是個富家娘子。她家的門禁很森嚴，尋常人根本進不得，也不跟別人來往。那個小娘子除了偶爾出來散散步，平日裡是閉門不出，倒是她身邊那個丫鬟，經常進進出出地買菜、買衣裳什麼的。」謝氏壓低聲音道：「還有她那個男人也不經常回來，她搬過來那麼多天，我只見那個男人前天去過一次，還只瞧見他的側顏。我尋思著，那個小娘子說不定……是被大戶人家的老爺所包養的外室。」

麥穗笑了笑，心裡卻是一沈。

不用猜，那個男人肯定是蕭景田。

溧陽郡主身分尊貴，又生性果敢英勇，非一般女子可比，能讓她懷孕並且還心甘情願隱居養胎的男人，也絕非普通人。除了溧陽郡主傾心愛慕的男子，能讓她如此犧牲，麥穗想不出第二種可能性。

她該不會是懷了蕭景田的孩子？

麥穗頓時被自己的想法嚇了一大跳。

如果不是，那蕭景田當初為什麼急匆匆地去看她，又為什麼在禹州城的總兵府坐鎮？可蕭景田卻說，他也不知道秦溧陽的孩子是誰的……這一切到底是怎麼回事呢？

謝氏又說了些什麼，麥穗一句話也沒聽進去，她的腦海裡不斷浮現溧陽郡主跟蕭景田的種種交集。

上次海戰，蕭景田一直陪在她身邊，聽說吃、住都在船上。

後來溧陽郡主病了，蕭景田冒著風雪前去禹州城看她。

過年那天，溧陽郡主還曾帶著她的小丫鬟過來探望蕭景田，蕭景田當時雖然態度冷淡，但她覺得這兩人的關係並非像蕭景田說的那樣雲淡風輕。

後來，她到禹州城送貨，偶遇溧陽郡主暈倒在醫館門口，那車夫卻把蕭景田喊了過來……

如今蕭景田到了禹州城，卻又聽謝氏說，蕭景田出現在溧陽郡主的新宅那邊。

難道這些都是巧合？

第六十六章　拿下大訂單

牛五坐在柳澄身邊，有些坐立不安。

他之前也在外面闖蕩過，並不畏懼這樣的場面，但他畢竟不是這個圈子的人，見柳澄談笑風生地跟別人說話，他卻一句話也插不上，只能一聲不吭地埋頭喝茶。

在別人眼裡，他只是柳澄身邊的一個小廝，並沒有太多人關注他。

涼亭那邊的長桌上圍了一圈人，開始品鑑桌上各個商家送過來的海貨，不時討論一番。等他們挑出幾個較優質的商品後，會再送去給他們的老闆作最後的評選。

成記船隊只在禹州城收三船貨，也就是說入圍的商家最多三家。也不知道誰會那麼幸運，能入得了成記船隊的眼。

徐家的乾海貨和龍霸天家的鮮魚在當地很有名氣，眾人猜測，他們兩家的貨肯定能上得了成記船隊的船。

徐四卻暗暗捏了一把汗，成記船隊不買任何人的私帳，一切都按照他們的喜好來，因此自家的乾貨未必能被選上。

龍霸天雖然是做鮮魚生意的，但這次卻帶了醃製的魚過來。醃製的魚跟臘肉一樣，曬乾後能保存好長一段時間。

比起徐四，龍霸天的管事卻自信滿滿，他的報價極低，幾乎沒什麼利潤，因此覺得自家肯定能脫穎而出。
眾人正各懷心思地竊竊私語，猜測到底會花落誰家的時候，通往後花園的院門突然被人撞開，一大隊衙役衝進來，把眾人團團圍住。
為首那人大喊道：「都給我待在原地不許動，咱們是前來緝拿朝廷逃犯的，如有阻撓者，就地格殺。」
眾人都被嚇傻了，朝廷逃犯怎會跑到這裡來？
屏風後的女眷們也嚇得夠嗆，有的哆哆嗦嗦地坐在位子上，大氣也不敢出一聲，有的還嚇得掉了眼淚。
蕭芸娘和蘇二丫正聊得歡，聽見外面那人一聲厲喝，立即臉色蒼白地坐到麥穗身邊，兩人不約而同地抱住她。
麥穗心裡本想著蕭景田跟溧陽郡主的事，一聽說是要緝拿朝廷逃犯，也被嚇了一跳，忙低聲安慰她們兩人，道：「別怕、別怕。」
謝氏卻不怎麼害怕，竟起身站在屏風邊上，探頭往外看。
「回去，坐好！」為首那人突然伸手指了指謝氏。
「哼！」謝氏臉一沈，扭著腰肢坐下來。
立刻有衙役拿了畫像進來屏風後頭，一個個仔細地對照一番，見她們的確都是些尋常女子，才退出去稟報道：「回稟大人，裡面並無可疑之人。」
女人們這才鬆了口氣。

「沒事了。」麥穗拍拍兩人的肩頭，低聲道：「他們只是在找逃犯。」外面的男人們可就沒這麼輕鬆了，不但每個人都被叫過去細細地和畫像比對，檢查有沒有易容什麼的，而且還被要求各自寫下名字和擔保人、家住哪裡，待一圈檢查下來，竟耗費大半個時辰。

待為首那人看了看花名冊，發現確實沒什麼可疑的人在裡面，便雙手抱拳道：「各位，秦某也是奉命行事，得罪之處，望各位海涵。」說完，大手一揚，領著眾衙役離開了。

在座的人才長長地吁了口氣。若是真發現有逃犯在這裡，那他們豈不是都要受到牽連了？

「哼，姓秦的當了個芝麻大的官，尾巴就開始搖起來了。」謝氏憤憤地道。「當初他娶親的時候，我還去喝過他的喜酒呢！」

見麥穗不語，謝氏悄然推了推她。「不過啊，畫像上的那個人，很像那個偶爾會來我隔壁鄰居家的男人，保不齊還真是他……」

麥穗嚇得差點跳起來，忙臉色蒼白地道：「您可看清楚了？」

今天到底是什麼日子啊？怎麼聽到的都是一些爆炸性的消息？況且這些消息還不能隨意跟外人講，只能憋在心裡，好鬱悶啊！

「我覺得是，雖然不是十分像，但五、六分像是有的。」謝氏倒沒注意到麥穗的臉色，自顧自地道：「若是姓秦的那小子對我好一點，我還能給他提供一點線索，如今瞧他那副囂張的樣子，我才懶得搭理他呢。」

「表姑，俗話說，只掃自家門前雪，休管別家瓦上霜。」麥穗忙道：「朝廷逃犯可不能隨便指認，若是搞錯，還得被朝廷治罪，表姑三思。」

就算蕭景田真的是朝廷逃犯，她也不想他被抓起來，那可是她的蕭大叔啊！

「妳放心，我就是說說罷了。」謝氏見麥穗慌張的樣子，笑道：「我是個生意人，沒好處的事我可不幹，哪裡還會去多管別人家的閒事，妳不用替我擔心，我沒那麼傻。妳想啊，但凡朝廷逃犯都是窮凶極惡之徒，我若是舉報他，他肯定會懷恨在心，萬一哪天他逃脫了，再找我算帳怎麼辦？今天的事，咱們都爛在肚子裡，好好做生意才是真的。」

「表姑說得對。」麥穗不動聲色地點頭，心裡卻像是掉入無底深淵般的空洞，雖然她跟他是名副其實的夫妻，他待她也不錯，可為什麼她總覺得蕭景田仍有好多事依然瞞著她呢？

「三嫂，成了、成了！成記船隊選中咱們的魚罐頭，說是要一萬瓶。」牛五一陣風般地跑進來，興奮道：「成管事說讓妳過去跟他簽個文書，他在涼亭那邊等妳。」

「太好了。」蘇二丫和蕭芸娘聞言，都高興地跳起來。

「恭喜妳了，要發大財了。」謝氏拍了拍麥穗的肩頭，笑道：「如今妳做了成記船隊的訂單，怕是以後不屑給咱們送貨了。」

「哪裡的話，該送的還是得送。」麥穗興奮道：「表姑，妳們先坐，我過去見一見成管事。」說完，便跟著牛五腳步匆匆地往涼亭走去。

「哇，這個小娘子是哪裡人啊？她拿的什麼海貨，竟然入了成記船隊的眼，嘖嘖，真是人不可貌相！」

「什麼人不可貌相，人家長得也挺好看的呢。」

「我是說她的年紀看起來那麼小，不是在說她長得如何。」

眾人竊竊私語一番，又上前圍著蘇二丫和蕭芸娘問這、問那的。

蘇二丫和蕭芸娘哪裡見過這種架勢，早就不知道該如何回答，只是不停傻笑。

謝氏索性拽著她們兩個走出去，沿著後花園的小路，進了醉仙樓，在一樓大廳找了個位子坐下來，要了壺茶水，邊喝茶邊等著麥穗跟牛五。

徐家果然不負重望，拿到了成記船隊的訂單。

龍家卻意外落選了。

成記船隊的管事成福說，比起醃製的生魚，這種熟的魚罐頭會賣得更好。

眾人一片譁然，紛紛打聽做魚罐頭的東家是誰？到底是什麼身分背景？

可惜打聽了一圈，竟沒人知道。

出於好奇，散席後他們都沒有走，而是等在那裡看做魚罐頭的東家到底是何方神聖。

不多時，就見一個身穿淡藍色衣衫的小娘子從屏風後走出來，盈盈進了涼亭，眾人不禁驚呼連連，原來是個女的！

于掌櫃站在人群裡，暗嘆蕭景田的媳婦真是了不起，她做出的魚罐頭竟然能入了成記船隊的眼，不容易啊不容易。

「小娘子，我是成記船隊的管事，妳喊我成管事就好。妳這魚罐頭咱們老闆嚐過了，他很欣賞妳的手藝。」成福面無表情地道：「咱們船隊長年在海上漂泊，一走就是好幾個月，我想問一問小娘子，妳這魚罐頭能放多長時間？」

「魚罐頭最短能保半年左右不變質。」麥穗從容道：「成管事放心，我這魚罐頭都是做了特別處理的，絕對壞不了。」

「如果沒猜錯，小娘子是用楚國特有的鳳頭草來保質的吧？」成福取過一瓶魚罐頭，細細地端詳一番，沈吟道：「小娘子只須回答是或不是就好。」

「是的。」麥穗頓感驚訝。他是怎麼知道的啊？

「小娘子放心，做生意的人自然有做生意的規矩，咱們是不會把這個秘密洩漏出去的，我只是想向妳求證一下罷了。畢竟咱們周遊列國，做的是誠信生意，對船上的貨物自然也要有所瞭解。」成福不冷不熱地道：「妳放心，咱們只要妳能保證品質穩定，別的事情不會多打聽。只是咱們船隊對於貨物的分裝有一定要求，像妳這樣散裝的，肯定不行。」

「有什麼要求，成管事儘管提。」麥穗認真地道：「我一定盡全力配合你們。」

「其實也很簡單，咱們要求是十瓶一小包，十小包一大件，這樣一萬瓶的話，就是一百大件。」成福道：「至於怎麼包裝是妳的事，咱們的要求是只要方便裝船就行。還有，妳記住，包裝得越輕便越好，千萬不要用木箱之類的。若是妳有了好辦法，就讓人包一件送過來給咱們瞧瞧。再來就是，一個月後的今天，我會派人去提貨，妳看如何？」

「成管事放心，我一定準時交貨，也一定會好好研究一下包裝的。」麥穗聽他真的要訂一萬瓶，不禁心花怒放。

不過，她沒想到他一開口問的竟然不是價格，而是包裝問題，難道……他對價格完全沒有意見嗎？

正想著，就聽見他提到價錢。「至於價格方面，不知道小娘子能給咱們多大的優惠呢？」

麥穗的心陡地一跳，沈思片刻道：「不瞞成管事，我的魚罐頭零賣是二十文一瓶，給禹州城跟齊州府商家發貨的批發價位是十八文一瓶。他們都是商鋪，故而也沒要求包裝什麼的，但你們購買的數量多，我自然得拿出一點誠意來。包裝就當是我送的，價格再少三文，每瓶按十五文算，您看如何？」

做一瓶罐頭的成本大概六文左右，再加上人工包裝啥的，十五文這個價格已經很便宜了。若是因為價格談不攏，那她也沒辦法。沒道理她起早貪黑地忙了半天，利潤卻賺不到一半。

當然，若成管事還要再跟她討價還價個一、兩文，只要不過分，她也是勉強能答應的，就當是薄利多銷吧。

「好，痛快，就這麼定了。」成福點頭道。

對於這種魚罐頭的成本，他心裡早就有底，雖然十五文不算最低價，但做生意是互利雙贏的事，沒道理不讓別人賺錢。

一旁的帳房先生很快地擬好文書，雙方簽了字，成管事付了一成訂金，整個過程異常順利。

直到坐上馬車，麥穗還有一種恍然如夢的感覺。

她真的拿到成記船隊的訂單了？

「三嫂，咱們現在去找三哥嗎？」蕭芸娘激動得不知該說什麼才好，絞著帕子道：「他如果知道咱們拿到成記船隊的訂單，肯定會很高興的。」

「嗯，好，去總兵府看看吧。」麥穗笑著應道，她的確想早點見到他。

不巧的是，蕭景田並不在總兵府。

「三嫂，三哥才剛剛離開一個時辰，我也不知道他去哪裡了……」小六子在總兵府的門房，擔任看門的職位，因為蕭景田覺得他還小，不希望他上陣殺敵。

小六子在總兵府待了數月，精氣神十足，跟之前在村裡的時候比起來，簡直像是換了個人。

「三哥沒說什麼時候回來嗎？」蕭芸娘皺眉問道。她們可是要來告訴他天大的好消息呢，怎麼三哥碰巧就不在呢？

「三哥走得很急，沒說要去哪兒呢。」小六子道：「三嫂，妳們不如在這裡住上一晚，明天再回去，興許三哥很快就回來了。」

「算了，咱們還是回去吧。」若是只有她一個人，住就住下了，可是蘇二丫畢竟是新媳婦，不好讓人家在外面過夜。

麥穗把從家裡帶來的吃食交給小六子，囑咐道：「小六子，若是你三哥得空，讓他務必回家一趟，就說我有事要找他商量。」

「三嫂放心，我一定轉達。」小六子接過包袱，欣然應道。

回去的路上，蘇二丫好奇地問道：「三舅媽，那個叫小六子的是咱們村的人嗎？」

「是啊，他以前跟著我三哥捕魚來著。」蕭芸娘得意道：「他之所以能進總兵府，還是我三哥幫忙把他弄進去的呢！」

蘇二丫恍然大悟。

等他們回到家的時候，天已經黑了，姜木魚和姜孟氏焦急地在蕭家老宅走來走去，等著晚歸的麥穗等人。

若是他們再不回來，姜孟氏就要讓狗子沿路去找人了。

于掌櫃則悠閒地坐在炕上，跟蕭宗海說著今天發生的事。不是他喜歡八卦，而是他覺得麥穗做的這件事，蕭宗海應該支持才對。

「是因為景田媳婦的緣故，龍家才沒拿到成記船隊的訂單嗎？」蕭宗海聽說後，卻沒有一絲喜悅，他反而覺得是景田媳婦得罪了龍霸天。

「龍家拿不到訂單是他們的事，怎能怪景田媳婦呢？」于掌櫃見蕭宗海憂心忡忡的樣子，安慰道：「大叔，這生意場上的事就是這樣，競爭肯定有的，而且又都是做海貨生意，難免會互相搶訂單，您別想太多。」

蕭宗海沈默不語。

不是他考慮得多，而是自家兒媳婦真的惹禍了。要是得罪龍霸天，以後誰都沒有好日子過。

孟氏並不知道蕭宗海心裡的想法，在東廂房忙前忙後地伺候著女兒、媳婦還有牛五吃飯。

蕭芸娘和牛五比麥穗還要興奮，嘰嘰喳喳地說個不停。

孟氏看了只是嘆氣，她覺得女兒跟牛五走得這麼近，實在不是什麼好事。但如今媳婦那邊那麼忙，這個時候也不好不讓女兒過去幫忙。

「娘，我有件事想請您幫忙。」麥穗吃著飯，心裡還在想著包裝的事，並沒有注意到婆婆臉上的變化，淺笑道：「明天您去我那邊量一下尺寸，幫我用網線設計一個放泥罐的網兜，是我這次出貨要用的。」

「好，我明天過去看看。」孟氏點頭應道。

「妳這筆訂單是非接不可嗎？」蕭宗海突然走進來，抬頭問道。

「爹，我已經跟成記船隊簽了文書，當然是非做不可了。」麥穗一頭霧水道：「爹怎麼這麼問？是有什麼不妥嗎？」

「妳這事我都聽于掌櫃說了。說白了，妳這筆買賣是從龍霸天那裡搶過來的，我是擔心妳得罪龍霸天，日後會惹上麻煩。」蕭宗海直言道：「咱沒有金剛鑽，就不攬瓷器活，我看此事還是算了吧，妳明天再去一趟禹州城，把文書還給人家，讓別人去做吧！」

「爹，這怎麼行？」不等麥穗開口，蕭芸娘驚呼道：「人家好不容易相中咱們的貨，哪能隨隨便便地退掉訂單。」

「妳閉嘴，這裡哪有妳開口說話的分?!」蕭宗海訓斥道。

蕭芸娘知趣地閉了嘴。

「爹，我並不覺得是我搶了龍霸天的生意，就算沒有我，成記船隊也未必會選中龍家的貨。」麥穗對公公的想法感到無語，從容道：「若是非要說得罪的話，那我得罪的不光是龍家，整個禹州城的商家都被我得罪光了。咱們想要做生意，就不要擔心這些。」

這件事沒有商量的餘地。

她跟成記船隊的合同文書都已經簽好，哪能隨便出爾反爾地退了訂單？若真的退了這筆生意，那她的商譽豈不是完蛋了？

蕭宗海臉一沈，氣得再沒吱聲。他決定去禹州城把蕭景田叫回來，讓他好好管一管他這個媳婦。

夜裡，老倆口歇下後，孟氏見蕭宗海翻來覆去地睡不著，知道他是為了媳婦的事犯愁，便好言安慰道：「橫豎已經簽了文書，你就別操心了，凡事有景田在呢！」

「哼，那妳告訴我，景田知道這件事嗎？」蕭宗海一聽她說這話，氣不打一處來。「兒媳婦成天在外面瘋跑，妳這個當婆婆的也不知道勸一勸，反而跟著起鬨，若以後出了什麼事，可有妳哭的時候。」

「你看你這個人，我哪裡惹你了，要這樣說我？」孟氏委屈地道：「老三媳婦的性子你也不是不知道，我哪裡能勸得住她！」

蕭宗海心裡一陣煩亂，索性扯過被子，蒙頭就睡。
孟氏也不敢再吱聲。
而新宅這邊，麥穗躺在炕上，同樣是翻來覆去地睡不著，心中既興奮又擔憂。
她興奮的是接到這麼大的單子，擔憂的是蕭景田。
等蕭景田回來，她一定要好好問個清楚，他跟溧陽郡主到底是怎麼回事？
還有，他到底是不是朝廷的逃犯……

第六十七章　得罪

蕭宗海猜得沒錯，龍霸天果然在家氣得摔了茶碗。

龍管事立在一邊，大氣也不敢出一聲。

本來他們這次對拿下成記船隊的訂單是很有信心的，誰知半路殺出個蕭家小娘子，把機會給搶走了。

龍霸天叱吒商場這麼多年，還是頭一次吃這樣的啞巴虧。

「哼，蕭家從我手裡搶了生意，還想若無其事地發大財？門兒都沒有！」龍霸天咬牙切齒地道：「從今天開始，所有大船都給我出海捕魚，通通下絕戶網，我要讓他們一條魚也撈不上來。沒有魚，我看他們怎麼做魚罐頭。」

「老爺，使不得啊！若是咱們用絕戶網撈魚，被那些漁民們發現怎麼辦？」龍管事嚇了一大跳。絕戶網網孔極小，一網下去，再小的魚都逃不了，所過之處，別說魚了，連蝦都不會剩下，故而當地人把網眼最小的網稱之為絕戶網。

用絕戶網撈魚，會被人罵的。

「我說你做事能不能帶點腦子？難不成你要當著那些土包子的面撒網？」龍霸天瞪了他一眼，恨鐵不成鋼地道：「就憑咱們那麼多的船，只要用絕戶網在海上來回走個幾趟，我保證那些土包子連一根海菜也撈不上來。哼，我就不信了，我還治不了一個小娘兒們？」

龍管事眼前一亮。

對啊，若是蕭家那個小娘子連魚都撈不到，她就不能出貨了。

從禹州城回來的第二天，麥穗就決定在後院弄一個魚罐頭作坊。

狗子很快地按麥穗給他的圖紙，做好了水池和鍋灶，還用蓋房子剩下的磚，壘了個專門放瓶瓶罐罐的臺子。

因為是由蘇二丫親自監工，狗子把鍋灶做得高矮大小剛剛好，很是實用。

狗蛋媳婦和梭子媳婦也來了，說是姜孟氏一大早就喊她們過來幹活。

蘇二丫和麥穗一人負責一個鍋灶，蕭芸娘和牛五則負責清洗和料理送過來的鮮魚，就剩下燒火的差事沒人做。

「我還以為妳是請咱們過來當大廚的呢！哪知卻是來燒火的。」狗蛋媳婦笑道：「我在家燒了大半輩子的火，卻從來沒想過給人家燒火還能掙錢。」

眾人一陣哄笑。

要用一個月的時間做一萬瓶罐頭，每天得保證產出三百多瓶的量，麥穗索性就定了每天四百瓶的目標。

她跟蘇二丫一人負責一個鍋灶，也就是每人每天要做兩百瓶，任務相當艱鉅。

「三舅媽，您放心，沒問題的。」蘇二丫拍著胸脯道。「大不了早上我早點過來，下午再晚一點走，總會做完的。」

有活兒幹總比沒活兒幹的好，她不是嬌滴滴的性子，在娘家的時候，就已經幹活幹習慣，這點活兒對她來說，也不是多難。

「是啊，三嫂，大家齊心協力，總會做完的。」牛五和蕭芸娘紛紛表示支持。

麥穗很感動。等出了這批貨，賺了錢，她定不會虧待她們的。

而蕭宗海這天沒去田裡幹活，卻來到新宅喊了牛五，讓牛五用馬車拉著他去一趟禹州城。

「宗海叔，您去禹州城幹麼？」因為麥穗早已配好工作，牛五忙得不可開交，眼下蕭宗海又要去禹州城，讓他很為難，不停地扭頭看麥穗。

「我去禹州城自然有事。」蕭宗海黑著臉道：「你去過好幾次，對那裡的路也比較熟，你要是不去，我就再找別人帶我去。」

「爹，您去禹州城幹麼？」麥穗笑問道：「是要去找景田嗎？」

「不錯，我就是想去找景田。」蕭宗海不看她，沈著臉道：「老三媳婦，咱們雖然分家，但我還是景田的爹，妳也還是我的兒媳婦。我得去問問景田，這個家，我還能不能說了算？」

「爹，您說什麼呢？」麥穗心裡一沈，皺眉道：「這個家自然還是您當家作主，若是媳婦哪裡做得不對，您儘管說就是。」

「那好，妳把這批貨退了，咱不出那個風頭。」蕭宗海一本正經道：「田裡的活兒不用妳管，掙錢的事也不用妳管，妳安安穩穩地在家裡操持家務，行不行？」

要是得罪龍霸天，那可不是鬧著玩的，他不想眼睜睜地看著蕭景田像老大、老二那般丟了謀生的工作。

「爹，我這麼做也是為了咱們這個家，不是為了出什麼風頭。」麥穗一時間竟不知道該怎麼接話了。

一直以來，在她的印象中，公公勤快能幹，人也老實憨厚，從來不多話，是個好人。可如今，她沒想到他的態度竟然來了大轉彎，居然如此反對她做成記船隊的生意。

「牛五，你去不去？若是不去，我找別人了！」蕭宗海見麥穗這麼說，臉一沈，扭頭就走。

「宗海叔，你等等我，我去！我去還不成嘛！」牛五同情地看了看麥穗，只得硬著頭皮跟著走出去。

「爹，您別生氣，您聽我解釋。」麥穗忙提著裙襬追出去，好脾氣地跟在蕭宗海身後道：「您看我已經跟成記船隊那邊簽了文書，這個時候再退單真的不好。這樣，等做完這筆生意，我再也不做了行不行？」

蕭宗海頭也不回地上了馬車，大聲對牛五喊道：「牛五，走，去禹州城！」

「來了。」牛五忙拿了鞭子，無奈地上了馬車，勒緊韁繩，緩緩朝村外駛去。

馬車很快就消失在村口，不見了蹤影。

「三舅媽，您不要難過，就算我三表舅回來，肯定也會支持咱們的。」蘇二丫上前安慰道：「咱們是憑力氣賺錢，又不是不務正業、坑蒙拐騙。」

「爹真是老古板。」蕭芸娘嘀咕道：「連我都不覺得咱們這樣做生意有什麼不對，他怎麼就覺得會得罪龍霸天呢？」

狗蛋媳婦和梭子媳婦是外人，自然不好說什麼，只是不聲不響地燒著火。

哎，真是家家有本難唸的經啊！

「沒事、沒事，咱們先做咱們的，等景田回來，我會好好跟他解釋的。」麥穗勉強笑道：「大家都幹活吧，就算跟成記船隊做不成生意，咱們還可以賣給別家。」

眾人紛紛點頭，各就各位，繼續幹活。

麥穗揮動著手裡的鍋鏟，許是心情不大好，覺得今天的魚味格外難聞。她忍著不適，去屋裡拿了布巾蒙上口鼻，繼續煎魚。

牛五不在，她們的活兒自然又加重許多，一直忙到太陽下山，才做了三百瓶。

見大家疲憊不堪的樣子，麥穗便讓大家都回去歇息了。

這一天下來，好累啊……

麥穗飯也沒吃，早早便歇下了。

睡夢中，頓覺有個重物壓住她上下其手，引得她一陣顫慄。

藉著窗外透進來的月光，男人俊朗的臉上被蒙上一層亮亮的光芒，若有似無的酒氣隱隱朝她襲來。

見她醒來，他也不說話，反而低頭吻住她柔軟的唇瓣，大手迅速地褪下她的衣衫，迫不及待地解著她的肚兜。

麥穗推開他壓過來的胸膛，問道：「爹跟你說什麼了？你是不是也不同意我接成記船隊的訂單？」

「妳放心，我已經跟爹說了，他不會再為難妳了。」肚兜上的扣子是那種繁瑣的盤扣，解起來很費事，蕭景田有些不耐煩。

難道他要把時間都浪費在解扣子上嗎？乾脆撕掉好了！

心裡想著，手裡的動作便重了些，他一拉扯，女人身上的肚兜竟然真的被撕開，露出大片白皙細嫩的肌膚。

「我還有事問你，溧陽郡主在禹州城買了宅子，安頓下來了？」麥穗心裡想著這件事，沒注意他解她扣子時的尷尬，如今見他竟然把她的肚兜撕破，頓覺羞愧難當，懊惱道：「蕭景田你混蛋，這是我新做的肚兜哪。」

她一針一線，辛辛苦苦地縫製成的，竟然被他毫不猶豫地撕破，真是太氣人了！

「這個時候妳還有心思聊天，看來為夫不出力不行了。」蕭景田再次吻住她的唇，飛快地除去兩人身上的衣物，一陣火熱摩擦中，他迫不及待地進入那個溫暖的所在……

第二天，麥穗醒來的時候，天已經大亮了。

蕭景田不在身邊，炕上一片狼藉，撕碎的肚兜被扔在炕邊，提醒她昨晚的瘋狂。

她忍著渾身痠痛坐起身來，心裡一陣懊惱，他居然又走了！

稍稍梳洗一番，麥穗心情黯淡地去了後院，來回走動著舒展筋骨。

婆婆幫她在後院種了不少菜，只是這些日子，她一直忙著魚罐頭的事，倒也沒注意婆婆給她種了些什麼。只見牆角的南瓜開始爬蔓，嫩綠的小油菜、小白菜也正長得鬱鬱蔥蔥，還有幾株她不認識的瓜果，也在生機勃勃地成長著。

後院門口處，依稀傳來幾句爭吵聲。

麥穗聽出是公公、婆婆的聲音，貌似他們相處得不怎麼和諧，一直以來，公公在婆婆面前都很強勢，婆婆總是理虧的那一個。

「我只是想跟著去看看，又不是要把她接回來，你衝著我發什麼脾氣？」孟氏委屈道：「我都跟你這麼多年了，你什麼事都要瞞著我，你把我當什麼了？」

「不該讓妳知道的，妳就別知道。」蕭宗海黑著臉，輕斥道：「妳要是知道了，就只會壞事。」

「我能壞什麼事？」孟氏低泣道：「難道我不盼著景田好？再說眼下這件事我已經知道了，你說該怎麼辦？」

麥穗聽婆婆提及蕭景田，便悄然走上前了幾步，側耳傾聽。

對，她就是準備偷聽，她也很好奇，到底有什麼事是連婆婆也不能知道的。

「還能怎麼辦？出了這樣的事，景田能好得了嗎？」蕭宗海恨恨地道：「我以前只當景田是個穩重明白的孩子，不會做出什麼荒唐事來。如今倒好，捅了這麼大的樓子，連孩子都有了，這可怎麼辦？」

「所以為了不把事情鬧大，我才要跟著去看一看她的。」孟氏低聲道：「溧陽郡主是個好姑娘，她連景田都沒說，當然是不想讓咱們知道這件事。要不是你在總兵府無意間聽說此事，咱們到現在都還被蒙在鼓裡呢！」

什麼？溧陽郡主有了蕭景田的孩子？

麥穗簡直不敢相信自己的耳朵，這怎麼可能？

「景田一時糊塗做了那荒唐事，依他的性子，怕是也不會認那個孩子的。」蕭宗海嘆道：「這些日子妳也看見了，他對他那個媳婦還是不錯的，可惜他媳婦這麼長時間，肚子卻沒有一點動靜，如今景田也是兩難了。」

「他不認，難道咱們也不認嗎？」孟氏小心翼翼地看著蕭宗海。「你說這事……是不是應該由咱們出面，把溧陽郡主接回來？」

「糊塗！妳把她接回來，那景田媳婦會怎麼想？」蕭宗海壓低聲音道：「這件事橫豎看景田的意思，妳就別跟著瞎摻和了，更不能讓其他人知道此事，特別是老三媳婦，知道嗎？」

「你放心，我不會告訴景田媳婦的。」孟氏忙點頭應道。她又不傻，怎麼可能告訴媳婦，若是讓媳婦知道，那還得了！

「宗海哥、嫂子，你們在那裡說啥悄悄話呢？」有村人路過，遠遠地打趣道。

「沒啥、沒啥，俺們在幫景田把這後院門前收拾一下。他這裡成天有馬車在走，要弄得平坦一些才好。」蕭宗海說著，順手抓起鋤頭，在地上刨了兩下。

待那人走過，老倆口才一前一後地回了老宅。

蕭芸娘昨兒個忙了一天，回老宅吃完晚飯後，因為太累，便直接在老宅睡下了。她剛起床走出房門，就見爹、娘一前一後地走進來，她驚訝道：「爹、娘，這一大早的，你們是去哪裡了？」

「去送妳三哥。」蕭宗海面無表情地進屋。

孟氏抬腳進了灶房，她還沒有做飯呢。

麥穗呆呆地站在院子裡，雙腿像灌了鉛一樣沈重。

她不相信這件事是真的……蕭景田絕對不是那樣的人，他喜歡的人應該是她才對，要不然，他也不會心心念念地想跟她生孩子。

蕭景田是光明磊落的性子，喜歡就是喜歡，討厭就是討厭，根本沒必要敷衍她。

「三舅媽，妳怎麼了？」蘇二丫進了後院，見麥穗站在院子裡出神，關切道：「是不是身子不舒服？」

「沒有。」麥穗回過神來，勉強一笑。「妳來得這麼早？我還沒吃早飯呢。」

「妳趕緊吃飯，一會兒牛五他們也該來了。」蘇二丫笑了笑，挽起袖子開始幹活。

不一會兒，蕭貴田和姜木魚捕的魚已經送過來，牛五跟蕭芸娘、梭子媳婦、狗蛋媳婦等人也都各就各位，洗魚的洗魚、生火的生火，大家有一句沒一句地聊著，氣氛很融洽。

很快就到了晌午，收工後，眾人各自回家吃飯。

雖然知道麥穗中午會做飯，但蕭芸娘還是習慣回老宅和爹、娘一起吃飯，她還特地叫了牛五也過去吃，便起身先回老宅去了。

麥穗喊住牛五，神情探究地看著他，問道：「牛五，你跟我爹在禹州城碰到過什麼人沒有？」

「沒、沒有啊！」牛五低下頭，不大敢看她。蕭宗海一再囑咐他，讓他把郡主懷孕的事爛在肚子裡，他可不敢透露半點口風。

「牛五，你不必瞞著我，我都知道了。」麥穗淡淡道：「現在我想知道的是，我爹到底是怎麼知道這件事的？」

「三嫂，我、我什麼都不知道啊！」牛五撓撓頭。答應別人的事，要是出爾反爾，真的不大好。

「牛五，難道連你也要瞞著我嗎？」麥穗不動聲色道：「就算你不說，我一樣可以打聽得到。」

「三嫂，妳別生氣，我說還不行嗎？」牛五想了想，鼓起勇氣道：「咱們跟三哥一起從禹州城回來的時候，碰到了溧陽郡主身邊那個碧桃，她拉著三哥去路邊說話，說讓三哥有空去看看溧陽郡主，還說郡主胎象不穩，要是落了胎，這輩子都不會再有孩子了。」

「這跟你三哥有什麼關係？」麥穗問道。

牛五只得如實道：「然後、然後碧桃說，說郡主腹中的孩子是三哥的，還說讓三哥放心，郡主不要名分，會自己把孩子撫養長大的。三哥很生氣，扔下碧桃，就帶著咱們回來了。三嫂，我倒是覺得碧桃的話不可信，誰知道她說的是真是假，等三哥回來，妳再好好地問問他就是了。三哥為人正直坦蕩，絕對不會做出對不起妳的事情。」

「碧桃還說了什麼？」麥穗又問道：「她有沒有說，這孩子是什麼時候有的？」

「她說就是上次海戰的時候，三哥喝醉酒，兩人就……」牛五沒好意思繼續說下去，搓手道：「三嫂，我覺得不可能，三哥不是那樣的人。」

麥穗垂眸。上次海戰，蕭景田的確跟秦溧陽在海上待了好幾天，要是兩人發生了些什麼，她當然不知道，也不可能知道。但以她對蕭景田的瞭解，覺得此事發生的機率很小，因為蕭景田並非好色之人，想必也不會做出酒後亂性這種事。可如果秦溧陽腹中的孩子不是蕭景田的，那麼還有誰能近得了她的身、讓她懷孕呢？

她越想越覺得頭大。

秦溧陽不是一般女人，她是身手不凡的女將軍，她若是不願意，一般男子是不可能得逞的。

「牛五，咱們就當此事沒發生過吧。」麥穗點點頭，勉強笑道：「對了，我上次讓你問的廟口那塊地怎麼樣了？」

牛五見麥穗神色如常，如釋重負地鬆了口氣，連忙道：「我問過廟口的街坊，他們都說不知道那塊地是誰的，我已經託人去打聽，等有了結果，會立刻告訴三嫂。」

麥穗點點頭，便讓他先去老宅吃飯了。

黑風無聲地站在門口，歪著小腦袋看著女主人片刻，然後便邁著小短腿蹭過來。

麥穗以為牠是餓了，就去灶房盛了一碗飯，放在地上給牠吃。

黑風不肯吃，只是一個勁兒地蹭著她的裙襬，像是在安慰她。

「沒事了。」麥穗把黑風抱起來，放在膝蓋上，撫摸著牠烏黑油亮的毛髮，哽咽道：「就算他不要咱們，咱們也得好好過日子。」

黑風嗷嗚、嗷嗚地回應著。

她倒要看看，蕭大叔打算怎麼處理這件事。若溧陽郡主真的懷了蕭大叔的孩子，那她沒有二話，立馬給他們騰出地方。

她不是那種離了男人就活不了的女人。她還有娘、還有魚罐頭……

第六十八章　男人不可靠

待眾人吃完午飯，相繼回到後院的時候，麥穗早已收拾好心情，哼著小曲在那裡等著了。

牛五暗暗吃驚，心想三嫂該不會被刺激過頭了吧？

當晚，牛五便去了一趟山梁村，打著麥穗的名義，把吳氏接過來。他擔心麥穗想不開，會出什麼意外。

麥穗知道牛五的想法後，哭笑不得，只得順水推舟地跟吳氏說，她想娘了，所以讓娘過來陪她住幾天。

「娘還以為是妳出了什麼事呢……」吳氏聽女兒這樣說，這才放心，伸手點了點麥穗的鼻子，嗔怪道：「娘家裡啥也沒收拾，田裡還有好多活兒沒幹呢！」

她嘴上埋怨女兒，心裡卻樂開了花，這種被女兒依賴的感覺，讓她這個當娘的很受用。

「娘，我現在能養活您，您別那麼累了。」麥穗埋首在吳氏溫暖的懷裡，幽幽道：「等我這個月忙完後，就去山梁村住些日子，好好地陪陪您。」

以前她跟蕭景田，不過是牛活在同一個屋簷下的陌生人，因此他不在乎她曾經跟吳三郎好過，而他被蘇三表姊追到家裡來癡纏，她亦沒有在乎過。

只是如今，她喜歡上了蕭景田，還跟他有了夫妻之實，她再也做不到當初那般瀟灑，可以無視秦溧陽跟他之間的愛恨糾葛。

偏偏蕭景田，又是個什麼話都藏在心裡，不愛說出口的人，她就像是一拳打在棉花上般的無助和委屈。

好在有娘在她身邊，給她溫暖的關心和擁抱。

「好，等姑爺回來，妳再跟姑爺一起來。」吳氏撫摸女兒的髮絲，笑道：「你們住過的那間房，娘每天都過去打掃，就想著什麼時候你們能再回來住幾天。」

「娘，我就不能自己回去嗎？」麥穗嬌嗔道：「我想回娘家住，還非得跟他一起嗎？」

「能，妳想怎樣就怎樣。」吳氏笑道：「娘盼著妳來住呢！反正家裡就娘一個人，只要姑爺願意，妳去住多久都方便的。」

想到吳氏那間搖搖欲墜的破屋子，麥穗心裡一陣愧疚。「娘，我想重新找個地方，給您蓋一間大房子。咱們不在山梁村住了，您看如何？」

「娘在山梁村住慣了，不想換地方。」吳氏搖搖頭，低頭撫摸自己粗糙的手指，嘆道：「娘這輩子就這樣了，只要妳過得好，娘就再也沒有牽掛了。」

「娘，您別說這樣的話，您還這麼年輕，哪能就這樣苦了自己。」麥穗握住吳氏的手，說出心裡的打算。「我準備在鎮上買塊地，蓋間鋪子，再蓋一座新院子，到時候您就搬過去跟咱們一起住。若是您不願意，那我重新找地方給您蓋房子，反正咱們不在山梁村住了，行不？」

「什麼？妳要去鎮上蓋鋪子？」吳氏驚訝道：「那得要多少銀子啊！姑爺知道嗎？」

「娘，您怎麼開口閉口姑爺、姑爺的？」麥穗「哼」了一聲，又道：「我自己賺的錢，想怎麼花就怎麼花！」

「妳說的是什麼話？」吳氏拍拍她的手，細聲道：「兩口子過日子，不管什麼事都得相互商量，更何況蓋鋪子可不是件小事。」

「哎呀，娘，這些您就別管了。您給個痛快話，到底願意不願意去鎮上住？」麥穗知道跟娘爭論這些是沒有結果的，索性一本正經道：「反正我不打算讓您待在山梁村受苦，他們林家的事，您就別再管了。」

「娘知道妳的孝心，只是娘除了種地，啥也不會做，去鎮上幹麼？」吳氏平靜道。「妳若是心疼娘，就好好過自己的日子，等娘老了、不能動了，再把娘接出來也不遲。如今，娘是哪裡也不想去。」

「我不管，反正我就要在鎮上，給您蓋一座院子。」麥穗賭氣道。「到時候您不搬也得搬。」

「妳這孩子！」吳氏一時也不知該說什麼好了。

吳氏惦念著家裡的活兒，只住了一個晚上，便匆匆地回了山梁村。

麥穗只得由她。

經過四、五天的磨合，作坊的活兒大家是幹得越來越默契、越來越嫻熟，一天做三百瓶魚罐頭，都不用再做到天黑了。

麥穗這才暗暗鬆了口氣。

等收工後，她留下大家吃晚飯，吃的是馬鮫魚餡的餃子，皮薄餡大，肉也多。

眾人吃得連聲叫好。

她們雖然生活在海邊，卻不知道用馬鮫魚肉來包餃子，竟然如此美味。

「景田上輩子到底是做了啥好事，居然能娶到這麼個心靈手巧的媳婦，能賺錢不說，還會做飯。」梭子媳婦打著飽嗝道：「怪不得景田對別的女人連看也懶得看呢。」

「他娶了個好媳婦，當然不會多看咱們一眼。」狗蛋媳婦捣嘴笑道。「咱家狗蛋就不一樣了，上次去鎮上，他一個勁兒地盯著人家大姑娘瞧，氣得我好些天沒搭理他。」

「哈哈哈，看不出狗蛋兄還有這心思。」梭子媳婦頓時笑彎了腰。

「妳們別笑，這男人啊，我算是看明白了，都是吃著碗裡、想著鍋裡的。」狗蛋媳婦撇嘴道：「想當年，我嫁過來的時候，那也是水靈靈的美人一個，還不是跟著這殺千刀的狗蛋成天在海邊風裡來、雨裡去的曬網殺魚，才把一張臉弄得人不像人、鬼不像鬼的，如今他倒是嫌棄我了，妳們說我冤不冤？」

「我跟妳們說，咱們女人可不能虧待自己，胭脂水粉該買就買，要是咱們好好打扮一番，可不比大戶人家的夫人、小姐們差。」梭子媳婦同仇敵愾道：「我家梭子雖然對女人沒多大心思，但也經常說我什麼瘦得像是竹竿，沒有當初好看。他們也不想想，若不是日夜為這個家操勞，咱們哪會變成這個樣子？都是些沒良心的！」

說完，梭子媳婦又扭頭問麥穗。「景田媳婦，還是景田對妳好，是不是？」

「男人嘛，還不都是一樣的。」麥穗淡淡道。

如人飲水，冷暖自知。她寧願讓蕭景田當著她的面看別的女人，也不願意他事事瞞著她。

「才不呢，我三哥是個好男人。」蕭芸娘笑道：「別的不說，就看這新宅子，就知道我三哥是個能幹的了。」

「我說芸娘，妳也不小，該找婆家了啊。」狗蛋媳婦大剌剌道：「說正經的，我娘家有個兄弟比妳大兩歲，人長得好、脾氣也好，家裡也是個殷實的。妳若是願意，我願意作這個媒。」

蕭芸娘倏地紅了臉。

「哎呀，哪有妳這樣作媒的？」梭子媳婦戳了狗蛋媳婦一下，眼角悄悄地瞄了瞄正在逗著黑風玩的牛五，笑道：「這話妳應該去跟宗海叔還有嬸子說，妳跟一個小姑娘說，她敢作主嗎？」

「這不是話趕話才給說出來了嗎？我自然也會去跟宗海叔和嬸子說的。」狗蛋媳婦認真道：「只是我想過些日子回娘家，再問問我兄弟的意思，免得我先跟宗海叔和嬸子說了，而我兄弟那頭卻已經定下人家，那我多尷尬啊！」

「嫂子，妳不用問了，我、我還不想嫁人！」蕭芸娘飛也似地逃走了。

「妳看，人家小姑娘都害羞了。」梭子媳婦哈哈笑道。

蕭芸娘出了新宅，沒有回家，而是去了不遠處的河塘，坐在河塘邊上的大石頭發呆。

她越來越中意牛五，卻遲遲不見牛五跟她表露心意，這讓她心裡很煩亂。

身後，一個影子斜斜地投了過來。

「芸娘。」牛五在她身後輕輕喚道。

蕭芸娘心裡一陣羞愧，起身就走。

誰讓他跟過來的啊！

「芸娘，妳聽我說，我、我……」牛五一把拽住她，撓撓頭道：「我想過了，等忙完這個月，我就找人上門提親，妳、妳再等我一個月。」

「誰答應你了啊？」蕭芸娘奮力地甩開他的手，冷冷道：「牛五哥，我想你誤會了，我從來沒說過要嫁給你。」

「可是、可是我喜歡妳……」牛五脹紅了臉，一顆心卻猛然跌到谷底，他連忙鬆開她，遲疑一下，問道：「妳是不是心裡有人了？若是真的有，那就當我沒說……」

這些日子以來，兩人一直相處得很融洽，幾乎是無話不說。他以為、他以為她也是喜歡他的。

「你說得沒錯，我心裡的確是有人了！」蕭芸娘快被氣死了，這個呆子怎麼這麼不會說話，難道他看不出來她在生氣嗎？

「是、是誰？」牛五沮喪地問道。

「你管我。」蕭芸娘小跑步回了老宅。

牛五呆呆地站在原地，只是嘆氣。

第二天，牛五跟蕭芸娘都沒有來後院幹活。

孟氏說蕭芸娘不舒服，這幾天要在老宅住著，好好調養一下身子，就不過去幫忙了。

牛五則是一大早就過來請假，說得去鎮上走一趟，問問廟口那塊地的情況。

麥穗頓感無語。

她這是招誰惹誰了？他們兩人就算要鬧彆扭，也不該罷工吧！

好在晌午的時候，牛五就從鎮上回來，還真的帶回一個好消息。

「三嫂，廟口旁邊那片地的東家是齊州錢員外，錢員外當初也想在那裡蓋鋪子，後來不知什麼原因去了京城，那片地就一直荒在那裡了。」牛五興奮道：「聽說前兩年錢員外掛牌賣過這塊地，可惜一直無人問津，最後連牌子都被街坊鄰居拿去當柴火燒了呢！」

「是嗎？那太好了！」麥穗聽了，忙道：「那咱們明天就去齊州府走一趟，去錢家問問那塊地要賣個什麼樣的價錢。」

她剛好也需要出一趟遠門，好緩解一下近日鬱悶的心情。

「明天啊？」牛五吃了一驚，忙道：「一下子走了兩個人，那家裡的活兒該怎麼辦才好？」

「不過一天時間，耽誤不了多少的。若是那塊地被人捷足先登，反而更耽誤事。」麥穗有板有眼地道：「凡事都得分個輕重緩急，成記船隊的訂單雖然急，但這件事情更急。你先去海邊看看有沒有船回航，若是有小黃花魚，就全部買下。今兒晚上咱們提前清洗好這些魚，等明天二丫她們一來，直接上鍋煮就行。」

牛五點頭道「是」，匆匆去了海邊。

因齊州那邊戰亂，海上戒嚴，魚嘴村一帶的漁民們不敢走遠，只是在附近海域轉悠著撒上幾網，因此網到的大都是些小魚。

好多漁民覺得捕不到大魚，便紛紛收起漁網，在家種地，所以出海的人不多。

牛五在海邊轉了一圈，才從兩、三個剛剛靠岸的船上，收了二十多斤小黃花魚，雖然不多，但勉強還能頂上一陣子。

見靠岸的人們都黑著一張臉，牛五忙上前問一個長臉男人。「老哥，現在海上怎麼樣了？齊州那邊的戰亂還沒結束嗎？」

「結束個屁！」長臉男人狠狠地往地上呸了一口，憤然道：「總兵府趙將軍手下的那些人簡直是慫包，竟然想跟海蠻子和談。那些海蠻子哪裡是省油的燈？前腳答應和談、後腳照樣為非作歹，一幫人就這樣打打停停，沒完沒了的，怕是再拖上個一年時間，戰事也結束不了。」

眾人只是跟著嘆氣，這日子啥時候是個頭啊！

孟氏見蕭芸娘一整天都悶悶不樂，知道女兒是有心事，便去新宅那邊問麥穗。「媳婦，妳說芸娘到底怎麼回事？一整天飯也沒吃多少，只是把自己關在屋裡不出來，也不到妳這裡來幫忙，可是發生了什麼事嗎？」

「娘，您問問芸娘不就知道了？」麥穗現在對這個婆婆一點好感都沒有。

婆婆聽說溧陽郡主有了孩子，竟然還想去看望……若不是公公攔著，婆婆怕是真會把溧陽郡主接到家裡來伺候著。

以前覺得婆婆沒有為難過她，是對她好來著，可現在看來，婆婆對她好，只是因為她是蕭景田的媳婦，不是因為她這個人。現在婆婆一聽說溧陽郡主懷了蕭景田的孩子，便又開始掛念起溧陽郡主了。

婆婆可說是個半點是非觀念都沒有的人。

「她不肯說，所以我才來問妳啊。」孟氏不知道麥穗心裡的兜兜轉轉，嘆道：「女大不由娘，她在想什麼，是不會跟我說的。」

「娘，小姑不跟妳說，難道會跟我這個嫂子說嗎？我可沒那麼大的臉。」麥穗把收拾好的魚撒了鹽，放在瓷盆裡，然後洗了手，便又開始來來回回地收拾屋子。

她覺得牛五跟蕭芸娘的事，由她來說破並不恰當。

孟氏嘆了一聲，又像是想起什麼，看了看麥穗，小心翼翼地問道：「媳婦，景田前幾天回來，沒說啥時候要再回來嗎？」

「沒有，他走得那麼急，啥也沒說。」麥穗淡淡道。

那天晚上兩人除了在床上恩愛，什麼話也沒說……是不是現在他對她的要求，是只要能履行妻子的義務就好，至於他在外面的所有事情，她都不必知道？

孟氏沒再吱聲，一聲不響地走了。

麥穗心底涼涼地想：婆婆就是婆婆，無論對錯，永遠都站在兒子那一邊。

隔天一大早，麥穗把作坊的事託付給蘇二丫後，便喊上牛五，直奔齊州府。

第六十九章　分期付款

齊州府因為跟京城相鄰，又處於交通要塞，比禹州城要繁華得多。牛五來過齊州府好幾次，對路況很熟悉。他說以前這條路上的人沒這麼多，現在因為封海，海路不通，大家才走了旱路。

不到兩個時辰，馬車便到了錢府所在的那條街上。街上人很多，熙熙攘攘很是熱鬧，兩人一路打聽著，才找到了錢府。

紅瓦綠樹、雕梁畫棟，兩頭石獅子威風凜凜地立在門前。

只見一灰衣老僕，正在門口掃地。

得知兩人的來意，灰衣老僕表情木然道：「我家老爺已經去世一年，你們找他做什麼？」說完，他收起手裡的掃帚，轉身往院子裡走。

「老人家留步。」麥穗忙追上去，懇切道：「咱們是金山鎮魚嘴村的人，聽說咱們鎮上廟口的那片地，貴府打算要賣，因此特意過來找貴府的主人商量此事。」

「你們想買金山鎮的那片地？」灰衣老僕猶豫一下，上下打量麥穗一眼，問道：「敢問小娘子買了地，準備做什麼？」

「我打算蓋幾間鋪子。」麥穗認真道。

「兩位裡面請。」灰衣老僕領著兩人進了院子，在一處偏廳坐下，不冷不熱道：「我家小主人在外唸書，並不在家，鄙人也姓錢，是府上的管家，家裡的庶務一直都是由我張羅的。敢問小娘子打算出多少銀子買那塊地？」

小廝上前奉茶，又默默地退出去。

「不知道錢管家打算賣多少銀子？」麥穗反問。

牛五打聽過了，前兩年那塊地大概價值四百兩銀子，但她摸不清錢管家究竟打算要賣多少銀子，故而也不好先出價。

她是買家嘛，當然不好先出價，再說了，這又不是競標。

「五百兩！」錢管家伸出一隻手在她面前晃了晃。

五百兩？

麥穗吃了一驚，敢情這人是坐地起價嗎？

「錢管家，府上那塊地，哪裡值五百兩？」牛五開口道。「五百兩都能買一間現成的鋪子了！」

「你們先別急著拒絕。」錢管家取過一旁的紙筆，不緊不慢地磨了墨，提筆在紙上寫了幾個字，推到麥穗面前，道：「細算下來，你們並不吃虧。」

麥穗一看，愣了一下。

等等，他上頭寫著五年之內付清即可，也就是分期付款？天哪，難道這個錢管家也是穿越來的？

麥穗狐疑地打量一番眼前的錢管家，只見他長眉入鬢、目光炯然、氣質儒雅，跟他的身分不大般配。

到底是分期付款在古代就有這個先例，還是他跟自己一樣是從現代來的？

「若是你們不願意，那就算了，說實話咱們府上這塊地，也不是非賣不可。」錢管家不以為意地笑了笑。

他其實是不願意跟女人打交道的，覺得女人一般都目光短淺。

「好，就這麼決定了。」麥穗痛快地道：「那咱們現在就簽文書吧。」

她現在急需一塊地，恰好她手頭上的銀子也不多，分期對她來說，倒是挺合適的。至於多出來的那一百兩，就當是付了利息吧。

「不知小娘子要找什麼人做擔保？」錢管家有些驚訝於這個女人的爽快。

麥穗愣了一下。

啊？還要擔保人？

她想了想，又道：「金山鎮于記飯館的于掌櫃，是我夫君的朋友，他可以做擔保。」

「那這位于掌櫃方便過來這裡嗎？」錢管家問道。

「三嫂，于掌櫃最近不在家。」牛五搖頭道：「昨天我去鎮上的時候，去過于記飯館一趟，九姑說于掌櫃出門好幾天了，什麼時候回來也不知道呢。」

「若他不能來，那咱們這文書根本無法簽哪。」錢管家兩手一攤，無奈地道：「小娘子再好好想想，另外找個人當保人吧。」

這時，院子裡傳來小廝畢恭畢敬的聲音。「吳大人，這邊請。」

「穗兒，難道我當不成保人嗎？」吳三郎路過錢府，本想進來看看錢府的小主子是否回來，沒想到卻在這裡遇到麥穗。他信步走進偏廳，笑道：「錢管家覺得我做她的保人如何？」

「使得，當然使得。」錢管家連連點頭，他沒想到這個小娘子竟然還認識知府大人。

「那就多謝吳大人了。」麥穗起身微微屈膝。

既然吳三郎願意當她的保人，那是最好不過了，畢竟他可是個知府呢！

「穗兒，妳如今是要做大生意了嗎？」吳三郎問道。

他覺得眼前這個女人越來越陌生了。不但住了大房子，還想要買這麼大一片地，這分明是打算要蓋鋪子了。

「哪裡是什麼大生意，不過能餬口罷了。」麥穗謙虛道。「我家裡地方太小，放不了多少貨，我尋思著總得有間鋪子才行，可鎮上卻沒鋪子要出租。我思前想後，最後看中了鎮上那塊地，決定自己蓋一間鋪子。」

「那的確是個好地方。」吳三郎心裡一陣感慨。

兒時，每當廟會的時候，他跟她總會溜出去瘋玩一番。回家後，她通常都會挨大伯娘一頓臭罵，而他也會被他娘揪著耳朵，教訓說不准跟那個野丫頭一起玩。但來年的廟會，兩人還是會一起偷溜出去玩。

那個地方，有他和她太多的回憶。

和麥穗一起簽好文書，又得知錢府小主子近日沒有回府的打算，吳三郎便和麥穗一起告辭離開。

出了錢府的大門後，吳三郎溫言道：「穗兒，妳既然來了，咱們一起吃個飯吧。天色還早，就別急著走了。」

「大人，我家裡還有好多事，就先回去了，謝謝你願意給我做這個保人。」麥穗淺笑道：「等你回了金山鎮，我再請你吃飯。」

「何必要等到回金山鎮，難道眼下不就是個好機會嗎？」吳三郎不依不饒道。「要不然，妳請我吃飯，就算是謝我了，如何？」

如今已接近晌午，陽光明媚，萬里無雲，是個好得不能再好的日子。

麥穗只得硬著頭皮應下來。

「我帶妳去一個好地方。」吳三郎情不自禁地抓起她的手，就要牽著她上馬車。

「大人，我能自己上馬車。」麥穗尷尬地甩開他的手。

他這樣拉拉扯扯的，是在幹什麼啊？

牛五對吳三郎也是一陣反感。

三嫂都已經成親，怎麼這位大人還對三嫂如此熱情？難道讀過書的人都是這麼厚臉皮嗎？

馬車在路上顛簸了小半個時辰，才來到一家飯莊。

飯莊的入口處立了一個大牌子，上頭寫著四個大字——廖記藥膳。

他們的馬車緩緩地駛入飯莊，待馬車停下，立刻有穿著白褂黑褲的小夥計迎出來，笑咪咪地領著三人進了大廳。
廖記藥膳的大廳非常寬敞，裡頭還栽了幾棵鬱鬱蔥蔥的小樹，飯桌連同椅子都是用樹椿做成的，四下裡瀰漫著一股淡淡的藥香。
小夥計畢恭畢敬地遞上菜單。
「想吃點什麼？」吳三郎柔聲道：「妳請客，我付銀子，隨便點。」
「不用，說好了我請的，怎能讓你付銀子。」麥穗翻了翻菜單，隨便點了幾道菜，又遞給吳三郎。
吳三郎不接，只是笑道：「吃什麼都好，妳點就行。」
麥穗又把菜單遞給牛五。
牛五本就是跟著來蹭吃蹭喝的，哪裡好意思點菜，連連擺手道：「隨便吃點就行。」
「那除了這些，再上個招牌菜吧！」麥穗見兩個大男人都不肯點菜，頓覺無趣，還是跟蕭大叔一起吃飯比較好，蕭大叔可是最會點菜的。
菜很快地上齊，全部都用黑色的瓦罐盛著，許是剛剛才從灶上取下來，都還冒著滾滾熱氣。
「穗兒，妳一路上奔波了好幾個時辰，肯定累了，多吃點。」吳三郎殷勤地打開瓦罐的蓋子，替她把罐子裡的雞肉舀到碗裡，笑道：「這雞是吃藥膳長大的，做這道菜的時候除了鹽，什麼也沒放，妳嚐嚐看好不好吃。」
雞肉鮮嫩潤滑，入口生香，湯汁乳白濃郁，裡面還配著幾片碧綠的小油菜，的確很美味。

「還不錯，不愧是招牌菜。」麥穗淺淺一笑。

牛五也連說好吃。

除了藥膳雞，還有一條清蒸魚，味道頗清淡，倒是挺養生的。其他素菜也做得不錯，裡面都放著一些野生菌類，再跟中藥搭配在一起。菌子的清香跟藥香相互混合，吃起來別有風味。

吳三郎剛想說什麼，只聽「啪」的一聲，肩頭挨了一記打，柳澄的聲音不冷不熱地傳來。「吳大人果然是日理萬機，如今公事也在飯桌上談了嗎？」說完，又扭頭看著麥穗，笑道：「蕭娘子也在啊？」

「柳公子，真巧啊。」麥穗大大方方地打招呼。

吳三郎見是柳澄，皺眉道：「你不是說今天要去禹州城嗎？」

「是呀，不過我半路看見你的馬車，便跟過來了唄。」柳澄搖了搖扇子，側身一讓，笑道：「你看誰來了？」

「吳大人。」從柳澄身後走出一個盈盈的身影。

女子下巴尖尖的，螓首蛾眉，雙眸含羞帶怯，羞答答地上前施禮。

「柳小姐快快請起。」吳三郎忙起身虛扶一把，輕聲細語地問道：「妳怎麼來了？」

「跟著家兄出來走走。」柳如玉抬頭，飛快打量麥穗一眼，見她梳著婦人頭，身邊又坐了個年紀相仿的男子，心裡頓時鬆了口氣。

她朝麥穗和牛五又行了一禮，算是打了招呼。

「走了！」柳澄合上扇子，拽著妹妹就走。「沒看見吳大人在招待客人嗎？走、走、走，改天再聊。」

那女子戀戀不捨地跟著柳澄走了。

「那是柳澄的妹妹柳如玉。」吳三郎解釋道。

「柳小姐年輕貌美，看起來溫柔賢淑，跟大人很般配。」麥穗笑了笑，隨口問道：「不知什麼時候能喝上大人的喜酒？」

「穗兒，妳是知道我的，我對別的女人沒那個心思。」吳三郎皺眉道：「以前是我不知道珍惜，等失去以後，才知道那個人對我有多重要。」

「吳大人十年寒窗，熟讀聖賢書，怎麼還是這般不通情理？」麥穗失笑道。「她已經為人妻，你再等下去，又有什麼意義？」

牛五聽出兩人的弦外之音，再也坐不住了，倏地起身道：「那個……我出去一趟，你們聊。」說完便急匆匆地離開。

「穗兒，據我所知，蕭景田喜歡的女子另有其人，並不是妳。」吳三郎隱晦地提醒道。「難道妳從來沒察覺到嗎？」

「吳大人，你知道我討厭拐彎抹角的，有話就直說吧！」麥穗最不喜歡吳三郎的地方，就是他老是要讓別人猜。

「我的貼身小廝喬生跟溧陽郡主手下的丫鬟碧桃是舊相識，喬生說碧桃有次說漏嘴，說蕭景田經常去看望溧陽郡主，有時候還會在那裡過夜。」吳三郎輕咳道：「我打聽過了，溧陽郡主這些日子以來，一直住在禹州城。年前宮裡原本傳出要冊她為妃的消息，可年後又傳出她身子孱弱，需要靜養一些日子，因此她入宮的事，就再也沒人提起過。這一切，肯定都跟蕭景田有關！穗兒，妳就是太單純了，難道妳以為他們倆之間，當真什麼事都沒發生過嗎？」

「溧陽郡主身分尊貴，怎會看上蕭景田？」當著吳三郎的面，麥穗自然不好說蕭景田跟秦溧陽之間的是是非非。「你說的這些事我都知道了，景田也告訴過我，說他跟溧陽郡主之間真的沒什麼。」

「穗兒，妳還是太善良了。」吳三郎握拳輕咳一聲，扭頭看向窗外，目光在不遠處剛剛停下的馬車上落了落，皺眉道：「妳看看那是誰？」

麥穗扭頭朝窗外看去。

率先跳下馬車的是蕭景田，接著是碧桃那個丫頭。

碧桃下車後，麻利地取了一張矮凳，小心翼翼地放在車廂下面，然後才掀開車簾。

一個頭戴帷帽的青衣女子在碧桃的攙扶下，盈盈下了馬車。

風吹起帷帽一角，麥穗看清了帷帽下含笑的臉。

這青衣女子正是秦溧陽。

秦溧陽原本就比一般女子健壯高大，看身形倒也看不出是個有孕女子。

麥穗不動聲色地看著蕭景田。

幾天不見，她的男人看上去有些憔悴，他坐鎮總兵府，還要照顧秦溧陽，還要回家看她，換成是誰也扛不住吧！

一個身穿褐色長衫的中年人匆匆迎出來，畢恭畢敬地把三人迎進一間廂房，馬上就有小夥計端茶送過去。

麥穗以為這間飯莊與眾不同，就這麼一個大廳可以讓人用餐，卻不承想，這裡也有包間。也許無論在哪個時空、哪個朝代，總有享受特權的人吧。

「那些廂房從不用來招待客人的。」吳三郎解釋道。「想必溧陽郡主認識這間飯莊的東家。」說到這裡，他心裡很看不起蕭景田，覺得蕭景田是攀龍附鳳。

麥穗沒吱聲，招手喚來小夥計付帳。

「我來。」吳三郎急忙往外掏銀子。

「不用，說好了我請的。」麥穗硬是搶先付了銀子。

吳三郎搶不贏她，沒想到她還是那麼倔強。

兩人一前一後出了大廳。

牛五正躺在馬車上小憩，見兩人走過來，睡眼矇矓地起身看了看天色，問道：「三嫂，咱們回家吧？」

「回吧！」麥穗扭頭看了看不遠處那間房門緊閉的廂房，一聲不響地上了馬車。

「不過去打個招呼嗎？」吳三郎低聲問道。

「不了，我要回去了。」麥穗面無表情道。

廂房裡，蕭景田透過窗子的一角，目送著馬車離去。直到馬車出了莊子，拐了個彎，不見蹤跡，他才收回視線。

他端起茶，輕輕抿了一口，肅容道：「既然如今已經查出真凶，那咱們肯定不會饒了他。只是有一點我不明白，趙廷是趙國大將，跟秦老王爺無冤無仇，怎麼會對秦老王爺痛下殺手，非要置他於死地呢？」

他跟廖記藥膳的廖東家，昔日都曾經在銅州秦老王爺的麾下當差，兩人是同袍之誼。幾個月前，他得到一些線索，便讓廖清派人去查，不承想，居然這麼快就有了消息。得知廖清查到的人是趙國大將軍趙廷，蕭景田頗感意外。

「此事說來話長，當年趙淑妃入宮前，喜歡的其實是秦老王爺。」廖清看了看秦溧陽，嘆道：「不想趙淑妃卻被趙王送進宮裡，當了先皇的妃子。趙淑妃對秦老王爺一直念念不忘，先皇知道後，心中不悅，不僅冷淡趙淑妃，對成王也是愈加不喜。趙廷雖然是趙國大將軍，卻是個野心勃勃的，他一心希望他的外甥成王能繼承大統，可因為趙淑妃對秦老王爺的情誼，成王卻不得先皇歡心，甚至還懷疑過成王是秦老王爺的骨血。趙廷得知後，便對秦老王爺起了殺心，他覺得只要秦老王爺不在，先皇就會消除對成王的懷疑。」

「那場戰役，原本就是咱們占了先機，眼看快要大捷的時候，秦老王爺卻被自己陣營所射出的箭射中，當時我就覺得這件事另有隱情，卻不想秦老王爺真的是遭人謀害！」廖清說著、說著，不禁紅了眼。

「殺父之仇不共戴天，這個仇我自己報，你們無須操心。」秦溧陽倏地起身，咬牙切齒道：「我爹生前對大周忠心耿耿，戰戰兢兢地守護銅州邊境，不想卻被人陷害，死於非命。我若不能親自手刃仇人，便不配為人子女！這件事說起來，我爹有什麼錯？難道就因為那個女人思慕他，他就得死嗎？」

「此事交給我吧。」蕭景田看了看秦溧陽，從容道：「秦老王爺生前待我不薄，我不會袖手旁觀的。」

一代英雄秦老王爺雖然死於沙場，卻不是為國捐軀，而是死於奪嫡的陰謀之中，實在令人惋惜。

他能為秦老王爺做的最後一件事，就是替秦老王爺報仇。

第七十章　蕭大叔生氣了

「此事任憑將軍差遣。」廖清見蕭景田這麼說，神色一凜，忙起身抱拳道：「屬下願追隨將軍前往趙國手刃此賊，替秦老王爺報仇雪恨。」

「不急，待齊州的戰亂結束，咱們再慢慢商量。」蕭景田淡淡道：「此事切不可走漏風聲。若是打草驚蛇，反倒會弄巧成拙。」

「將軍放心，秦老王爺於屬下有救命之恩，屬下無以為報，唯有以此報恩。」廖清信誓旦旦道：「待此事了卻，屬下此生也就沒什麼遺憾了，從此便寄情於這山水間，用心經營我的飯莊。」

蕭景田點點頭，不再吱聲。

「還商量什麼？我明天就啟程去趙國，手刃了那個狗賊，替我爹報仇！」秦溧陽見蕭景田對她態度冷淡，心裡感到委屈，她上前扯著蕭景田的衣角，嬌嗔道：「二哥，你知道我不是嬌慣的性子，就算要餐風露宿也不怕，你就陪我一起去吧，好不好？」

蕭景田臉一沈，起身推門，便走了出去。

「二哥，你要去哪裡？」秦溧陽提著裙襬追出去，委屈道：「我知道你現在不想見我，可事已至此，你讓我怎麼辦才好……」

廖清一頭霧水。他完全聽不懂溧陽郡主在說些什麼，到底是怎麼一回事？

蕭景田腳步不停地上了馬車。

秦溧陽也跟著坐上去，拽住他的衣角，眼圈紅紅地道：「我說過不會讓你對我負責的，我原本也不想讓你知道此事，都怪碧桃那個死丫頭嘴碎，我……」

「夠了，妳不要自欺欺人了！」蕭景田厲聲喝道。「妳腹中的孩子到底是誰的，妳自己心裡有數，我也不想知道究竟是誰的。我再說最後一遍，那天晚上的人不是我，這件事妳就算鬧得天下皆知，我也不會當這個冤大頭的。」

「二哥，你就這麼嫌棄咱們母子嗎？」秦溧陽楚楚可憐道：「難道在你眼裡，我就是個水性楊花的女人，懷了別人孩子卻還來誣陷你嗎？」

「難道不是嗎？」蕭景田臉一沈，跳下馬車，揚長而去。

秦溧陽氣結。

「郡主，別生氣了，當心傷了身子。」在一旁的碧桃連忙安慰道。

廖清站在廂房門口，簡直驚呆了。

誰能告訴他，那兩人之間究竟發生了什麼事？剛才不是還在商量要怎麼給秦老王爺報仇嗎？怎麼說翻臉就翻臉呢？

蕭宗海得知麥穗花了五百兩銀子，買了廟口旁邊那片地，氣得差點暈過去。

五百兩銀子對他來說，簡直是一筆天文數字。他祖上幾輩子加起來，也沒見過這麼多錢。

如今這個兒媳婦卻連眼睛也不眨一下就把錢花出去，連兒子也不知道，他實在忍無可忍，忍不住對孟氏發火道：「妳明明知道她要出去，怎麼不攔著她？我這個當公公的不好說什麼，妳當婆婆的也什麼都不管嗎？有五百兩銀子，足夠他們兩口子吃香喝辣一輩子了，還要買什麼地？這不是瞎折騰嗎？」

「你就知道凶我，我哪知道她是出去買地了？」孟氏紅著眼圈道。「再說了，就算知道，我還能攔得住她嗎？別說是五百兩，就算是五十兩，我這輩子也沒見過，怎麼到頭來還成了我的錯？」

「妳去跟她說，讓她把那塊地給退了，安安穩穩地在家過日子，咱們蕭家男人還沒有淪落到要讓女人來養。」蕭宗海越想越生氣，拍著桌子大吼道：「還有景田，也不知道成天在外面忙些什麼，連自己的媳婦都管不住，還去管旁人的閒事！」

孟氏嚇得不敢再吱聲。

蕭芸娘站在門口聽見，沒敢進屋，一溜煙地去了新宅，把她爹發火的消息悄然告訴麥穗。

麥穗剛洗好澡，正拿著布巾擦頭髮，聽小姑子這麼說，不禁輕嘆一聲。「爹不理解咱們，咱們也沒辦法。」

「三嫂，妳真的花了五百兩銀子啊？」蕭芸娘是從牛五那裡知道這個消息的，她有些難以置信，那可是五百兩啊！

「當然是真的。」麥穗擦乾頭髮，把頭髮綰起來，又挑了挑燭芯，然後拿起蒲草開始編製裝魚罐頭用的網兜。

奔波了一天，她已經很累了，實在不想再多解釋什麼。

「家裡哪來這麼多銀子啊？」蕭芸娘不可思議地問道。她越來越佩服這個三嫂了。

「我花了五百兩銀子買地不假，但也不是一次付清的。」麥穗懶洋洋地答道。「我跟錢府簽了文書，分五年付清，一年付一百兩。這樣一來，他們多得了銀子，咱們也不會覺得有負擔，我覺得挺好的。」

「分五年付清？」蕭芸娘更加迷糊了，還可以這麼買地的嗎？

「媳婦，妳真的買了鎮上的地？」孟氏滿臉愁容地走進來。

「對呀，買了。」麥穗乾脆利索地答道。

「媳婦，咱們女人家，就該在家裡做做家務、繡繡花什麼的，妳說妳買那麼大片地要幹什麼？」孟氏目光懇切地看著麥穗，勸道：「聽娘的話，趕明兒去把地給退了，咱們做不了大買賣。妳以前曬點小魚乾啥的，咱們也沒攔過妳，可如今咱們不能再不管了。」

「退不了的，已經簽了文書，衙門裡都有存檔的。」麥穗不冷不熱道：「再說了，哪有剛簽了文書就退地的？您放心，這件事我心裡有數。」

「媳婦，妳有什麼數啊？做生意都是男人的事，咱們女人哪能掙得過男人去？妳爹說了，現在鎮上的海貨生意就徐家跟龍家這兩家是龍頭，別人可分不到半點好處。」孟氏苦口婆心地勸道：「上次妳接了那個什麼成記船隊的訂單，已經把龍霸天給得罪了，許是他看在跟妳爹以前有些交情的分上，沒有為難咱們。若是妳真的去了鎮上跟他搶生意做，人家豈能放過咱們？再說了，妳哪裡來的那麼多銀子買地？就是借，也沒地方去借哪！」她以前怎麼沒有看出來，這個媳婦是個有野心的呢？之前那個柔柔弱弱的小媳婦到哪裡去了？

「娘，銀子的事你們不用操心，我不需要借錢的。再說了，我買地、開鋪子做生意，憑的是真本事，我堂堂正正做生意，怎麼到您這裡，就成了跟別人搶生意？」麥穗越聽越生氣，不悅道：「沒人規定鎮上除了徐家跟龍家，別人都不能去做海貨生意吧？」

「媳婦，人家開鋪子的，都是一些有錢有勢的大戶，咱們小門小戶的開什麼鋪子？」孟氏也豁出去了，不依不饒地問道：「妳買地的事，景田知道嗎？」

「景田現在的確不知道，但我想，他會同意的。」麥穗還從來沒見過孟氏的態度如此強硬，也沒好氣道：「反正地我已經買了，他就算不同意，我也沒辦法。」

她心裡還憋著一股氣呢！別跟她提蕭景田！

「妳說妳不用借銀子，可是妳買地的銀子到底是從哪裡來的？」打死她也不相信他們兩口子攢了這麼多銀子，那可是五百兩啊！

「娘，三嫂買地這五百兩銀子不是一次付完，而是分五年付清，一年只要付一百兩就可以了。」蕭芸娘插嘴道。「您是不知道，三嫂這個魚罐頭可賺錢了，一年一百兩，咱們付得起。」

「分五年付清？」孟氏突然覺得她有些聽不懂女兒的話，啥意思啊？

蕭芸娘比劃著跟她娘解釋半天，孟氏才總算弄明白是怎麼一回事。可她心裡卻更加鬱悶，就算分五年，那也是得花出去五百兩……

發現自己勸不動麥穗，孟氏只得回了老宅。

蕭宗海耐著性子聽完孟氏說的話，卻也聽不出個所以然，便吩咐道：「去把牛五叫來，我倒要問問他，到底是怎麼回事。」

孟氏只得去隔壁喊了牛五來。

「宗海叔，您找我？」牛五搓著手站在炕邊，心裡暗暗叫苦。

天啊，他就知道宗海叔會找他過來問話，他到底該怎麼說才好……

「你把今天去錢府談的事，一五一十說給我聽。」蕭宗海瞪了牛五一眼，冷聲道：「原原本本地說，不准跟我玩心眼。」

這小子若敢替老三媳婦說話，就永遠別想成為他的女婿。他是老了，但是他眼還沒瞎，這小子是個什麼心思，他心裡明鏡似的。

牛五撓撓頭，把事情原原本本地說一遍，當然他省去了去藥膳飯莊吃飯那一段。不是他想撒謊，只是擔心蕭宗海誤會麥穗跟吳三郎之間有什麼曖昧，若是因此又鬧得三哥跟三嫂吵架，那他的罪過可就大了。

「你說是吳三郎給你三嫂做擔保？」蕭宗海吃驚道。「是不是你三嫂主動去找他的？他們還說了些什麼？」

不行，他得再去一趟禹州城，把景田那個死小子給叫回來。再這樣下去，誰知道這個媳婦還會不會是景田的……

「宗海叔，我都說了，三嫂原本打算請于掌櫃做保人的，可于掌櫃出遠門，後來是恰好碰到吳大人的。」牛五尷尬地笑道：「他們真的沒說什麼，就是簽了文書，然後放到衙門裡存檔，最後吃了頓飯就回來了。」

「什麼?!還一起吃了飯？」蕭宗海猛然抬頭問道。

牛五恨不得抽自己一巴掌。

完了，還是說漏嘴了。三嫂，原諒我吧！

「吳大人幫了忙，三嫂過意不去，才請他吃飯的，這也沒什麼。」牛五哭喪著臉道：「宗海叔，您別懷疑三嫂了，三嫂跟那個吳大人是真的沒什麼。」

「牛五，明天你再跟我去一趟禹州城。」蕭宗海沈著臉道：「我要去把景田叫回來。」

「啊？還去啊！」牛五大驚。

「去，明天一大早就走。」蕭宗海堅決地道。

從老宅出來後，牛五努力讓自己平靜一下，才去了新宅，及時跟麥穗通風報信。沒辦法，他夾在這一對公公跟兒媳婦之間，真是太為難了。

「三嫂，我不是有意要告訴宗海叔的，只是宗海叔問了，我也不好不說。」牛五看著麥穗，又看看蕭芸娘，內疚道：「我跟宗海叔說了，妳跟吳大人啥事都沒發生的。」

「無妨，今天的事，你本就該實話實說，也沒什麼好遮掩的。」麥穗淡淡道。「既然明天我爹想去禹州城，你就儘管陪他去好了，順便把咱們做的蒲草籠帶去給成記船隊的管事看一看，再去問問謝記那邊要不要貨。就算我爹不去禹州城，我也準備這一、兩天讓你去一趟禹州城辦這些事的。」

「那好，我明天就去禹州城。」牛五用眼角瞟了瞟蕭芸娘，見她背對著他，沒有要搭理自己的意思，便無趣地回了家。

「真是個呆子。」見牛五走了，蕭芸娘才回過頭，嘟囔道：「啥事也辦不好，淨會添亂子。」

麥穗會意，笑道：「芸娘，差不多得了，別折騰人家了。」

經過這些日子相處，她多少也瞭解一點蕭芸娘的性子。她是個很容易被同化的人，以前她跟蘇三表姊在一起的時候，性子沒這麼沈穩，反而跟蘇三表姊一樣浮躁，心心念念地想著要嫁給什麼高門大戶。

如今她整天跟蘇二丫和狗蛋媳婦、梭子媳婦在一起，便又覺得牛五也很適合她。她其實是中意牛五的，只是心裡那點小小的虛榮心還放不下。

老娘都不想嫁什麼高門大戶了，願意跟著你牛五住破屋子，你牛五得拿出足夠誠意來求娶我才是，要不然，老娘可不甘心啊！

麥穗覺得蕭芸娘就是這麼想的。

「三嫂，妳說什麼呢？我哪裡折騰他了……」蕭芸娘臉紅道：「他本來就是啥事也辦不好嘛！」

麥穗只是笑。

再怎麼說她也是過來人，就小姑子這點小把戲，是騙不過她的。

第二天一大早，牛五就來後院牽馬車，拿了蒲草籠子，跟著蕭宗海一起去了禹州城，就連孟氏也悄悄地跟著去了。

公公是要去大張旗鼓地跟兒子告狀，婆婆則是打算偷偷去看兒子在外面的女人。

麥穗頓時覺得，她這個媳婦做得好失敗啊……

等到老倆口跟蕭景田一起回來的時候，天已經黑了。

蕭芸娘煙燻火燎地在灶房做飯，卻忘了往鍋裡添水，鍋裡的飯都糊了，氣得蕭宗海大罵她一頓。

蕭景田覺得要再重新做飯太晚，便讓爹、娘和妹妹一起來新宅吃飯。

麥穗只得又炒了兩道菜，知道公公晚上喜歡喝兩盅，她還給公公燙了壺酒。

一頓飯下來，蕭宗海倒是沒說什麼，只是默默地吃飯、喝酒。

吃完飯，一家人便各自散了。

蕭景田拿著浴巾去了浴室洗澡，換好衣裳後，便脫鞋上炕，倚在燈下看書。

他見麥穗進來，才開口說了回來後的第一句話。「買地這麼大的事，怎麼不跟我商量一下？說說看，到底是怎麼回事？」

「要你管！」麥穗賭氣，扭過頭不看他。

他跟溧陽郡主的事，是不打算跟她解釋了吧？

「五百兩銀子不是小數目。」蕭景田想起昨天她跟吳三郎去藥膳飯莊的事，肅容道：「妳買地，我不攔妳，可妳要是有什麼難處，都應該找我商量才是，而不是隨便向妳的青梅竹馬求助。」

這麼大的事，他毫不知情，那個吳三郎卻陪她一起去買地……

「我倒是想跟你商量來著，可是你在哪裡？」麥穗冷諷道：「你那麼忙，我能找到你嗎？」

「只要妳想找，就一定找得到！」蕭景田放下手裡的書，決定跟這個女人好好說一說道理。「妳知道我不喜歡妳跟吳三郎來往，可是妳買地卻還是找他做保人，做保人也就罷了，偏偏還在一起吃飯，妳有沒有考慮過我的感受？」

若兩人只是同鄉，倒也罷了，可他們卻曾經相約要私奔，他無法不忌憚他們兩人過去的情誼。

「那你做事的時候，可有考慮過我的感受？」麥穗聽他這麼說，索性打開天窗說亮話。

「你告訴我，你跟秦溧陽到底是怎麼回事？」

「別跟我提她！」蕭景田冷臉道：「我說了，我跟她沒什麼的。」

「那我跟吳三郎也沒什麼的，不過是他給我做了保人，又在一起吃了頓飯而已。」麥穗見他依然是如此強硬的態度，頓時氣不打一處來。「你做的事你自己心裡明白，你有什麼資格來指責我？你以為家人都瞞著我，我就不知道了嗎？」

「我瞞著妳什麼了？」蕭景田一聽也火了。這個女人的腦袋裡，成天都在想些什麼？她就這麼希望他跟秦溧陽之間，發生一些什麼不可告人的事嗎？

「秦溧陽說她腹中的孩子是你的，是不是？」麥穗惱火道：「你口口聲聲說你不知道她孩子的父親是誰，可你敢說這些日子裡，你沒有去見她？沒有去照顧她嗎？你是把我當傻子看吧！」

「事情根本不是妳想的那樣，我去看她，並非是因為她有身孕，而是有別的原因。」蕭景田知道連她也以為秦溧陽的孩子是他的，忍不住火冒三丈道：「我以為妳知書達禮，是個能明辨是非的女子，怎知妳跟那些無知的市井婦人一樣蠻不講理。我都說過好幾次，我不喜歡她，怎麼可能還會讓她懷上我的孩子？若是妳我之間，連這點信任都沒有，還怎麼做夫妻？」

誰都可以誤解他，只有她不可以！

「既然不是你的孩子，你為什麼不解釋，而一味地讓別人誤解你？」麥穗越說越委屈，眼裡瞬間盈滿淚。「現在爹、娘都以為她的孩子是你的，他們還都刻意瞞著我，你讓我怎麼想？」

他竟然說她蠻不講理？他才是最蠻不講理的那一個！

「妳簡直不可理喻！」蕭景田冷著臉，穿鞋下炕，順手抓起外褂，大踏步去了後院，牽了馬便揚長而去。

麥穗氣得直掉眼淚。

就算孩子不是他的，他也不該這樣吼她吧？

他還說她無知……難道她眼睜睜地看著他對別的女人噓寒問暖，卻要故作不察，這樣才是通情達理嗎？

蕭景田一夜未歸。

麥穗也是一宿沒有合眼，直到天亮的時候，才迷迷糊糊地睡了一覺。

第七十一章 床頭吵架床尾和

一大早，蕭貴田提了魚筐來送魚，筐裡的魚不多，只有四、五斤。

「二哥今天撈的魚怎麼這麼少？」麥穗吃驚道。就這麼一點魚，根本不夠做一天量的魚罐頭。

「我這還算是多的呢。」蕭貴田苦笑道：「表姊夫和大哥他們是直接空著網回來的。如今海上戒嚴，連千崖島那邊都不讓去了，咱們附近這片海，根本沒魚了。」

「那怎麼辦?!」這下子麥穗發愁了，連原料都沒有，她要怎麼做魚罐頭啊……

「妳先別著急，我這就去海邊看看，看別人的船上有沒有捕到魚。」蕭貴田知道麥穗的這批貨很緊急，別的忙他或許幫不上，可這點小忙，他還是能幫上的。

「你要去哪裡？」喬氏從老宅那邊探出頭問道。

「今天沒捕到什麼魚，三弟妹這邊開不了工。」蕭貴田如實道。「我要去海邊幫她看看，好收點魚回來。」

「哼，咱們這麼盡心盡力幫她，也不見她對咱們有多好。」喬氏憤憤道：「我都聽說了，狗蛋媳婦跟梭子媳婦都在她那裡幹活賺錢，卻也沒見她喊我這個當嫂子的過去幫忙，分明是沒把咱們放在眼裡。」

「得了吧妳，老三媳婦用咱們的魚，可都是付了銀子的，又不是白拿白吃。妳若是想到她那裡幹活，直接跟老三媳婦說就是，別在這裡怨天尤人。」蕭貴田不願意摻和女人之間的事，匆匆去了海邊。

喬氏「哼」了一聲，轉身進了灶房，跟孟氏抱怨道：「娘，您看我在家也是閒著，貴田在海上捕魚，更是一天不如一天，不如我過來幫老三媳婦幹點活吧？」

「妳若是想幫忙，就去跟老三媳婦說一聲。」孟氏點點頭，道：「自家人總比外人盡心，再說狗蛋媳婦和梭子媳婦也都被叫來幫忙，想來不差妳一個。」

「娘，這事我不好說，您幫我去說說唄！」喬氏想到之前她跟麥穗的口角，訕訕地道：「她若是開口讓我去，我便過去，要不然我哪好意思啊。」

「好，我幫妳去說一說，肯定沒問題的。」孟氏一口應下。

海上回航的船不多，大多也都是空著網回來的。

眾人站在岸上議論紛紛，蕭景田不在村裡，他們也不知道該怎麼辦了！

「真奇怪，好好的怎麼會突然沒有魚了呢？」莊栓背抄手，嘆道：「咱們這片海雖然魚不是特別多，但一網下去，多少還是能網到一些魚的，怎麼可能會撈空了呢？」

他發現最近龍霸天在淺灣那邊泊了好多船，雖然他們對外說是魚塘要出貨，但他總覺得此事有些蹊蹺。據他所知，魚塘就算出貨，也用不著這麼多船的。

但當著村人的面，他又不能沒有根據就隨便說道。

「對啊，真邪門。」姜木魚垂頭喪氣道：「下了大半輩子海，頭一次空著漁網回來，這日子真是沒法過了。」

「嘿嘿，你哪裡是空著漁網回來的？分明撈了好多海菜。我聽嫂子說了，你們中午就喝海菜湯。」狗蛋笑嘻嘻地打趣道：「橫豎餓不死，放心。」

「去你小子的！」姜木魚敲了他一記，罵道：「也就你小子沒心沒肺的，眼看大家都喝西北風了，還不趕緊出個主意？」

「我能有什麼辦法？不出海就只能在家裡種田了。」狗蛋摸摸鼻子道。「咱們村還算好的，貴田哥好歹還撈了三、五斤的小黃花魚，我聽說隔壁那兩個村出去二十條船，下了三十多張網，總共才撈了一條魚，差點沒把我笑死。」

「這麼說，的確是我撈得最多了。」蕭貴田苦笑道：「本來還以為你們能撈點回家，這樣我家弟妹也不至於斷貨，可如今回來的船上都沒有魚，可如何是好？」

眾人紛紛嘆氣。

而莊栓聽蕭貴田這麼說，便趕緊抬腳去了蕭家新宅。

此時蕭貴田送來那點魚很快就做完了，麥穗閒來無事，只好領著眾人把魚罐頭裝進蒲草籠裡，順便統計一下數量，看看到底還缺多少貨。

若是海上再沒漁獲，她得另想辦法了。

「三嫂，加上之前的存貨，還缺四、五千瓶。」牛五道。

「老三媳婦，妳這批貨什麼時候要出？」莊栓大步跨進來問道。

「還有半個多月。」麥穗見莊栓進來，忙搬了椅子給他坐，不解地問道：「這好端端的，怎麼突然就沒有魚了呢？」

「那妳得提前打算了，我估摸著咱們這片海上，十天半個月都不會有貨的。」莊栓意味深長地看了看擺放得整整齊齊的魚罐頭，瞬間想明白了，這肯定是龍霸天的詭計。只是冤家宜解不宜結，他並不想說破此事，便沈吟道：「禹州城那邊應該有漁獲可收，妳還是趁早去找景田，他肯定有辦法。」

「對、對、對，三嫂，禹州城那邊真的有魚。」牛五倒是沒想太多，興奮道：「昨天我不是去禹州了嗎？我看見市場上就有賣這種小黃花魚的，說是剛打上來的，很新鮮，咱們去禹州收魚回來就是。」

「我看你們也不用來回折騰，不如直接在禹州城那邊住下來，把剩下的魚罐頭做完吧。」莊栓起身背著手，來來回回地走動著，提議道：「反正景田就在禹州城，你們還擔心什麼？禹州城那邊的海域我是知道的，雖然暗礁多了點，有的地方不宜撒網，但想撈點小黃花魚還是沒問題的。」

麥穗在心裡嘆了一聲。偏偏她跟蕭景田吵架，可怎麼辦才好？她不想跟蕭景田和好，也不想去找他。可她去了禹州城，若不去找他，還能找誰呢？

隔天一早，孟氏知道麥穗要帶著牛五和蕭芸娘去禹州城找蕭景田，心裡直打鼓。

若景田媳婦知道溧陽郡主懷有身孕一事可怎麼辦？這件事千萬不能讓景田媳婦知道哪！

「去了也好，有景田看著，他這個媳婦也不至於做出什麼出格的事來。」蕭宗海倒是出人意料地沒有阻攔。

孟氏見蕭宗海這樣說，也就沒說什麼，只是抬腳去了新宅，囑咐麥穗道：「妳記得要看好芸娘，別讓她四處亂跑。」

麥穗點點頭，心裡卻覺得婆婆這話說得很奇怪。蕭芸娘又不是小孩子，還需要人看著嗎？

「對了，媳婦，妳二嫂說她也想到妳這裡來幫忙。」孟氏道：「我尋思著找自己人幫忙總比外人好，就替妳答應下來了，回頭妳再跟她說一聲，讓她過來幫著做點什麼吧。」

「娘，您也看見了，我這裡現在沒這麼多活兒好做。」見婆婆擅自替自己作決定，麥穗已經懶得跟婆婆生氣，直言道：「難道我去禹州城只是為了去找景田嗎？我去禹州城是因為家裡沒魚了，那妳說我這裡還缺人不？」

她過去一直想把婆婆當親娘對待的，可現在她這個想法徹底被推翻了，婆婆永遠是婆婆，而她對婆婆來說，也只是景田的媳婦。

「可我已經答應她了，怎麼辦？」孟氏有些不好意思地道：「我也不知道海上的魚會突然少了，要不，妳去跟妳二嫂解釋一下？」

「我又沒答應她，幹麼去跟她解釋？」麥穗毫不留情道。「您就跟她說，現在沒什麼活兒可做，等我回來以後再說吧。」

「好吧，我再跟她說。」孟氏有些後悔答應此事，覺得自己裡外不是人。

蕭景田對麥穗一行人的突然到來，頗感意外。得知緣由，他連忙命人給牛五和蕭芸娘安排廂房住下。

待吃了午飯，他又調了兩艘船和幾個將士，讓牛五領著他們出海。

「三哥，這不合適吧？」牛五撓撓頭道。人家畢竟是總兵府的將士，是可以讓他隨意差遣的嗎？

「無妨，反正他們每天都要在海上巡航，順便幫你撒上幾網，不過是舉手之勞。」蕭景田看了看麥穗，淡然道：「只是這邊暗礁比較多，好多地方不適合撒網，怕是也撈不了多少。」

「能撈多少算多少。」牛五看看蕭景田，又看看麥穗，見兩人自從見面後，竟然沒說過一句話，便悄然拉著蕭芸娘退出去。

「哎呀，你別拉我，我自己會走。」蕭芸娘甩開他，飛也似地跑進自己屋裡。

牛五猛然意識到，蕭芸娘終於肯跟自己說話了，不由嘿嘿地笑起來。他心情愉悅地叫上早就站在門外待命的幾個將士，拿著漁網去了海邊。

「怎麼？還在生氣？」蕭景田見麥穗坐在那裡不說話，像是一隻隨時都會炸毛的小貓，忍不住笑了笑。他扯過椅子，坐在她身邊，一本正經地問道：「妳是不是昨天晚上就想好，要是來到總兵府，便打定主意不跟我說話，對嗎？」

「沒錯。」麥穗端起茶，慢騰騰地喝了一口，茶香濃郁、入口甘甜，她就知道蕭大叔走到哪裡都不會虧待自己。

蕭景田笑著起身關上門，開始寬衣解帶。
麥穗倏地紅了臉，跳腳道：「你幹什麼？」
「妳說我要幹什麼？」蕭景田脫得身上只剩下一件褻褲，上前一把抱起她，大踏步進了內室，直接把她壓倒在床上，喘息道：「昨晚妳氣跑了我，今天妳得好好賠償我。」
「現在是白天！」麥穗紅著臉抗議。
等等，這不是重點。重點是，誰說要跟他和好，誰說要原諒他了？誰說要跟他恩恩愛愛的了？
「白天怎麼了？誰規定白天就不能跟媳婦親熱？」蕭景田放下帷帳，熟門熟路地扯開她的腰帶，兩手不安分地探進她的衣襟裡。他低頭看著她烏黑清亮的眸子，認真道：「以後不准再懷疑我，我不是好色之人，亦非朝三暮四之輩，妳要相信我。」
「那我只問一次，溧陽郡主的孩子到底是誰的？」麥穗渾身赤裸地被他箝制在身下，絲毫動彈不得，她紅著臉望著他，小聲道：「你現在告訴我的，我都信，以後也不會再問。」
帷帳裡一片昏暗，他的臉在她面前變得朦朧起來，她望著他，眼裡突然間有了濕意。
她希望自己能做他的心上人，而不僅僅是他的妻，她希望能跟他心意相通、無話不說，而不是相互隱瞞、相互猜忌。
「我是真的不知道。」蕭景田摩挲著她的頭髮，低頭輕輕地吻了吻她的眼皮，啞聲道：「我也在留意這件事，等我知道她孩子的父親是誰，肯定會第一個告訴妳。別人可以誤會我，但妳不能，妳得站在我這邊、得相信我！」

「我信你。」麥穗心裡積攢多日的委屈得以宣洩，她瞬間哭得唏哩嘩啦。

蕭景田有些懊惱，覺得自己不該這個時候和她說這些，要是身下叫囂的慾望硬是被她哭得煙消雲散了該怎麼辦？

「好了、好了，不哭了。」蕭景田順勢把她抱在懷裡，取了布巾給她擦淚，溫言道：「妳看妳就知道瞎想，我若是對她有那個心思，還用得著等現在嗎？」他跟秦溧陽認識十年了，若是有情，孩子也該到處跑了不是？

門外，年輕的侍衛剛要抬手敲門，卻依稀聽到屋裡有女人的哭聲，頓時嚇了一大跳。將軍一直是獨居，平日屋裡也沒見有女人出入，如今怎麼會有女人在裡頭，而且還是個哭泣的女人？難道是將軍忍不住，所以強搶了女人回來？

天啊，他到底該進去阻止，還是佯裝不知情地走開？

年輕的侍衛站在門口抓耳撓腮，不知道該如何是好。

「可是你什麼事都不跟我說，我能不瞎想嗎？」麥穗越想越委屈，伸手扯過被子蒙住頭，抽泣道：「而且爹、娘還商量著要把秦溧陽接回來，你說我該怎麼想？」

若是她心裡沒有蕭景田，倒也罷了，以前蘇三表姊賴在家裡不走的時候，她也沒這麼心塞過。

可現在不同了。現在她心心念念地想跟他過日子，眼裡自然容不下別的女人來糾纏她的男人。

「是我的錯，我應該跟妳說清楚的。」蕭景田緊緊地抱住她，下巴抵在她鬢間來回輕輕摩挲著，柔聲道：「之前我是覺得秦溧陽有孕一事跟我沒關係，管她怎麼誣陷我，我一個人扛著就是，沒必要把妳也牽扯進來，讓妳跟著煩心。我只是想讓妳去做妳喜歡的事，活得舒服一些罷了，並非有意瞞著妳。」

「景田，咱們是夫妻，都說夫妻應該有福同享、有難同當，所以你的事也就是我的事，沒道理你在外面遭人誣衊、承受流言蜚語，而我卻依然若無其事地過日子，我真的做不到。」麥穗擦了擦眼淚，觸到他裸露在外的胸肌，驚訝地發現他胸前有幾道淺淺的疤痕，像是多年前被什麼利器所傷而留下的痕跡。她忍不住伸手撫摸著那幾道疤痕，心疼道：「我所理解的夫妻，本該是一體的，必須得兩人共患難、同甘苦，而不是一個人忍辱負重，另一個人卻毫不知情地被蒙在鼓裡，自在地生活。」

「我知道了，以後我什麼事都告訴妳，知無不言、言無不盡。」蕭景田見他的小媳婦要跟他共患難、同甘苦，心裡一陣感動，忍不住低頭吻住她，盡情索取她的甜美。

她被他逗弄得渾身酥麻，不能自已，只好緊緊地抓住身下的被褥，面紅耳赤地承受他暴風驟雨般的擁吻和剛勁有力的衝撞……

年輕的侍衛聽到屋裡的異樣，不禁紅了臉，匆匆地跑走了。

原來將軍是真的抓了女人回來做那件事……

蕭景田和麥穗小別勝新婚，激情過後，天已經快黑了。

麥穗渾身像散了骨架一樣地痠痛，連動也不想動，倒頭就睡。

蕭大叔在床上的體力還真不是一般好，硬是哄著她做了兩次，才偃旗息鼓地放過她。

嚶嚶嚶，跟蕭大叔在一起太危險，她要回家！

蕭景田見他的小媳婦累得眼睛都睜不開，知道他折騰得有些過了，便體貼地幫她蓋好被子，穿衣下床，去浴室洗漱一番，才推門走出去。

第七十二章　黃老廚

晚風宜人，月色如水，夜空格外深邃明亮。

果然陰陽是需要調和的。

蕭景田只覺眼前一片清明，神清氣爽，一抬頭，見牛五跟蕭芸娘站在不遠處的廊下說話，便腳步輕鬆地走過去，好脾氣地笑道：「你們在聊什麼？」

「三哥，三嫂人呢？」蕭芸娘朝他身後張望一番，見麥穗沒跟過來，忙道：「牛五出去撈了十多斤小黃花魚，咱們正想問三嫂，今晚還做不做魚罐頭了？」

怎麼三嫂進了三哥的屋子後，到現在都沒出來呢？真搞不懂她到底在屋裡幹麼。

「妳三嫂累了，在屋裡休息，不過是十來斤魚，你們兩個去灶房煮了就是，不必等她了。」蕭景田握拳輕咳道：「我這就找人帶你們去灶房。」

他的小媳婦很看重這批貨，可不能耽誤了。

「三哥，三嫂她沒事吧？」牛五撓撓頭道：「先前她還說等我捕魚回來，就過來喊她，跟咱們一起做魚罐頭呢。」

「有我在，她還能有什麼事？」蕭景田反問道。

牛五畢竟是男人，對男女之間的事情比女人要通透些，再加上蕭景田身上散發著淡淡的皂角香味，知道他肯定沐浴過了。再想到麥穗到現在都沒有出來，心裡頓時明白怎麼一回事，自然不好再問。

「三哥，咱們還沒有吃飯呢。」蕭芸娘嬌嗔地看著蕭景田，不滿地嘀咕道：「現在都什麼時候了，也不見你給咱們安排吃飯。」

男人就是男人，總是這麼粗心。若是三嫂，早就領著他們吃飯去了。

「放心，餓不著妳。」蕭景田展顏一笑，伸手喚過站在一邊待命的侍衛，吩咐他領著兩人去用晚膳，又派人去灶房燉了紅棗粥跟砂鍋雞，好讓他媳婦睡醒就有東西吃。

站在一旁的年輕侍衛默默聽著他們談話，這才恍然大悟，原來屋裡的那個女人是將軍的妻子，並非是他想的那樣。他就說嘛，將軍絕非好色之人！

麥穗醒來的時候，才驚覺天已經完全暗下來，想到牛五的船怕是早就回來，心裡一陣羞愧，忙起身取過散落在床上的衣裳，匆匆穿衣下床。

屋裡一燈如豆，蕭景田正坐在燈下看書。

聽見床上有了動靜，他放下書，笑著起身問道：「睡醒了？我還以為妳得睡到天亮才會醒來呢。」

「你好意思說？都怪你！」麥穗瞪了他一眼，嗔怪道：「牛五是不是回來了？我得去做我的魚罐頭了。」

「都這個時候，他們應該睡了，妳放心，妳的魚罐頭已經做好了。」蕭景田笑了笑，一把抱起她，柔聲問道：「餓不餓？我讓人給妳燉了紅棗粥和砂鍋雞，先吃飯吧。」

麥穗聽說魚罐頭已經做好，心裡才鬆了口氣，索性伏在他的胸前，懶懶地道：「聽你這麼一說，我是真餓了。」

「走，咱們去吃飯。」蕭景田攔腰抱起她，出了寢室，進了隔壁的書房。

書房中間寬大的大理石桌上，放著兩個冒著熱氣的黑色瓦罐，誘人的香氣絲絲裊裊地迎面撲來，一種滿滿的幸福感充盈著麥穗的心房，真是好感動啊！

蕭景田放下她，從一邊的架子上取了碗筷，給她盛了滿滿一碗紅棗粥，笑道：「嚐嚐看，這可是總兵府老廚子的手藝。」

米粥入口甜糯，吃起來口齒生香，裡面還配著幾顆小蓮子和百合，可謂色香味俱全。

麥穗餓了，滿滿一碗粥很快下肚，她意猶未盡地道：「真的很好吃，我還要再喝一碗。」

老廚子就是老廚子，就連熬個粥也這麼好喝。

「光喝粥怎麼行？」蕭景田用筷子從另一個瓦罐裡挾起一條雞腿放到她碗裡，淺笑道：「再嚐嚐這雞，看看跟妳那天吃的藥膳雞，有什麼不同？」

見蕭景田提起那天的事，麥穗頓覺哭笑不得。敢情她跟吳三郎一起吃飯的事，他還是一直耿耿於懷嘛。

算了，看在他這麼盡心盡力伺候她的分上，不跟他計較了。

她津津有味地啃完雞腿，才鄭重其事地評價道：「那藥膳雞哪能趕得上這瓦罐雞好吃？我還是喜歡這個味道，改天你替我引薦一下這裡的老廚子，我想向他討教兩招，以後好做給你吃。」

這道瓦罐雞是清燉的，裡面只放了枸杞，再無他物，但味道卻很不錯。

「沒問題，黃老廚為人謙和，我想他肯定樂意教妳。」蕭景田體貼道：「好吃妳就多吃點，好好地補補身子，多長點肉。」

「我可不要長肉。」麥穗嘟著嘴，把瓦罐推到蕭景田面前，撒嬌道：「我負責貌美如花，你負責賺錢養家，你多吃點。」

蕭景田見她這樣說，抬手刮了她鼻子一下，失笑道：「妳都是跟誰學這些亂七八糟的話，是牛五那小子吧？」

看來，他以後得把這個媳婦時時刻刻帶在身邊，否則要是讓別人給帶壞怎麼辦？

「才不是呢！」麥穗笑道：「難道不是這樣嗎？一胖毀所有，我才不要胖呢！」

「瘦有瘦的風韻，胖有胖的妙處，不能一概而論的。」蕭景田的目光在她胸前落下，眸光黯了黯，輕咳道：「依我看，妳得再胖上個十斤差不多，要不然身上摸著沒幾兩肉，有些地方還不夠豐滿。」

麥穗見他盯著她胸前看，倏地紅了臉，瞪了他一眼，惱羞道：「你竟然嫌棄我，不理你了！」

是誰剛剛恨不得賴在她身上不走的？現在吃飽喝足了，又嫌她瘦！

這人還真難伺候。

「好了，逗妳呢！還真生氣了？我喜歡都來不及了，怎會嫌棄妳？」蕭景田笑著從身後抱住她，吻了吻她的耳根，輕喘道：「吃飽了咱們就早點上床，瘦一點也好，抱著不費勁。」

他覺得他一刻也離不開他的小媳婦，怎麼辦？看來，這個美人關，他是注定過不了了。

「難道將軍大人在總兵府是如此清閒嗎？」麥穗被他吻得一陣嬌喘，嗔怪道：「你看你白天要操練將士，我也要做魚罐頭，你總得隔個一、兩天再做，讓咱們都歇一歇吧。」

她好怕自己明天會下不了床……

「今晚咱們只做一次。」蕭景田喘息著抱起她，進了裡屋，擁著她上床，低頭溫柔地吻住她。

麥穗被他吻得全身酥軟，柔順地躺在他身下，任他在她身上為所欲為。

她伸手勾住他的脖子，溫柔地回應他，他是她在這個異世的港灣，也是她的一切。

窗外月光皎潔，屋裡一片旖旎，春光無限。

待雲雨過後，兩人相擁而眠，一夜好夢。

正如蕭景田所說，禹州這邊的海域暗礁太多，好多地方不適合撒網，得走得更遠一些才行。

牛五早起出海，晌午左右回來，每天也就只能撈個二十斤左右。

麥穗很著急，這麼一點小黃花魚根本做不了多少罐頭，離她的訂單數量還差好多。

但蕭景田每天領著總兵府的將士們出去操練巡視，也忙得很，確實沒有多餘的人可以幫她出海撈魚。

眼看月底交貨的日子就要到了，魚罐頭的數量還差一大截，該怎麼辦才好？

「三嫂，要不咱們從別的漁民那裡收一點魚過來吧。」蕭芸娘提議道。「昨天我去海邊等牛五哥的時候，看見渡口那邊停著不少船，還有人在沙灘上曬漁網呢。」

「我看過他們的漁網，都是大眼漁網，並不是撈小魚用的。」麥穗扶額嘆道：「而且我問過妳三哥，他說原本海上操練時期就該戒嚴的，但礙於禹州城漁民們的生計，他才讓他們每天出海一個時辰，所以他們的時間很寶貴。就算咱們提供漁網，人家也未必肯幫咱們撈小黃花魚。」

「那怎麼辦啊……」牛五扒拉著筐裡的小黃花魚嘆道：「連續三天了，都只能撈這麼多。我今天還撈了一條大黑魚，原本高興著呢，想到不能做魚罐頭，就又把它給放了。」

巧婦難為無米之炊，換作誰也要發愁。

「你放了幹麼？」蕭芸娘嗔怪道：「大魚咱們可以留著自己吃啊！」

「對呀，牛五，回頭我跟芸娘再織幾條粗眼漁網，若是撈不上小魚，就撈幾條大魚回來也好。」麥穗笑道：「雖然咱們要的是小魚，但碰到大魚該撈也得撈，拿回來給將士們改善一下伙食也不錯。至於做魚罐頭用的魚，咱們再慢慢想辦法，實在不行，我就去成記船隊，把實情告訴成管事，畢竟不是咱們不做，而是海上真的沒魚可撈了。」

蕭芸娘跟牛五連連點頭，也只能這樣了。

粗眼漁網特別好織，姑嫂倆用了一下午的時間，就織了兩條粗眼漁網。

隔天，牛五就拿著大、小漁網去了海上，果然撈了不少大黑魚回來。

按麥穗吩咐，他把大黑魚全送到總兵府的灶房裡，看著滿滿一筐活蹦亂跳的大黑魚，將士們都樂開了花。

他們雖然每天都在海上操練，實際上卻沒時間撈魚，平日裡吃的魚大都是從市場上買回來，因數量有限，分到每個人碗裡也沒多少了。

如今這麼一大筐的大黑魚，足夠他們美美地吃上一頓了。

黃老廚最擅長做魚，他把魚去皮、去刺，再將魚肉切成段，過了油以後，又下了韭菜一起炒。外焦裡嫩的魚肉跟碧綠的韭菜配著一起，吃起來鮮嫩無比，他說這樣做可以節省眾人挑魚刺的時間，也避免被魚刺卡住喉嚨的意外。

麥穗很佩服他的廚藝和細心，趕緊拍馬屁。「大叔，您真是太厲害了，不但廚藝好，而且還替吃飯的人想得這麼周到，兄弟們能吃上您做的飯，簡直太幸福了。」

「夫人過獎了。」黃老廚心裡得意，嘴上卻謙虛道：「沒什麼厲不厲害的，不過是熟能生巧罷了。」

沒想到蕭將軍那麼穩重寡言的人，卻娶了個如此口齒伶俐的媳婦，這兩口子還真是挺般配的啊。

「大叔您太謙虛了，我夫君就喜歡吃您做的菜。」麥穗笑道。「您說我的魚罐頭能不能用這樣去皮、去刺的魚段來做，若是能的話，我就不用再為撈不到小魚而犯愁了。」

之前她用小黃花魚做魚罐頭，是因為小魚的成本低，可如今小黃花魚少得可憐，大魚卻挺多的，那她幹麼還要墨守成規地用小魚做魚罐頭？直接用大魚就是了。

「當然可以！」黃老廚點頭道：「這種黑魚的魚肉比較緊致鮮美，這裡的人秋日裡都會把這種大黑魚曬成魚乾，好留著過冬吃。妳若是把這種魚做成魚罐頭，肯定能賣個好價錢。」

麥穗聽了很興奮，於是馬不停蹄地去了成記船隊，找成管事商量。

「我知道最近海上漁獲短缺，大魚、小魚都不多。」成福淡淡道：「妳打算將小魚換成大魚，可以倒是可以，只是咱們此次的目的地是趙國，趙國人吃魚的習慣是喜歡吃整條魚，而中途停靠的渝國，雖沒有這個講究，但他們卻不怎麼喜歡吃魚。所以魚段罐頭的數量不能太多，最多兩千瓶，剩下的八千瓶小黃花魚罐頭，還希望小娘子想辦法做好，咱們月底準時出發，希望小娘子不要錯過船期。」

「成管事放心，咱們一定不會耽誤你們的船期。」麥穗連連保證。

果然，墨守成規是不對的，如今能解決多少就解決多少，兩千瓶就兩千瓶。

麥穗回來後，馬上告訴牛五和蕭芸娘這個好消息，他們也很高興。如此一來，就不用愁交不上貨了，更令人開心的是，禹州城這邊的大黑魚多，要做兩千瓶罐頭是完全沒問題的。

至於剩下的兩千瓶小黃花魚，就沒有這麼緊張了。

麥穗試著做了幾瓶黑魚罐頭，發現她做出來的魚段罐頭，味道雖然不錯，看上去卻不是那麼整齊，賣相不大好，若是就這樣放進泥罐裡，一路顛簸到了目的地，還不知道會碎成啥樣子呢！

黃老廚得知麥穗的困擾後，笑道：「其實這也不是難事，去了皮的魚肉原本就極易弄碎。若是妳加上一點點黃酒醃製一會兒，炸的時候外面再裹上一層麵筋，不但不會碎，而且還不會腥。」

麥穗恍然大悟，立即照著黃老廚的法子做，魚段果然不易碎，賣相好極了。

她打聽到黃老廚喜歡喝酒，便特意去街上買了酒送給他，好答謝他提供如此絕妙的法子。

這讓黃老廚開心極了，心想這小娘子好歹也是將軍夫人，身分不算低，他不過是幫她一個小忙，她竟然還送了回禮。於是他索性領著手下幾個副廚，一起幫著他們做黑魚罐頭。

人手多，原料也足，兩千瓶黑魚罐頭很快就完成。

麥穗算了算，還有一千瓶小黃花魚罐頭沒有著落。數量雖然不多，到月底也還有好幾天，時間上是沒問題的，但海上已經快沒小黃花魚可撈，牛五每天連十斤的魚也撈不著。

看著麥穗不停嘆氣的樣子，蕭景田安慰道：「妳再去跟成管事說說，多做一千瓶黑魚罐頭就是，他們肯定能賣得了。」

「不行啊！」麥穗搖頭道：「人家答應用兩千瓶黑魚罐頭替代小黃花魚已經是讓步了，我哪能一而再、再而三讓人家為難。咱們初次打交道，我得講信用，要不然以後人家就不會再跟我合作了。」

「凡事盡力而為就好，不要過於苛求自己。」蕭景田大手一揮，不以為然道：「若是成記船隊不能體諒妳的難處，只考慮自己，那這樣的合作不要也罷！」

「你說得倒輕巧。」麥穗嬌嗔地看了他一眼，認真地道：「景田，我跟成記船隊合作是很有誠意的，以後可是要長長久久地做他們的生意。你別忘了，我都在鎮上買了一塊地，還是分期付款的那種，我若沒有足夠的資金來源，咱們的鋪子啥時候才能開得起來啊！」

「妳這個小敗家娘兒們，買地的時候不跟我說，現在知道犯愁了？」蕭景田伸手捏捏她的鼻子，沈聲道：「以後凡事都要跟我商量，知道嗎？念妳是初犯，這次我就放過妳，若是再有下次，我一定『家法』伺候，知道嗎？」

「家法是啥？」麥穗眨眨眼睛問道。

「等晚上妳就知道了。」蕭景田眸底黯了黯，輕咳道：「再不聽話，每晚一次變成兩次，得讓妳知道一下『家法』的厲害！」

「哎呀，你不正經……」麥穗會意，倏地紅了臉。

蕭大叔對她的魚罐頭生意，向來抱著她想做就做、不想做就算了的態度，根本不能體會她的雄心壯志和創業決心，反而一心只想把她養得胖一些，動不動就讓灶房給她做這、做那地補身子，讓麥穗感到好氣又好笑。

算了，不跟他商量了。

第七十三章　鬧鬼的琴島

黃老廚看麥穗整天愁眉苦臉，忍不住道：「其實你們可以去琴島附近試著打撈看看，咱們這邊的小黃花魚大都是從琴島那邊過來的。」他在總兵府做飯多年，對周圍地形很熟悉，再加上這些日子他跟麥穗他們都混熟了，也知道他們現在面臨的困境，便想著提一些建議，看能不能幫上忙。

「大叔，您說的那個琴島，離這裡遠嗎？」麥穗一聽來了興趣。

「琴島離這裡不算太遠。」黃老廚道。「只是大家都說那裡鬧鬼，一到晚上就不安寧，禹州城的漁民就算白天路過那裡，也都遠遠地繞著走。」

「既然連禹州城的人都不敢過去，那咱們去得了嗎？」牛五覺得黃老廚說了等於沒說。

「還有這麼邪門的地方啊?!」蕭芸娘驚叫道。

「可大叔您卻是不怕的，對吧？」麥穗見黃老廚語氣淡淡，不像是害怕的樣子，笑道：「大叔是不是去過琴島？」

「不瞞夫人，我白天的時候，的確去過一次。」黃老廚笑了笑，道：「那座琴島不過是一座小山，光禿禿的，並沒住人，看起來也沒什麼嚇人之處。只是許多晚歸的漁船從那裡路過的時候，說是看見島上燈火通明，還說聽見有絲竹聲傳來，總之越傳越邪乎，到後來，就連白天也沒有漁民敢去了。」

「既然是晚上邪門，那咱們白天去就沒問題了吧？」麥穗眼睛一亮，扭頭看著牛五。

牛五想想倒也覺得沒什麼，拍拍胸脯道：「既然黃大叔都去過一次，那咱們還怕什麼？去就去，我不怕！」

「可若是那些鬼白天也跑出來怎麼辦？」蕭芸娘戰戰兢兢道：「既然別人都不敢去，咱們還是別去了。再說，琴島那邊也不一定有小黃花魚啊……」

「我保證琴島那邊肯定有小黃花魚，不敢說有特別多，可拿來做你們那一千瓶魚罐頭，是一定足夠的。」黃老廚笑著起身，從抽屜裡取出一卷牛皮地圖，指著地圖上的一個點，道：「看，這裡就是琴島，這座島四面環海，離咱們並不遠，只是被渡口突出來的那一片礁石給擋住視線。而琴島對面就是碧羅山的斷崖，位置原本就有些偏僻，再加上這個傳言，漁船鮮少過去。上次我去的時候，並不知道那裡鬧鬼，在那邊釣了大半天魚不說，還登上島去四處看了看。回來的時候，我才聽人說那裡鬧鬼。」

「三嫂，咱們去不去？」牛五越聽越覺得刺激。

「去。」麥穗是無神論者，她不相信那個島上是真的鬧鬼，說不定只是些地火而已，不去看看，怎麼知道到底是什麼。

「三嫂，妳真的要去啊?!」蕭芸娘擔憂道：「要不，咱們等三哥回來再說吧？」

「等他回來天都要黑了。牛五，咱們先去琴島那邊瞧瞧，看看情況再打算。」麥穗當即決定去琴島碰碰運氣。

既然黃老廚都安然無恙地回來，她還怕什麼？

「對、對，咱們先去那邊看看再說，反正現在是白天，又不是晚上。」牛五是走南闖北的人，也不怎麼相信這個世上真的有鬼。

「我跟你們一起去。」黃老廚沈聲道。「雖然我不會捕魚，但我畢竟去過一次，能給你們帶個路也是好的。」

「那咱們現在就出發吧！」麥穗喜出望外。

蕭芸娘鼓起勇氣道：「好，那我也去。」

「沒事，有我在呢。」牛五悄聲在蕭芸娘背後道。

蕭芸娘低頭笑，心裡像喝了蜜一樣甜。

黃老廚立刻安排好廚房裡的大小事宜，便領著他們出了總兵府，直奔海邊。

四人上船之後，牛五解開繫在碼頭木樁處的木船，划著槳，緩緩駛出碼頭。

海面上風平浪靜，波光粼粼，細碎的天光灑進深不可測的海水裡，跳躍著、閃爍著，肆無忌憚地在眼前鋪展開來。

偶爾有一、兩隻海鳥從他們身邊急急掠過，轉眼就不見了蹤跡。

不遠處，一座小小的孤島漸漸出現在他們的視線裡，看上去安靜又詭異。

「看，那就是琴島了。」黃老廚抬手道。「你們是打算上去看看，還是在四周撒個幾網就走？」

牛五扭頭望著麥穗，他都聽三嫂的。

蕭芸娘則緊緊抓住麥穗的胳膊，忙道：「三嫂，咱們在這附近撒幾網就行，不要上去了。」

「沒事，咱們上去瞧瞧。」麥穗拍拍她的手安慰道。既然來了，她當然想上去看看這個傳說中鬧鬼的島，到底是什麼樣子。

「可我不想上去，我害怕。三嫂，妳也別去嘛，太嚇人了！」蕭芸娘望著眼前這個怪石嶙峋的小島，不禁直打哆嗦，若是突然冒出個披頭散髮的鬼該怎麼辦？

「芸娘，妳別怕，我留在船上保護妳。」牛五悄聲安慰道。

他慢慢把船靠近小島，在小島周圍的暗礁叢裡找了一處寬闊平坦的地方停下來。從這裡踩著大大小小的礁石，應該就能上去這座小島。

「傻丫頭，這世上哪有鬼？不過妳要是怕的話，就跟牛五待在這裡撈魚吧。」麥穗起身把裙襬挽起來，率先下船，小心翼翼地踩著腳下濕漉漉的礁石，朝小島走去。

黃老廚大踏步地跟在後面。

兩人很快地上了島，只見島上亂石成堆，幾乎是寸草不生。島上沒有路，遍地都是大大小小的石頭，一切看起來沒什麼異常。

「夫人，這裡在白天看起來也沒什麼特別之處，只是一座荒島罷了。」黃老廚從地上順手撿起一小塊石頭，放在手裡摩挲道：「所謂的鬧鬼，主要是指晚上從這裡發出來的聲音和火光。」

「我知道從這裡發出的聲音，是怎麼回事了。」麥穗站在一塊大石頭上，看了看周圍地形，沈思片刻，指著不遠處的那片斷崖，認真道：「晚上溫度降低，海面上會起風，風吹到斷崖那邊受到阻力便折回來，穿過這些亂石後發出了聲音。至於那些火光，我想應該是磷火。」

「磷火？」黃老廚不解地看著麥穗。「什麼是磷火？」

麥穗簡單解釋道：「磷火就是島上的小動物死後，屍體腐爛，待遇到合適的溫度，便會自燃，因而產生火光。」

「有道理。」黃老廚若有所思地點頭，緩緩道：「妳說的這些磷火，就像是亂葬崗裡的鬼火一樣，對吧？」

他看著眼前這個年輕女子，心裡很佩服，怪不得將軍待她如珍寶，這個女子的確跟尋常鄉野婦人不同。

「正是如此。」麥穗笑了笑，找了塊大石頭坐下來，這裡的石頭光滑平整，被海水沖刷得沒有半點稜角。不得不說，這裡的景色還不錯，遠處有山、有斷崖，眼前還有一望無際的海面。

牛五和蕭芸娘在不遠處撒了網，看著網裡活蹦亂跳的魚，蕭芸娘興奮地大喊。「三嫂，這裡真的有好多小黃花魚啊！」

「這下咱們的魚罐頭不用愁了。」牛五也是異常興奮，指著岸邊那處暗礁，喊道：「快看，那邊還有好多大黑魚，咱們今天又有口福了。」

「牛五哥，快看那邊，那邊也有好多魚。」蕭芸娘站在船上，扯著牛五的袖子，指著前面，疾聲道：「快看那邊，咱們去那邊。」

「好、好，咱們這就過去。」牛五忙搖著船，去了蕭芸娘所說的那個地方撒網。

黃老廚被這兩個年輕人快樂的氣氛感染，背著手興致勃勃地邁到礁石上，饒富興趣地看著水裡的那些魚。他剛想說話，怎知腳下一滑，整個人一下子跌進海裡去了。

他不會游水，雙手只是不斷地拍著水，在海裡掙扎著大聲喊道：「救命啊！」

麥穗聽到呼救聲，嚇了一跳，二話不說便縱身跳下去救他。「大叔，不要慌，我來救你了。」

黃老廚見麥穗不顧一切地朝他游過來，又奮力地拍了幾下水，從水裡冒出頭來，剛想說什麼，卻又立刻沈下去，不見了蹤影。

麥穗憋著氣，在千鈞一髮之際抓住黃老廚的衣角，拚命地把他往上拽，卻沒想到人在水裡是異常沈重，她不但拽不動他，反而跟著他一起沈下去，任由冰涼的海水將她淹沒。

待沈入水中那一刻，她的眼前莫名浮現出蕭景田含笑的眉眼，她心裡一個激靈，拚盡全力浮出水面，大聲喊道：「牛五，救我！」

她不想死，也不能死，她還有蕭大叔，還有她娘……

牛五撈魚撈得正起勁，突然聽見麥穗的呼救聲，嚇了一大跳，趕緊扔下漁網就跳下水，奮力朝麥穗游過去。「三嫂，我來了。」

蕭芸娘見麥穗落水，不禁嚇呆了，腳一軟，整個人跌坐在船艙裡。

牛五畢竟是男人，水性和體力都不錯，他潛到水裡一手把麥穗拽出水面。

麥穗吐了好幾口水才緩過勁來，她抹了一把臉上的水，扶著礁石穩住身子，急急道：「快救大叔，大叔還在水裡。」

牛五又急急跳下去，片刻，便把黃老廚也給拖出水面。

麥穗稍稍恢復體力後，便划著水游過去，幫牛五把黃老廚放到岸邊的礁石上。

黃老廚一動也不動地躺在那裡，已經昏過去。

「三嫂，怎麼辦？」牛五有些不知所措。

「按他肚子，先把水壓出來。」麥穗說著，立即蹲下身用力按著黃老廚的腹部。

「三嫂，我來。」牛五也蹲下來學著麥穗的手法按壓著。

兩人按壓一會兒，黃老廚才接二連三地吐了好幾口水，幽幽醒轉。

黃老廚看清眼前兩人，緩緩開口道：「我沒事，讓你們擔心了。」

麥穗這才鬆了口氣，跌坐在地上。真是嚇死她了！

蕭芸娘適才在船上親眼見到這驚心動魄的一幕，半天說不出一句話，又見麥穗全身上下都濕透了，連忙從船上取了一件舊衣裳，拿過來給她披在身上，顫聲道：「三嫂，妳沒事吧？」

「沒事。」許是剛才用盡吃奶的力氣游水，麥穗覺得四肢格外沈重，連走路的力氣也沒有了。

「兩位的救命之恩，在下沒齒難忘，來日定當厚報。」黃老廚掙扎著起身，畢恭畢敬地施禮作揖。

「大叔客氣了。說起來都是我的錯，若不是陪著咱們來撈魚，您也不至於白白受罪。」麥穗擰了擰衣角上的水，勉強笑道：「好在有驚無險，咱們趕緊回去吧。」

因為船上放了不少魚，船身吃水有些重。牛五擔心再出什麼意外，划得格外慢，明明小半個時辰的海路，硬是走了一個多時辰。

待船靠岸的時候，天色已經不早，蕭景田來來回回在岸邊徘徊著等他們，見木船靠岸，才總算鬆了口氣。他又見除了蕭芸娘以外，麥穗跟牛五、黃老廚的衣裳竟然都是濕的，便上前沈著臉問道：「出什麼事了？」

「出、出了點意外。」牛五撓撓頭，不敢抬頭看蕭景田。

黃老廚連連打著哆嗦，顫聲道：「將軍，方才屬下意外失足落水，多虧了夫人相救。」

「先回去再說。」蕭景田見麥穗蜷縮在船上瑟瑟發抖的樣子，很是心疼，索性跳到船上拉起她，細細打量一番，沈聲問道：「妳沒事吧？」

頭髮濕了，身上的衣裳也濕了……這個女人是越發大膽了，竟然敢瞞著他出海！

「我沒事。」麥穗可憐兮兮地望著他，輕聲道：「就是有點冷。」

蕭景田顧不得生氣，忙脫下身上的衣裳給她披在身上，問道：「能自己走嗎？」

「能。」麥穗拉緊他寬大的外套，小心翼翼地下船，剛走沒幾步，突然覺得眼前一黑，整個人軟軟地倒下去，接著，便什麼都不知道了。

在失去意識的那一刻，她感覺有人抱住她，大聲喊著她的名字，那聲音聽起來很是慌亂急切。

麥穗眼皮沈沈地想：我只是累了。

待她醒來的時候，發現自己正躺在溫暖的被窩裡，藏青色的床幔拉得嚴嚴實實，外面傳來說話聲。

麥穗捕捉到蕭景田的聲音，心裡頓覺踏實，又迷迷糊糊地睡過去。

等她再次睜開眼的時候，見蕭景田正握著她的手坐在床邊，靜靜地看著她，他眼底布滿血絲，一夜沒有合眼。見她醒來，他忙上前傾了傾身子，柔聲問道：「好些了嗎？餓不餓？」

「餓了。」麥穗如實道，她動了動，驚覺窗外陽光正燦，才發現自己竟然睡到第二天早上。

她剛想坐起來，卻被他的大手按回被窩裡。「別動，好好躺著，我讓大夫進來看看。」說完，便出去請了在外候命的大夫進來。

門簾被輕輕地挑起來，一個身穿褐色衣衫的中年男人提著藥箱走進來，坐在床邊矮凳上，從藥箱裡掏出一塊布巾，放在麥穗的脈搏上號脈。

他凝神把了把脈，然後面無表情地取下布巾，對蕭景田作揖道：「將軍放心，尊夫人昨日暈倒是體力虧空所致，只要悉心調養幾天就無礙了。」

「有勞大夫了。」蕭景田肅容道：「適才我看拙荊的腿上有些瘀青，怕是在水裡磕碰到暗礁所致，煩勞大夫給一些化瘀的藥吧。」

「好、好。」那大夫點點頭，從藥箱裡拿出幾帖膏藥，交代一番，便拿了診金，起身告辭。

蕭景田走到床前，掀起她的褲腳，白皙細嫩的肌膚上那一大片滲著血絲的瘀青，讓他越看越心疼。

這女人真是太膽大妄為，竟然敢下海去救人，他一定要用「家法」狠狠地懲罰她一頓，讓她記取教訓，永不再犯！

麥穗見蕭景田不說話，忍不住開口問道：「景田，黃老廚和牛五他們沒事吧？」

「妳這個傻女人，自己都這樣了，還顧得上問別人？」蕭景田細心地把膏藥貼在她腿上，板著臉道：「妳以為妳會游水，就可以肆無忌憚地下水救人嗎？我告訴妳，以後再遇到這樣的事，不准妳下水，聽到了嗎？」

「聽到了。」麥穗見蕭景田一臉嚴肅，小聲道：「可我也不能見死不救吧？」

「那也得掂掂自己的斤兩，妳看看妳的腿，都傷成什麼樣了。」蕭景田越說越生氣，伸手揉揉她的頭髮，不悅道：「妳要是真的有個三長兩短，妳讓我怎麼辦？」往後誰來給他做麵吃？誰來給他暖被窩？真是氣死他了！

「我也不知道我的腿是怎麼傷的，當時真的一點感覺也沒有。」麥穗知道蕭景田是真的擔心，她一骨碌地爬起來，嬌嗔道：「好嘛、好嘛，不要生氣了，我以後不敢了。」

蕭景田看她像貓一樣地湊到自己面前，氣極反笑，點著她的鼻子道：「今晚家法伺候，妳給我好好等著。」

「不正經。」麥穗騰地紅了臉。

「三嫂，妳好些了沒？」蕭芸娘推門走進來，把手裡的粥放在床頭小茶几上，關切地道：「昨天妳暈倒，可把咱們嚇壞了，尤其是三哥，他臉色難看得沒人敢接近他。」

蕭景田端起碗，舀了一勺粥送到麥穗嘴邊，溫言道：「喝點粥吧。」

「我自己來。」麥穗接過粥碗，又問蕭芸娘。「昨天撈上來的魚，有沒有做成魚罐頭了？咱們還差一千瓶呢，可不能耽誤了。」當著小姑子的面，她哪裡好意思讓蕭景田餵她。

「哎呀，三嫂，都什麼時候了，妳還惦記那些魚罐頭。妳放心，做得完的。」蕭芸娘笑道：「昨天咱們撈的那些魚，足足有一百多斤，黃老廚帶著他那幫廚房的兄弟，連夜給咱們做了將近一百瓶。今天一大早黃老廚又領著人去了一趟琴島，又弄了差不多兩百多斤回來，待會兒我過去幫忙裝裝瓶就行。妳就別擔心了，有黃老廚跟牛五他們，很快就能做完，耽誤不了的。」

「不許再想魚罐頭的事了。大夫說了，妳身子弱，得好好調養一段日子。」蕭景田不容置疑道：「從今天起，妳就乖乖待在屋裡，哪裡也不許去。」

「我都沒事了，你幹麼那麼緊張？」麥穗見蕭景田一臉嚴肅的樣子，抿嘴笑道：「大家都那麼忙，就我一個人閒著，我怎麼坐得住？」

「別人怎樣我不管，反正妳必須聽我的。」蕭景田鄭重其事地對蕭芸娘道：「還有妳，從今天起，妳哪裡也不許去，就陪妳三嫂在這屋裡說話。若是妳三嫂有個什麼差池，我唯妳是問。」

「三哥，這麼重大的任務，你還是把娘接過來吧，她最擅長看著人了。」蕭芸娘扮了個鬼臉，飛也似地逃跑了。

不過，三哥啥時候對三嫂這麼好了啊？

蕭景田不悅地看了看他妹妹的背影，頭一次發現這個小丫頭居然這麼不聽話。

看來，得趕緊找個人把她給嫁了！

第七十四章　恩將仇報

夜裡，兩人相擁躺在床上。

「穗兒，成記船隊的貨做完後，就不要再接他們的訂單了，安心在家裡等我。」蕭景田伸手抱起她，輕輕地放在他的膝上，低頭吻了吻她的臉。「賺錢的事由我來負責就好，不用妳操心。妳的任務就是好好照顧自己，養好身子，早點給我生個孩子。」

「景田，我知道你對我好，不想讓我太辛苦，可我一直待在家裡不出門，會悶出病來的。再說了，我還要在鎮上開鋪子呢。」麥穗順勢依偎在他懷裡，仰頭看著他年輕俊朗的臉，柔聲道：「你放心，我真的沒事了。至於孩子，咱們早晚會有的，你別著急。」

見蕭景田不語，麥穗又撒嬌道：「我不管，反正你不能限制我的自由，否則，我真的會生病的。」

她不過是體力不支暈倒，又不是得了重病，有必要讓她一直待在家裡不出門嗎？

蕭景田瞭解她的性子，只得讓步，叮囑道：「好吧，那妳得答應我，凡事量力而為，切不可再逞強，一切以身子為重。還有，廟口那塊地妳買了就買了，銀子的事我來解決，不用妳操心。其他的事妳想做就做，做不來就算了。」

「謹遵大將軍令。」麥穗衝他甜甜一笑，她就知道蕭大叔是個通情達理的好男人。

蕭景田笑了笑，伸手把她攬到胸前，下巴抵在她的鬢間，有一下沒一下地摩挲著。忽然間，他想到從齊州那邊頻頻傳來失利的消息，他的心情又黯淡下來。

趙庸打起仗來，太權衡利弊，故而出手也是畏手畏腳的。而他手下的副將蘇錚，則是血氣方剛的少年，心中固然有保家衛國的豪情，卻因沒有作戰經驗而屢戰屢敗，再加上跟趙庸不和，兩人一同圍剿海蠻子會屢屢失利，也就不足為奇了。

他總覺得這次海蠻子的背後肯定有本地人支持，否則他們千里迢迢到齊州作亂，絕不可能撐這麼久。別的不說，單就糧食方面，沒人幫忙肯定會不足的。

那麼這個幕後之人，到底是誰呢？

「怎麼了？」麥穗感覺到他的沈默，扭頭問道：「有心事？」

「沒有，我在想齊州那邊打了這麼長時間的仗，也該有個結果。等趙將軍回來，我就能回魚嘴村繼續出海捕魚了。」蕭景田低頭吻了吻她的耳根，沈聲道：「妳看這邊雖然沒什麼戰事，我卻也整日不得閒，怕是顧不上妳。」

就算他願意讓她在總兵府長住，但這裡住的清一色全是男人，出入總是不方便。更何況他時常要外出操練士兵，芸娘又不可能長期住在這裡陪她，還不如讓她回家去的好。

「沒事的，你忙你的，我會照顧好自己的。」麥穗見他還是不放心，忙道：「等魚罐頭做完，我就回家，好把家裡的魚罐頭也都包裝起來。等到了月底，成記船隊就會去家裡拿貨，待出了這批魚罐頭，我就好好在家裡歇幾天。反正最近海上沒多少漁獲，我也不敢接太大的訂單，到時候就只接一些零碎的單子，然後讓二丫跟牛五他們做，加減賺一點零花錢就好。」

現在她的魚罐頭已經有了作坊，不是說停就能停的，說什麼都得維持正常的運轉。

「總之妳不要太累就好。」蕭景田說完，起身從床頭的抽屜裡取出一個紅木小匣子，塞到她手裡，笑道：「這些銀票妳帶回去貼補家用，切不可虧待自己。」

麥穗好奇地接過紅木小匣子，打開一看，裡面竟然是一小疊銀票，她翻了翻，足足有一千多兩。她吃驚道：「天哪，你哪來這麼多銀子？」

如今這禹州城，可說是蕭景田一手遮天……難道是貪污來的？還是搜刮民脂民膏？不行！君子愛財，取之有道，不該拿的她堅決不拿。

當她正要開口對他大義凜然一番，就聽見蕭景田緩緩開口道：「傻丫頭，我是有家室的人，總得養家餬口。我坐鎮總兵府替趙將軍操練將士、巡航海上，趙將軍總得付給我一些養家費吧？不該拿的我自然不會碰，但該拿的，我必須得拿。」

「對，就應該這樣。」麥穗連連點頭。見蕭大叔這麼有原則，她就放心了。看著這麼多銀票，她頓時心花怒放，如今她也成了妥妥的土豪了啊。

蕭大叔果然英明！

蕭景田見他的小媳婦見了銀票就眉開眼笑的樣子，心裡頓覺好笑，伸手揉了揉麥穗的頭髮，笑道：「原本趙將軍還額外送我一盒珠寶首飾，我想著妳不喜歡戴那些玩意兒，就沒要了，要不然，指不定還能換更大一疊銀票。」

麥穗欲哭無淚。

大叔，你哪隻眼睛看見我不喜歡戴珠寶首飾的？不是人家不喜歡戴，而是人家嫁給你的時候，你一窮二白的，哪有珠寶首飾給人家戴啊！再說了，就算我不喜歡戴，你也不該把那麼貴重的東西棄之不要啊……

一個黑影悄然落在一處廂房門前，連門也沒敲，便閃身而入。

片刻，屋裡亮起了昏黃的燭光。

「什麼事？」黃老廚披衣走出來。

「齊州連連大捷，主子很欣慰，決定提前動手。」黑衣人站在暗處，壓低聲音道：「你的任務是暗中除掉蕭景田這個後顧之憂。」

「為什麼要除掉他？」黃老廚吃驚道：「他不過是幫趙將軍前來照看總兵府的民間謀士，並非朝廷之人。」

「你錯了，他可是昔日威震周楚邊境的景大將軍。此人足智多謀，深知用兵之道，又志不在朝野，必定不會為宗主所用。」黑衣人清冷地道：「再加上他跟宗主當年有同袍之誼，宗主待他又一直寬厚，必不忍心動手除去他，所以此事只能由咱們來做了。主子交代，讓你儘早動手，以免夜長夢多。」

「知道了。」黃老廚點點頭，沈思片刻，淡淡道：「只是這些日子蕭景田一直在海上操練將士，我不過是個廚子，並沒多少接近他的機會，所以此事沒辦法馬上進行。」

「打算什麼時候動手，你自己安排就是。」黑衣人閃身離去。

屋裡又恢復先前的沈寂。

黃老廚躺在床上，再也沒有睡意。

他一閉上眼睛，眼前便浮現出波光粼粼的海面，那個女人急切地喊道：「大叔，不要慌，我來救你了！」

她是他的救命恩人，如今，他卻要動手殺她的夫君……這算是恩將仇報吧？

三天後，一千瓶魚罐頭總算做完了。

一大早，麥穗便提了兩瓶好酒，跟黃老廚辭別。「這幾天多虧大叔幫忙，要不然我的這批貨不會這麼順利趕完。這是一點心意，希望大叔不要嫌棄。」

「夫人哪裡的話。」黃老廚望著眼前這個笑得一臉燦爛的女子，有些不大敢直視她的眼睛，勉強笑道：「夫人是在下的救命恩人，區區小事，何足掛齒？」

「大叔言重了，您若不是為了幫咱們，也不至於遭此劫難，我是斷斷不敢以恩人自居的。」麥穗淺笑道：「若是大叔不嫌棄，等您有空的時候，就去咱們村走走，再住上幾天，嚐嚐咱們當地的農家菜。」

黃老廚若不是熱心地跟著他們一起去了琴島，他也不會落水。因此她救他，是理所當然的。

「一定、一定。」黃老廚連連點頭應道，心中卻明白這是不可能的。

為了讓媳婦在路上少些顛簸，蕭景田破天荒地動用總兵府的船，把那些魚罐頭連同他媳婦和妹妹給送回家。從禹州城到金山鎮，走水路也就一個時辰左右，比走官道要快得多。

牛五則獨自一人趕著馬車，走官道回去。

一行人回到家後，不禁都鬆了一口氣，覺得還是家裡最舒服自在。

而孟氏在得知麥穗是因為下海救人而受傷，便埋怨道：「以後這樣的事，妳可別再出手幫忙了，這可不是鬧著玩的，要是有個什麼萬一，該如何是好？」

「我知道了，娘。」麥穗無所謂地笑了笑。「您放心，這次只是個意外而已。」

蘇二丫跟狗蛋媳婦、梭子媳婦見麥穗回來，也嘰嘰喳喳地問了半天，見她面露倦容，才識相地各自回家。

這些日子海上的漁獲一直不多，她們在家才總共做了不到兩百瓶的魚罐頭。幸好麥穗他們去了禹州城，要不然，成記船隊的訂單就真的做不完了。

「媳婦，妳想不想吃包子？娘今晚給妳蒸包子吃，好不好？」孟氏來到新宅問道：「妳看妳在總兵府這幾天肯定吃不好，娘瞧妳都瘦了呢。」

沒等麥穗回答，蕭芸娘搶先道：「得了，娘，您還是別做包子了。我在外面的時候，一想起您的包子，就不想回來了。我三嫂腿上還有傷，您還是饒了她吧！」

「說什麼呢？我看妳出去玩了幾天，心都野了。」孟氏笑罵道：「居然還不想吃我做的包子，怕是妳在外面想吃也吃不到的呢！」

「娘，您隨便做點吃的就行。」麥穗坐了一個時辰的船，有些想吐，實在沒心情跟這對母女倆鬥嘴。

她梳洗一下，換了衣裳，便去廂房裡點貨。

「三嫂，還是我來吧。」蕭芸娘忙道：「妳趕緊去炕上歇著。」

「好吧。明天就是咱們跟成記船隊約定好的日子，妳先跟牛五點點貨，看數量對不對。」麥穗囑咐道：「還有就是得好好檢查一下，看有沒有破損的瓦罐，若是有，就去後院拿多出來的那些魚罐頭補上。」

「好，這些都交給我吧。」蕭芸娘忙應道。

晌午，孟氏做了滿滿一桌菜，喊麥穗去老宅那邊吃飯。

沈氏和喬氏也在，而蕭宗海則忙著田裡的活兒，並沒回來吃飯，因此蕭芸娘便給他送飯去了。

「三弟妹，現在妳可是咱們魚嘴村響噹噹的人物了。村人說了，妳這次能賺好幾千兩銀子呢！」沈氏扶著腰身，語氣略酸道：「哎呀，這麼多銀子，咱們這輩子是見不著了。」

「就是啊，三弟妹，這銀子越賺越多，可是你們也得趕緊要個孩子啊。」喬氏的眼睛瞟了瞟麥穗平坦的小腹，揶揄道：「老三也老大不小，可不能再拖了。」

麥穗只是埋頭吃飯，一點也不想搭理她們。

「沒孩子有沒孩子的好處。哪像我，趕上個八月的天生孩子，都能熱死人了。」沈氏咬了一口包子，道：「當年菱兒也是那個時候生的，沒想到這一胎也是。」

「這哪能由著人挑季節？」喬氏笑道：「依我看，只要是個帶把的，什麼季節都好，若再生個丫頭片子，大熱天的倒是不值。」

沈氏聽了這話，有些惱火，但當著這麼多人的面，她也不好跟喬氏翻臉，只得憤憤地吃飯。她是長嫂，得有長嫂的氣度才是。

「對了，三弟妹，聽說妳腿上受傷，幹不了粗活，不如讓咱們過去幫妳幹活吧？」喬氏眸光流轉一番，淺笑道：「咱們可是一家人，得互相幫襯啊。」

「對，狗蛋媳婦和梭子媳婦能燒火，咱們也能啊。」沈氏忙附和道。

「以後再說吧，現在海上沒漁獲，我這裡暫時也沒多少訂單要做。再說了，我也不需要燒火的。」麥穗淡淡道：「等以後需要人手的時候，我會考慮妳們的。」

「三弟妹，妳如今賺了這麼多錢，難道還差給咱們兩個找點事做嗎？」喬氏皺眉道：「若是真的安排不過來，就直接把梭子媳婦跟狗蛋媳婦給辭了，讓咱們兩個頂上就是。」

「老二媳婦說得對，外人哪有自家人來得實在。」孟氏也幫腔道。「老三媳婦，妳就讓妳兩個嫂子過去幫幫妳。景田都託牛五帶話，讓妳好好養著，可不能再像以前那樣操勞了。」

「不行，凡事都有個先來後到，人家做得好好的，我幹麼要辭了人家？」麥穗想也不想地拒絕。「若妳們真的想到我這裡來，那就等鎮上的鋪子建起來再說吧。」

鎮上的鋪子？

喬氏和沈氏面面相覷，覺得這個妯娌還真是癡人說夢話啊。

孟氏還想說什麼，外面卻突然傳來一陣急促的敲門聲。

來人是一個陌生女子，胖胖的，臉上塗著厚厚的脂粉，身後還跟著兩個家僕模樣的年輕男子。
胖女人上下掃了孟氏一眼，冷聲問道：「麥穗是住在這裡嗎？」
她身後的馬車上陸續跳下來兩個身材魁梧的年輕人，不動聲色地站在門口待命。
「她是我兒媳婦，妳找她做什麼？」孟氏不認識這個女人，見她問起麥穗，心中警惕。
「我找她做什麼，跟妳沒關係。」胖女人繞過孟氏，進了院子，扠著腰大聲道：「麥穗，妳給我出來！妳欺負我錢家沒人了嗎？想騙咱們家的地，我告訴妳，門兒都沒有！」
孟氏嚇了一跳，忙上前問道：「大妹子，有話好好說，這到底是怎麼回事？」
「麥穗，妳給我出來！」胖女人壓根兒就不搭理孟氏，繼續大聲叫喚。
屋裡，沈氏和喬氏不約而同看向麥穗，心中滿是疑問。
麥穗面不改色地下炕穿鞋，走了出去。
「媳婦，到底怎麼回事？」孟氏擔心胖女人傷到麥穗，忙迎上前將麥穗擋在身後，問道：「妳認識她嗎？」
「娘，您別擔心，讓我來處理。」麥穗上前一步，不動聲色問道：「請問您是？」
「我是齊州府錢員外的嫡長女。我來就是要告訴妳，那塊地我不賣了！」胖女人咬牙切齒道：「妳膽子也真夠大的，根本沒見到咱們家的主人，就敢付錢買地？」
「錢小姐，你們家究竟是由誰作主，與我無關。」麥穗心裡頓時明白怎麼一回事，平靜道：「關於廟口那塊地，我已經立好文書，還簽字畫押，衙門裡也有存檔，由不得你們反悔。」

「沒有我點頭，誰也不能賣我錢家的一分一毫。」錢氏恨恨道：「那個小賤人生的賤種算什麼東西？錢管家又算哪根蔥？也敢拿著地契賣我錢家的地！妳要是識相，咱們就去衙門把文書拿出來，了卻此事，否則我不會放過妳的。」

這時，原本站在門外的兩個家僕也走進來，示威般地挽起袖子，像是要動手一般。

「錢小姐，有話咱們好好說，你們這是要做啥啊？」孟氏臉色蒼白道。

天啊，男人們都不在家，萬一鬧起來，該如何是好？

「錢小姐，妳若覺得此事有什麼不妥，就應該回去找錢管家問個明白才是。」麥穗淡淡道：「妳跟我說這些沒用。」

「我是在京城裡開鋪子的，見過世面，也不是不講理的人，只是因為家人沒經過我同意就把地給賣了，實在讓我惱火。」錢氏見眼前這個小娘子不慌不忙的樣子，心裡暗暗吃驚，她還以為鄉下女人遇到這樣的事，都會被嚇得亂了方寸才是。她想了想，又道：「咱們廢話不多說，這件事妳打算公了還是私了？」

她好歹在京城混過一段時日，就不信鎮不住一個小小的農婦。

麥穗順手取了張椅子坐下來，不冷不熱地問道：「公了如何，私了又如何？」她腿上的傷隱隱作痛，不能站太久。

「公了就是咱們到官府打官司，私了嘛，自然是妳去官府撤了文書，我再把銀子退還給妳，咱們兩清。」錢氏見麥穗竟然沒有招呼她坐下，不禁火冒三丈。

鄉下人就是沒規矩、沒禮數，難道不應該讓客人先坐嗎？再說她一路奔波而來，嗓子乾得都快冒煙，這家人也不知道奉上一杯茶。但想到畢竟是在人家家裡，她硬是忍下這口怒氣。

「錢小姐，咱們還是公了吧。」麥穗堅定道。「此事讓衙門定奪就是。」畢竟這種事是沒法私了的。

「那好，妳就在家等著官府的傳訊吧。」錢氏冷笑一聲，憤憤地走出去。

哼，那就公堂上見吧！

待錢氏一走，孟氏趕忙拉著麥穗的手，懇切地道：「老三媳婦，那塊地咱們不買了，妳去退了吧。」孟氏哪裡見過這樣的架勢，臉色蒼白道：「若是把事情鬧大，那可怎麼辦才好？」

「就是啊，三弟妹，人家可是從京城來的。」喬氏翻著白眼道：「到時候，妳可別惹上什麼事，又牽連到咱們。」

說到這裡，喬氏很氣憤。憑什麼這個家一有禍事就會牽連到他們，可好事他們卻一點也撈不著呢？

「二嫂言重了，這是我的事，怎會牽連到你們？」麥穗對喬氏的冷言冷語早就司空見慣，她也不生氣，抬腿就回了新宅。

她可不想留在這裡，繼續跟這個妯娌鬥嘴。

真不明白喬氏這樣的態度，憑什麼還叫嚷著要去她的作坊工作？難道就因為喬氏是蕭景田的嫂子？

不過，就算是嫂子又如何？作主的人是她，沒必要給任何人面子。

第七十五章　說不清的孩子

錢氏回了齊州，便直奔衙門，她就不信告不倒一個小小的村婦。

吳三郎得知錢氏的來意，立刻命人傳了錢管家來跟她當面對質。

面對錢氏的咄咄逼人，錢管家面不改色道：「大小姐何必苦苦相逼？老爺生前都交代了，把京城的鋪子留給您和姑爺，而齊州這邊的老宅子跟禹州金山鎮的地，則留給少爺安身立業。要不然，老爺又怎會把金山鎮的地契交給老奴保管？如今，少爺覺得鎮上那塊地離家遠，他又不喜做生意，還不如賣了貼補一些家用，所以才授意老奴賣了那塊地。」

「哼，你不用把我爹抬出來教訓我。我爹死的時候，我又不在，憑什麼相信你的話？再說了，你不過是個下人，有什麼資格賣我家的地？」錢氏氣得紅了臉，憤然道：「那麼大一片地，你竟然只賣五百兩，這要是在京城，少說也得一千兩，還必須得是現銀。」

這管家也就是在糊弄她那個書呆子弟弟罷了，要想糊弄她，門兒都沒有。

「大小姐說笑了，金山鎮怎能跟京城相比？那塊地若按鎮上的行情，也就值四百兩。」錢管家從容道：「是老奴答應蕭家小娘子可以分五年付清，才多賣了一百兩銀子。」

「哼，你盤算得倒是挺好。」錢氏冷笑道：「那塊地，你不賣倒也罷了，若是要賣，得經過我同意才行。你們想獨吞那五百兩銀子，是不可能的。」

錢管家見自家小姐蠻不講理，索性直言道：「小姐若不信我，大可去問族長和姑爺。老爺臨終的時候，族長和姑爺都在，金山鎮那塊地確實是給了公子的。」

「哼，問就問！」錢氏氣呼呼地出了衙門。

「錢管家，這橫豎是你們的家事，外人也不好多說什麼。」吳三郎索性取出四百兩銀票，推到錢管家面前。「我看那塊地也不用分五年付清，咱們今天就把這件事給了卻了吧。」

「如此也好，回頭我就把地契送過來。」錢管家愣了一下，繼而又點頭道：「大人放心，小人會妥善處理此事的，定不會再讓大小姐去為難蕭家小娘子。」

天氣漸漸熱起來，孟氏用一籃子雞蛋孵出好多毛茸茸的小雞，在院子裡跑來跑去的，很可愛。

麥穗看著喜歡，便跟婆婆討了十幾隻過來養。她擔心小雞會被黑風給吃了，便一隻一隻地送到黑風面前，讓牠聞了味道，才放在院子裡散養著。

等蕭景田回來，她再讓他在牆腳下搭個雞窩，把這些小雞圍起來養。

麥穗美美地想著，這樣每天就能有雞蛋吃了。

門外傳來一陣急促的腳步聲。

「三嫂、三嫂，三哥讓我過來跟妳說一聲。」小六子如一陣風般地跑進來，氣喘吁吁道：「他要去齊州府頂替趙將軍一陣子，最近沒時間回來看妳了。」

許是跑得急，小六子出了一身汗。

「什麼？你三哥要去齊州府頂替趙將軍？」麥穗吃了一驚，忙問道：「趙將軍怎麼了嗎？」齊州府那邊不是正在打仗嗎？

「趙將軍受傷，挺嚴重的，昨天晚上剛剛被送回總兵府。」小六子皺眉道：「齊州府那邊群龍無首，我三哥連夜去了齊州府頂替趙將軍，因為走得太匆忙，便讓我回來跟妳說一聲，說是讓妳好好照顧自己，不要擔心他，等他有空，就會回來看妳。」

「我知道了。」麥穗心裡一沈，很為蕭景田擔心。雖說都是不在家，但他在總兵府操練士兵，是沒有太大危險的，可如今去齊州府就不一樣了，那邊正在圍剿海蠻子，那可是在打仗啊！

孟氏得知此事，也很擔心，嘆道：「景田又不是總兵府的人，幹麼要頂替趙將軍去打仗呢？那刀劍可是不長眼的，若有個三長兩短可怎麼辦哪！」

「就景田那脾氣，他若是想去，誰也攔不住。」蕭宗海嘆道：「咱們還能怎麼辦？」對這個兒子，他的確是一點辦法也沒有。

「要不，咱們去找郡主求求情，讓她把蕭景田調回來？」孟氏小心翼翼地提議。雖然不知道蕭景田跟溧陽郡主之間的恩恩怨怨，但溧陽郡主畢竟有了蕭景田的孩子，出了這樣的事，溧陽郡主不會不管吧？

她一直覺得溧陽郡主是好人，一定願意幫景田的。

「事到如今，只能這樣了。」蕭宗海嘆道：「明天叫上牛五，讓他跟咱們去一趟禹州城，找溧陽郡主求個情。」

「好，我跟你一起去。」孟氏心裡頓時鬆了口氣，又問道：「若是溧陽郡主提起孩子，你說咱們該怎麼表態？」

「如果孩子真是景田的，咱們當然得認。」蕭宗海也覺得此事很頭痛，無奈地道：「只是景田一直不承認此事，咱們也不好自作主張地去認孩子。到時候她如果真的提起孩子，咱們先好聲好氣地應付著再說，只要她能把景田叫回來，一切都好說。」

「那媳婦那邊？」孟氏望了望窗外，低聲道：「你說咱們這次去找溧陽郡主，要不要讓媳婦知道？」

「妳糊塗了，這種事怎能讓媳婦知道？」蕭宗海瞪了孟氏一眼，囑咐道：「讓牛五把嘴也閉緊，就說咱們去禹州城看妳外甥女了。」

「嗯嗯，我知道了。」孟氏連連點頭。

蕭芸娘聽說爹娘要去禹州城看望三表姊，驚訝道：「娘，最近田裡的活兒這麼忙，你們怎麼還有心思去看三表姊？是三表姊出了什麼事嗎？」

「妳個死丫頭，胡說什麼？」孟氏嗔怪道。「田裡的活兒幹得差不多了，還不許咱們出去走走啊？妳今天給我老實在家裡待著，哪裡也不許去。中午把包子和雞蛋熱一熱，跟妳三嫂一起吃，順便看看她那邊有什麼活兒，妳多幫著做一點。妳三嫂腿上的傷還沒有好，妳可得勤勞點啊。」

「知道了。」蕭芸娘拖著長腔應道。

麥穗聽說公公、婆婆要去禹州城看蘇三表姊，雖然覺得有些奇怪，卻也沒說什麼，只是叮囑牛五路上小心些。

牛五嘿嘿笑道：「三嫂放心，路我熟著呢！」

「記得早點催他們回來，可別等到天都黑了才想到要回來。」蕭芸娘囑咐道。

「知道了。」牛五瞧著蕭芸娘如畫的眉眼，心花怒放。

蕭宗海和孟氏坐在馬車上，一聲不吭。

雖然他們這麼做是為了兒子，但瞞著媳婦，總覺得有些心虛。

臨近晌午的時候，牛五才趕著馬車晃悠悠地進了禹州城。

路過蘇三的繡坊，蕭宗海卻沒說要停下，而是讓牛五一直往前走。

牛五很納悶，忍不住問道：「宗海叔，咱們這是要去哪裡？」

「去溧陽郡主那裡。」蕭宗海肅容道：「牛五，我告訴你，回去你可別把這件事跟你三嫂亂說，若是她起了疑心，我唯你是問。」

「知道了宗海叔，您放心，您不讓我說，我不說就是了。」牛五撓撓頭道。

他甩了甩鞭子，拐了個彎，朝另一條大街奔去，又兜兜轉轉了一番，才在一條僻靜的巷子裡停下來。巷子裡住著三戶人家，溧陽郡主住在最西邊那一家。

此時，秦溧陽正和碧桃在院子裡說話。

「郡主，將軍說不定很快就回來了，您要是跟去，奴婢擔心您的身子會受不住。」碧桃心情複雜地盯著主子微微鼓起的小腹，勸道：「咱們不如就在這裡等將軍回來吧！」

「無妨，我自己的身子，自己清楚，沒那麼嬌貴。現在才五月天，也不大熱，四處走走對身子也是好的。」秦溧陽拿起剪子，細心地修剪一株五月梅，輕聲道：「一家人總是要在一起的，就算我不想他，我肚子裡的孩子也會想念他爹爹的。」

碧桃低眉順目地應一聲「是」，然後伸手接過郡主剪下的枝枝葉葉，放在一邊。

突然間，外面傳來敲門聲，秦溧陽手上的動作頓了頓，便放下剪子回屋。

碧桃這才去開門，一見是蕭宗海跟孟氏，驚喜道：「大叔、大嬸，你們怎麼來了？」

「咱們來看看郡主。」孟氏從蕭宗海手裡接過布袋，遞到碧桃手裡，笑道：「這是自家養的兩隻雞，拿來給郡主補補身子，鄉下地方沒什麼好東西，還望郡主不要嫌棄。」

碧桃趕忙招呼兩人進屋。

「還煩勞大叔、大嬸來看我，真不好意思。」秦溧陽見了孟氏，淚眼婆娑道：「只是我跟景田犯下這等錯事，實在、實在是無顏見二老了。」

孟氏最見不得人哭，忙安慰道：「可別哭了，小心哭壞身子。」

蕭宗海則尷尬地沒吱聲。

「景田去了齊州府，我正打算去尋他呢！」秦溧陽擦擦眼淚，又道：「你們放心，我已經派人去齊州增援景田了，我是不會讓他涉險的。」

「郡主，咱們今天來，一來是看望郡主，二來是想跟郡主求個情，看能不能把景田從齊州那邊調回來。」蕭宗海見秦溧陽要去齊州找蕭景田，便順水推舟道：「景田畢竟不是朝廷的人，他是擔不了如此重任的。」

「你們放心，這件事我會想辦法的。」秦溧陽爽快應道，又見兩人衣著普通，絲毫沒有大將軍爹娘的氣勢，便讓碧桃去找出兩疋上好的布料給他們。

老倆口執意不要，卻怎麼也推辭不掉，只得由著碧桃把布料放上馬車。

「郡主如今有孕在身，切不可太勞累。」孟氏拉著秦溧陽的手，溫言道：「不知郡主已有幾個月的身孕？」

「就是上次鬧海亂時有的。」秦溧陽說著，臉微微地紅了一下，低聲道：「我跟景田雖然沒有什麼父母之命、媒妁之言，卻也是心意相通。他之所以惱我，只是因為他希望我能入宮為妃，去享榮華富貴，而不是跟著他受苦。我知道他是為了我好，可他卻不知道，女人一旦喜歡上男人，是不會在意這些的，就算讓我跟著他吃苦，我也是願意的，他到底還是不懂我。」

孟氏見她這樣說，越發相信她腹中的孩子是景田的。上次海亂，景田的確跟她在一起好幾天，若是那時候有了孩子，時間倒也對得上。

她看著秦溧陽，眼裡滿是憐惜。作為過來人，她知道這個時候的女人最脆弱，可眼下景田不但沒有陪她，甚至還不肯承認這個孩子。她覺得景田作為兒子是孝順的，可作為男人，就有些沒良心了。

蕭宗海不說話，只是悶頭捧著茶碗喝茶，孩子的事得等景田回來解釋清楚，眼下最重要的，是讓景田先擺脫眼前的困境再說。

「嬸娘，您看我也沒懷過孩子，不知道該給孩子準備些什麼。」秦溧陽很滿意兩人的反應，便把一個沈甸甸的錢袋推到孟氏面前，淺笑道：「這些銀子，您一定得拿著，再麻煩您幫我做一些小孩的衣裳，您看行嗎？」

「郡主，妳這是幹什麼，我幫妳做就是了，不用拿銀子的。」孟氏慌忙把荷包推回去，老臉微紅。「銀子妳收起來，咱們給孩子做點什麼也是應該的，怎麼好用妳的銀子？」說起來，這孩子也是他們蕭家的骨肉……

「嬸娘若不收，我也不好意思讓您幫忙做衣裳了。」秦溧陽執意把銀子推過去，垂眸道：「您一定得拿著，我也沒有別的心願，只希望能把所有一切最好的都送給孩子。我這一去，若是能勸回景田也就罷了，若是勸不回，我就在那裡陪著他，直到這場戰亂結束，說不定這孩子就在齊州生下了呢。」

一番話，說得老倆口心裡一陣感慨。看來，郡主對兒子是真的好。

待蕭宗海跟孟氏走後，秦溧陽又拿起剪子，繼續修剪那株五月梅，故作隨意地問道：「妳幫我算算日子，妙妙表姊這幾天也該到了吧？」

「上次表小姐說她已經在路上了。」碧桃扳著指頭，認真地算道：「按理說這兩天就應該到了。」

「只要表姊來了，一切就圓滿了。」秦溧陽冷笑道：「為了孩子，我怎麼也得給他留住一個爹……」而她孩子的爹，只能是蕭景田。

第七十六章　我是他媳婦

吳三郎拿到地契以後，立刻派人送到麥穗家裡。

這讓麥穗很驚喜。

當她知道吳三郎替她墊付銀子後，覺得過意不去，決定親自去一趟齊州，把銀子給吳三郎送過去。之前蕭景田給了她一千多兩銀子，她現在手頭很寬裕，故而不願再欠別人的錢，尤其是吳三郎的。

一大早，麥穗便喊上牛五，要他跟她一起去齊州府走一趟。

哪知剛剛到了齊州地界，就碰到了把守在路口的兩個哨兵，兩人遠遠地揮手讓他們調頭回去。

牛五跳下馬車，抱拳道：「兩位官爺，咱們有急事要去齊州府，還請官爺行個方便。」

「都什麼時候了你們還敢來齊州府，再怎麼重要的事，能有性命重要嗎？」高個子哨兵不冷不熱地道：「你們不知道嗎？那些海蠻子前幾天被總兵府的將士們打得落花流水、節節敗退，人人都以為這次海蠻子肯定大敗而歸，可昨天晚上卻不知道從哪裡冒出來好幾千個海蠻子，將那些殘兵前後夾擊。總兵府擔心那些海蠻子會上岸危及百姓，便連夜把齊州臨海的百姓們都往內地撤了五十里，這樣你們還敢進齊州境內辦事嗎？」

「大哥，跟他們囉嗦這麼多幹麼？」小個子哨兵不屑道：「直接攆走吧，不讓進就是不讓進。」

「三嫂，怎麼辦？」牛五只得悻悻地回到馬車處問道。

「你把這個給他們，看他們能不能通融一下。」麥穗聽哨兵這麼說，心裡更加擔心蕭景田，便打開荷包取了兩塊碎銀給牛五，讓他賄賂一下那兩個哨兵。

兩個哨兵見牛五去而復返，剛想發火，便瞧見這傢伙塞過來的銀子。

他們眼前一亮，彼此對視一眼，高個子哨兵清了清嗓子道：「這位兄臺，咱們只是奉命行事，並非有意為難你們，若你們實在有急事，前面岔路口有條大河，等過了河，往右拐，有一條小路，小路那邊無人把守，你們順著小路就能進到齊州府了。」

「多謝官爺指點。」麥穗這才鬆了口氣。現在她已經不再著急還銀子了，得先想辦法打聽到蕭景田的下落才是，她相信吳三郎肯定知道蕭景田在哪裡。

牛五卻暗罵這兩個人不地道，都收了銀子，還不讓他們從這條大道上通過。好在那個岔路口不遠，路也好走，他才沒再多說什麼。他跳上馬車、甩著鞭子，朝那路口駛去。

走沒多久，果然看見一條大河。河面很寬，河水翻騰、咆哮著。

「三嫂，妳看這座橋，咱們過得去嗎？」牛五勒緊韁繩，把馬車停在河邊，河面上的木橋被淹了大半，若隱若現地隱在水面下。

麥穗掀開車簾往外一瞧，冷不防看見不遠處有一排營帳，幾個身穿總兵府兵服的身影不時在那邊走動。她心裡一喜，忙道：「牛五，咱們不過河了，沿著這河堤往下走。」

「三嫂，海邊正在打仗哪！」牛五皺眉道：「咱們還是不過去了吧！」

「牛五，你看前面營帳的人，像不像是總兵府的士兵？」麥穗朝牛五招招手，興奮道：「你想，這麼重要的入海口，總兵府怎麼可能讓海蠻子奪去，肯定派了重兵把守，如果我沒猜錯，那些營帳就是總兵府設在那裡的。」

「對呀，我怎麼沒想到呢？」牛五一拍大腿，興奮道：「如此一來，咱們找到總兵府的人，就等於找到三哥了唄！」

「咱們趕緊過去吧。」麥穗眉眼彎彎道：「說不定真的能碰到你三哥呢。」

堤岸上有兩條並列的羊腸小徑，一直筆直地通往海邊。

沒多久，馬車便到了營帳前。兩人還沒下車，便被一行人圍起來。「什麼人？敢擅闖禁地，不想活了嗎？」

「官爺，咱們是來找蕭景田蕭將軍的。」牛五嚇了一大跳，忙解釋道：「咱們不是壞人，咱們是蕭將軍的家人。」

「蕭將軍的家人？」其中一個黑臉漢子上前走了幾步，上上下下打量兩人一番。「你們來這裡幹麼？」

「我是蕭將軍的媳婦，路過這裡，想過來看看他。」麥穗掀開車簾跳下馬車，淺笑道：「還請各位官爺帶我去見見我的夫君。」

「妳說……妳是蕭將軍的夫人？」黑臉漢子遲疑地問道。

「當然，如假包換。」牛五拍著胸口道。

「屬下丁啟元見過夫人！」黑臉漢子神色一凜，抱拳道：「蕭將軍正率軍在海上跟海蠻子作戰，怕是沒時間過來見夫人，還請夫人先回吧，待咱們凱旋後，將軍自會回家去見夫人的。」

「既然來了，我肯定要見到我家夫君的。」麥穗提著裙襬就往前走。她不信他們將軍家裡來人了，他們還敢不招待。

牛五也趕著馬車，亦步亦趨地跟在後面。

「哎呀，夫人，這……」丁啟元無奈地追上去，畢恭畢敬地把麥穗請進一個小帳篷裡，拱手道：「這裡是蕭將軍的帳篷，夫人就暫時在這裡等著，待屬下去打聽、打聽海上的情況，看蕭將軍回來沒有。」

「那就多謝了。」麥穗莞爾。

帳篷裡收拾得乾乾淨淨，角落裡放著一個厚厚的墊子，墊子上整整齊齊地疊著一床薄被和幾件衣物，再無他物，一看就知道是蕭大叔的居住風格。

「三嫂，我方才打聽了一下，這裡是總兵府後營，給將士們做飯的地方也設在這裡，那個丁啟元是這裡的衛長。我看這營地上的吃食很簡陋，除了玉米餅，就是一些鹹肉、鹹魚，連菜也沒多少。」牛五又悄聲道：「聽說三哥只在這裡待了兩夜，自從出海迎戰，就再也沒有回來過，咱們就算在這裡等著，也見不著三哥哪。」

「就算等不到，這裡也比家裡離他近，不是嗎？」麥穗輕輕地撫摸蕭景田蓋過的被子，當下有了主意。「牛五，你再跑一次腿，去鎮上多買些豬肉，然後把家裡的白麵也拉過來兩袋，再去我家菜園裡把能拔的菜都帶過來，再讓芸娘找幾件我和你三哥換洗的衣裳送過來。」

「啊？三嫂，妳要住在這裡？」牛五大驚。

「讓你去你就去，真是囉嗦。」麥穗起身拍拍身上的塵土，嗔怪道：「你剛才不是說這裡吃食不多嗎？那我只好從家裡帶點過來啦。要不然，人家哪能願意讓我留在這裡，還不得把我趕回去？」

這裡糧食緊張，又逢戰亂，任誰也不願意多養個閒人，就算是將軍夫人也不行的吧。

牛五知道麥穗是個有主意的，只好趕著馬車回了魚嘴村，按照麥穗的吩咐，去鎮上買了豬肉，又回村把白麵和各種菜蔬都拉到營地。他本想陪著麥穗在軍營住下，卻被她給趕回去，說是作坊還需要有人照看。

營地裡頓時沸騰了。

雖然魚和菜蔬他們是沒怎麼斷過，但白麵對他們來說，卻是很稀罕的。

那兩個做飯的廚娘秦氏和謝氏，兩人手藝不錯，只是巧婦難為無米之炊，這幾天糧食吃緊，灶房裡只能做玉米麵餅子，將士們早就吃膩了。如今有了白麵和肉，正好能讓士兵們打打牙祭，兩人決定做肉包子，好好地犒勞一下將士們。

麥穗也挽起袖子上前幫忙，一頓包子做下來，她跟秦氏、謝氏很快就混熟了。

營地上滿是肉包子的香味，將士們很興奮，心想將軍夫人就是將軍夫人，出手真大方。

到了半夜，營地的人突然被一陣緊急嘹亮的號角聲吵醒。

片刻，丁啟元的聲音在帳篷外急急響起。「夫人，有一幫海蠻子衝上岸，朝咱們這邊奔過來了，您趕緊跟著這兩個廚娘去躲起來，我這就帶人迎戰。」

麥穗立刻掀簾走出來。

「夫人，前面河堤後方有個山洞，丁衛長讓咱們去那裡躲躲。」秦氏上前拉著麥穗的手就走，她身材高大，孔武有力，麥穗的手被她攥得生疼。

「嫂子，妳前面帶路就好。」麥穗抽出手，亦步亦趨地跟在她身後。

「夫人，別緊張，那些海蠻子輕易到不了這裡的。」跟秦氏相比，謝氏則太過嬌小柔弱，她提著裙襬，一路小跑步跟在兩人身後，嘴裡安慰道：「將士們今晚都出動了，成敗在此一擊。」

麥穗點點頭，跟著她們出了營地，上了河堤，沿著一條細細窄窄的小路，上了半山腰，悄無聲息地進了山洞裡。

山洞不大，能容得下五、六個人，她們三人進去，還有一半空隙。地上鋪著一些乾草，地面也很光滑，像是經常有人進來的樣子。

秦氏大剌剌地往地上一坐。「夫人莫怕，這個山洞就是為了躲避海蠻子才特意挖的，咱們上來的那條小路，外人很難發現。」

謝氏則蹲在地上找石頭，心想若是真的被人發現，她就跟他們拚了。

山洞洞口面對著大海，有月光灑進來，海面上的一切，此刻正一覽無遺地展現在她們面前。她們看得見船上刀劍相撞時發出的寒光，也聽得到進攻時雙方的號角聲。

不知過了多久，海面上的吶喊聲漸漸低下去，原本聚集在一起的船紛紛散去，消失在她們的視線裡。

四下裡，頓時安靜下來，接著是一陣漫長的沈寂。突然，外面傳來嘹亮的號角聲，一聲比一聲高昂。

「贏了，咱們贏了！」秦氏突然激動道。「我聽得懂這號角聲，一聲比一聲高，就是說明咱們贏了！」

「太好了，終於等到這一天了！」謝氏扔了石頭，含淚道：「這幫挨千刀的海蠻子，害得咱們有家不能回、有地不能種。這下好了，鄉親們再也不用提心吊膽地過日子了。」

要不是海蠻子燒了她們的村子，搶了她們家的船，她們這時候應該跟家人在一起，而不是在這裡挨餓受凍。

麥穗聽兩人這麼說，心裡一陣興奮，如今戰事已了，蕭大叔終於能回家了。

這時，對面沙灘上冷不防出現四個打鬥的人影，他們像是從船上一下子跳到岸邊一樣，出現得很突兀。讓麥穗感到奇怪的是，這四人當中，有三個人都是蒙著臉的。

藉著皎潔的月光，她又看向那個沒有蒙臉的人，待她看清那人的臉，馬上吃了一驚，繼而又有些難以置信地揉揉眼睛，仔細辨認一番。

她心裡頓時一陣狂喜，那人竟然是蕭景田。

「景田。」麥穗喃喃道，眼裡一下子有了淚。

想不到，兩人才分開十幾天，再見時，他身處險境，而她卻只能眼睜睜地看著他。

她知道她不能出聲喊他，若是暴露這個地方，說不定會壞了他的事。

她淚眼矇矓地看著他跟三個蒙面人打鬥，蕭景田一招一式，無時無刻不牽動著她的心。

「天啊，那是蕭將軍！」秦氏也認出了蕭景田，小聲驚呼道，繼而又轉身安慰麥穗。

「夫人，別擔心，蕭將軍會沒事的。」

麥穗緊緊地抓住自己的衣角，大氣也不敢出一聲。

麥穗越想越覺得不對勁，剛剛不是吹了號角聲，說是贏了嗎？怎麼會突然出現蒙面人襲擊蕭景田？若這些人是海蠻子，那他們為什麼還蒙著臉？若不是，那這些人會是什麼人呢？

很快地，蕭景田就把兩個蒙面人打倒在地，只見他用腳踢起其中一人手裡的劍，將倒在地上的蒙面人穿心而過，死死地釘在地上。

另一個倒在地上的蒙面人一看大事不好，剛想跑，卻見蕭景田又是一劍踢過去，正中他後背，那蒙面人便搖搖晃晃地倒下去。

「蕭將軍好身手！」謝氏興奮道。

麥穗卻看得心驚膽跳。這刀光劍影的，若是蒙面人傷著蕭景田該怎麼辦？

第七十七章　蕭大叔，我來了

剩下的那個蒙面人見兩個同伴都死在蕭景田手裡，氣急敗壞地揮舞著手裡的劍朝蕭景田刺去，他招招凌厲，蕭景田也毫不示弱，手裡的長劍舞得純熟老練，那蒙面人一時也近不了他的身。

兩人打鬥好一陣子，許是那蒙面人有些體力不支，便縱身一躍，跳上山坡，朝麥穗所在的這個山洞奔來。

麥穗心裡一陣狂跳，難不成蒙面人知道這裡有個山洞嗎？

蕭景田豈能放過他，提著劍就追上來。

兩人就在離洞口不遠處的平地上，繼續交上手，刀劍碰撞的聲音就在她們眼前，一盞茶的工夫過去，蕭景田還是沒有拿下這最後一個蒙面人。

再這樣下去，他會不會體力不支？麥穗焦灼地想，她再也坐不住了，便起身貓著腰往洞口處挪了挪，她得想想辦法幫幫蕭景田。

「夫人。」謝氏一把拽住她，低聲道：「夫人手無寸鐵，切不可出去冒險。」

「我不是出去冒險，我只是要想辦法幫幫他。」麥穗悄然指著洞口處那堆破舊的漁網，低聲道：「妳們看，這堆漁網再怎麼破，網個人還是能網住的，妳們若是願意幫我，就跟我一起用這漁網去網住那個蒙面人。」

「這行得通嗎？」謝氏有些遲疑。

「哎呀，不行也得行。」秦氏也坐不住了，騰地起身道：「咱們三個女人加上蕭將軍一共四個人，四個人還打不過一個人嗎？走、走、走，跟他拚了！」

「好，那咱們三個一起出去。」謝氏見秦氏也答應下來，只得妥協，橫豎她們人多，有什麼好怕的？

麥穗簡單地部署一下任務，由她去引開那個蒙面人，然後她們兩個拉著漁網往蒙面人身上套，待他掙脫漁網的時候，蕭景田肯定早已一劍刺死他了。

秦氏和謝氏凝重地點頭道「是」。

麥穗大義凜然地走出去。

蕭大叔，我來了！

兩個男人正打得熱火朝天，勝負難分，女人的突然出現，讓原本殺氣騰騰的場面變得詭譎難測。

蕭景田異常震驚地看著朝他款款走來的媳婦，眸底閃過一絲慌亂，厲聲喊道：「妳別過來，趕緊給我離開這裡！」

誰能告訴他，這到底是怎麼回事？他媳婦怎麼會突然出現在這裡？

麥穗假裝很害怕，提起裙襬，轉身就跑。

蒙面人嘴角微翹，突然劍鋒一轉，猛然朝麥穗刺去。

蕭景田早有防備，揮劍一挑，把那蒙面人手裡的劍挑落在地。

蒙面人大怒，眼疾手快地又從褲腿裡掏出一把短劍，不顧一切地撲向麥穗。用這個女人做人質，肯定能逼蕭景田就範。

電光石火間，一陣腥臭的味道迎面襲來，接著他才發現自己竟然一頭撞進一張破漁網裡。漁網裡夾雜著的沙土跑進他的眼睛裡，一時間，他竟然什麼也看不到了，跌跌撞撞地走了沒幾步，突然一道凌厲的劍鋒從身後呼嘯而來，他心裡暗叫一聲不好。接著，他整個人便一頭栽下去，再也沒了氣息。

「沒事了、沒事了，夫人當真料事如神！」秦氏和謝氏抱著彼此，喜極而泣。

「景田。」麥穗提著裙襬朝蕭景田奔過去，一把抱住他，感受著他熟悉而又溫暖的氣息，喜極而泣。「景田，沒事了，咱們現在能回家了。」

「妳這個傻女人，妳來幹什麼?!」蕭景田緊緊地把她擁在胸前，抬手撫摸一下她的頭髮，沈聲道：「不是讓妳好好在家裡待著嗎？怎麼這麼不聽話……」

突然，他頭一仰，冷不防噴了一口鮮血出來。

「景田，你怎麼了？」麥穗見他吐血，嚇了一大跳，顫聲問道：「你到底怎麼了？」

「別害怕，我沒事。」蕭景田的身子晃了晃，臉色蒼白道：「我只是累了，扶我躺下。」

「景田，你別嚇我。」麥穗忙扶著他躺下來，泣道：「那些海蠻子已經被打敗了，如今海上再無戰事，咱們回家好好過咱們的日子。你出海捕魚，我在鎮上開鋪子……」

「對，我就喜歡過這樣的日子，等得空了，我便帶妳去銅州，去看靈珠山那一面有雪、一面有花的奇景……」蕭景田抬眼望著她，乾裂的嘴唇動了動，抬手撫摸她臉上的淚水，又似乎想到什麼，問道：「妳腿上的傷好些了嗎？有沒有再敷上幾帖膏藥？」說著，又吐了一口鮮血出來。

「你放心，我完全好了。」麥穗嚇得臉色蒼白，手忙腳亂地替他擦著嘴角的血，扭頭對秦氏和謝氏喊道：「嫂子，快去請大夫，蕭將軍受傷了。」

看他這個樣子，肯定是受了重傷，要不然好端端的怎會吐血。

無所不能、無所不知的蕭大叔，一向都是那麼鎮定從容，那麼不慌不忙，如今卻如此虛弱地躺在她懷裡……

秦氏和謝氏見蕭景田吐血，也嚇傻了，連聲答應著，兩人提著裙襬就往山下跑去。

「妳別害怕，是剛剛我在船上的時候，不小心中了暗器。」蕭景田勉強擠出一絲笑容。「那暗器現在正在我的大腿上，一直沒來得及拔出來，不過一點也不痛，沒事的。」

「景田，你要挺住，大夫很快就來了。」麥穗心痛如絞，忙低頭看他的腿，果然有一支小巧的飛鏢深深刺進他的大腿外側，鮮血早已染透他的褲子。沒想到他中了暗器，居然還能跟那三個蒙面人打這麼久。

他流了那麼多的血，怎麼可能不痛？她的心都要碎了！

「別哭，妳哭起來一點也不好看。」蕭景田眼皮動了動，很艱難地睜開眼睛，驚覺她的臉越來越模糊，才想起暗器上或許有毒，可能還是那種無藥可救的劇毒。他用盡全力抬起手替她擦著臉上的淚水，眸底滿是憐惜，道：「若是、若是我有什麼不測，妳就再尋個好人家嫁了吧，不要學妳娘，那樣的日子太苦了。家裡的兩根金條，我放在櫃子裡，妳誰也別說，離家的時候帶上，就當我給妳添妝了，妳要替我好好活著……」

意識越來越模糊，他的手剛剛觸到她的髮梢，便緩緩沈了下去。

麥穗一把握住他垂下來的手，心裡頓時有種不祥的預感，他說的每個字，就像刀子一樣，字字戳在她的心口上。她緊緊抱住他，淚流滿面道：「景田，你不能不要我，我活著是你的人，死了也是你的鬼。你要振作起來，等你好起來，咱們就要個孩子，你出海捕魚，我在家裡帶孩子做飯。」

她突兀地出現在這個異世，孤獨又茫然，許是上天憐憫她，把他送到她的身邊。是他給她一個遮風擋雨的家，給她作為女人的一切幸福。

若在這異世裡沒了蕭大叔，她也活不下去了。

「那樣的日子，真好……」蕭景田喃喃道，往事迅速在他腦海裡一幕幕浮現，原來在他二十五歲的人生裡，只有跟這個女人在一起的那段平淡時光，才是他最快樂的回憶。

只是、只是他再也體會不到了。

眼前無邊無際的黑暗襲來，他瞬間跌進無盡的深淵裡。

「蕭將軍！」

眾人這才氣喘吁吁地跑過來，見到已經昏迷的蕭景田，都大吃一驚。剛剛在船上的時候明明還好好的，這是怎麼了？

「夫人，蕭大哥怎麼樣了？」蘇錚一路跑過來問道。

「他腿上中了暗鏢，剛剛還吐了血。」麥穗緊緊地抱著蕭景田，淚眼朦朧道：「蘇將軍，大夫還沒來嗎？」

「夫人妳不要慌，大夫已經在半路上了，咱們先把蕭將軍抬到帳篷裡去吧。」蘇錚說著，手一招，吩咐道：「快，好生把蕭將軍給抬下去。」

眾人紛紛上前，小心翼翼地把蕭景田抬下山。

一路上，麥穗緊緊握住他的手，一刻也不敢鬆開，她怕她一鬆手，他就會消失不見。

宋大夫凝神把完脈，看了看傷口，滿臉凝重道：「雖然沒有刺中要害，但鏢上有劇毒，而且這種劇毒非常罕見，老朽也不曾見過，恕老朽無能。」

說完，提起藥箱就走。

「大夫，你不能走啊！」麥穗死死地拽著他的衣角，哀求道：「我求求您，救救我夫君，他還這麼年輕，您不能放棄他。」

蘇錚猛然抓住那大夫的衣領，一下子把他提起來，惡狠狠地道：「我告訴你，若是我蕭大哥有個三長兩短，你信不信我現在就殺了你。」

「蘇將軍饒命、饒命啊！」宋大夫苦著臉道：「不是老朽見死不救，而是老朽真的無能為力。這種毒老朽真的不曾見過，可照毒氣運行的速度來看，若是三天之內不能解毒，任神仙下凡也救不了他。」

「來人，備車！去京城請太醫過來。」蘇錚鬆開宋大夫的衣領，冷聲道：「留你一條命，看看別人是怎麼給我蕭大哥解毒的。」

「蘇將軍，要是去京城請太醫，來回三天的時間肯定不夠，不如讓景田去京城尋醫吧。」麥穗這時也冷靜下來，擦擦眼淚道：「煩請蘇將軍現在就派快馬去京城傳信，讓太醫從京城動身往這邊走，咱們在途中會合，這樣還能省下一半路程。」

「好，就這麼辦。」蘇錚也覺得有道理，吩咐人去準備馬車。

「慢著。」門口傳來一聲嬌喝，秦溧陽大踏步走進來，冷笑道：「他本來就中了毒，你們竟然狠心要讓他受車馬顛簸之苦，難道你們嫌毒擴散得還不夠快嗎？」

「郡主，連宋大夫都沒見過的毒，試問當地醫者有幾個能解得了？」蘇錚嘆道：「此舉雖為下下之策，卻是無奈之舉，眼下只能去京城了。」

這個宋大夫已經是當地小有名氣的名醫，是趙庸花了大把銀子請到軍中給將士們保命的。如今，卻連宋大夫都說這種毒罕見。

「宋大夫沒辦法，並不代表我沒有辦法。」秦溧陽扶著腰身，慢慢走到蕭景田面前，仔細端詳一番他的臉，吩咐道：「碧桃，去把我表姊請來，就說我二哥出事，讓她趕緊過來。」

「是。」碧桃急匆匆地走了。

「嫂夫人，您看……」蘇錚看著麥穗。

「那就等郡主找的大夫過來看看吧！」麥穗咬唇道，只要有一絲希望，她就不會放棄。她雖然不喜歡秦溧陽，卻知道秦溧陽是不會害蕭景田的。

秦溧陽似乎猜到麥穗的想法，衝著她笑道：「妳放心，我害誰也不會害蕭景田的。」

麥穗垂眸，緊緊握住蕭景田的手，替他擦拭嘴角溢出的血。只要蕭景田能活下來，要她做什麼都行。

不多時，碧桃領著一個紅衣女子進了帳篷。那紅衣女子戴著頭紗，半遮著臉，露出一雙清澈烏黑的眸子。她上前看了看蕭景田的傷，二話不說，伸手點了傷口處的幾個穴位，凝重道：「煩請你們都出去，我要幫他把這支飛鏢拔出來。」

「表姊，我把二哥交給妳了。」秦溧陽拍拍紅衣女子的肩頭，便大踏步走出去。

「大夫，我是他的妻子，我留下來給您打下手。」麥穗懇切地看著紅衣女子，她不想把蕭大叔單獨扔給一個陌生人。

「夫人，您還是出去吧。」紅衣女子上下打量她一眼，淡淡道：「我做事的時候，不喜歡別人打擾。妳放心，看在郡主的分上，我會盡心的。」她的聲音清脆甜美，像是裹了蜜一樣，聽起來竟有些甜甜的味道。

蘇錚忍不住打量紅衣女子一眼，悄然對麥穗道：「嫂夫人，咱們還是出去吧。」

麥穗咬咬牙，依依不捨地出了帳篷。

月已西沈，整個海邊都浸潤在一片清冷的天光裡，朦朧而又寧靜。

麥穗忐忑不安地站在帳篷外等著，雖然只隔著一層薄薄的門簾，她卻覺得她跟蕭景田之間像是隔了千山萬水般的遙遠。她直勾勾地盯著帳篷看，生怕蕭景田一個不小心就不見。

秦溧陽則坐在馬車上等著，她慵懶地倚在軟榻上，身上蓋了條蠶絲薄被。碧桃伏在她膝下，輕輕替她捶腿，輕聲道：「郡主，您說表小姐有辦法醫好蕭將軍的傷嗎？」

「妙妙姊見多識廣，想來這點毒還難不倒她。」秦溧陽捏捏眉頭，黯然道：「若是二哥真有個好歹，我就帶著他回銅州，我和孩子會日日夜夜陪著他，從此以後不再理世事。這樣，咱們一家三口也算是團圓了。」

「郡主，您別這麼說，將軍肯定會好起來的。」碧桃忙安慰道。「表小姐醫術高明，她肯定能醫好將軍的。」

「但願如此吧！」秦溧陽面無表情道。

蘇錚則背著手，來來回回地走著等消息，他雖然跟蕭景田相處的時候不長，心裡卻很佩服蕭景田的果敢跟為人。若是沒有蕭景田，這場仗最少還得打半年，甚至更長。

不一會兒，楚妙妙從帳篷裡盈盈走出來。

「大夫，我夫君怎麼樣了？」

「表姊，我二哥怎麼樣了？」

麥穗和秦溧陽異口同聲問道。

蘇錚也快步走過來，滿臉焦急地看著紅衣女子。

「溧陽，他有些麻煩。」楚妙妙沒有搭理麥穗和蘇錚，逕自走到秦溧陽面前，面色凝重道：「他中的是寒冰毒，我只能暫時控制住他體內的毒性七日內不發作，卻不能徹底解了他的毒。若要救他，怕是還得去找我叔父。」

她叔父是楚國遠近聞名的大夫，尤其擅長製毒、解毒。

「妙妙姊，妳確定我二哥中的是寒冰毒？」秦溧陽心裡猛地一沈。

寒冰毒是種讓人聞之色變的劇毒，雖然不至於立刻斃命，卻會在毒發後全身慢慢潰爛而亡。更重要的是，她從沒聽說有中了寒冰毒還能活命的人……

「寒冰毒？」蘇錚吃了一驚，繼而憤然道：「到底是什麼人心腸如此歹毒，竟然下了這麼重的毒，若讓我查到是誰，非得活剝他的皮不可！」

楚妙妙白了蘇錚一眼，挽起裙襬上了馬車，坐在秦溧陽身邊，嬌聲道：「當然確定。不過妳也別著急，他若命大，總能見到我叔父的。人家千里迢迢跑過來找妳，可不是要看妳替這個臭男人擔心的。」

「除了他，世間再無男子值得我這般掛心了。」秦溧陽神色凝重道。「我必須要救活他，否則我也不知道自己能不能活了……」

「郡主，妳說的是什麼話？」楚妙妙跺腳道：「他若死了，妳不是還有我嘛，他能給妳的，我都能給妳！」

蘇錚雖然離兩人有些遠，但耳力奇佳，聽見兩人談話，頓覺驚悚。他從來不知道，原來女人跟女人之間也可以……

麥穗雖然沒有聽到兩人說些什麼，卻見秦溧陽始終沈著臉，她意識到蕭景田的情況或許不樂觀，忙進去帳篷看蕭景田。

第七十八章　蕭家的天塌了

蕭景田一動也不動地躺在床上，像是睡著了。

他臉色蒼白，嘴唇烏青，中毒跡象越來越明顯。腿上的飛鏢已經被取出來，傷口處纏著厚厚的白紗布。

麥穗坐在他身邊，緊緊握住他的手，忍不住失聲痛哭。她從沒想到，穩重自信的蕭大叔居然會如此無助地躺在她面前……

「嫂夫人，蕭大哥怎麼樣了？」蘇錚也跟著走進來問道。

「他還睡著。」麥穗替他蓋好被子，淚眼矇矓道：「蘇將軍，你告訴我，如今我該怎麼辦才好？」

「還能怎麼辦？自然是把他交給我。」秦溧陽扶著腰身進了帳篷，冷聲道：「麥穗，我知道妳肯定不願意讓我帶他走，但事到如今，除了我，沒人能救他了。」

「只要妳能醫好他，我答應讓妳帶走他。」麥穗擦擦眼淚道：「但我有個條件，我要跟著去照顧他，他到哪裡，我就到哪裡。」

蕭景田雖然昏迷著，但她知道他肯定希望自己能陪在他身邊的。

「不行，妳不能跟著去。」秦溧陽乾脆俐落地拒絕道。「要想救他，妳必須留下，以後他的事，再也跟妳沒有任何關係了。」

她好不容易有了這麼一個跟他獨處的機會，怎會讓這個女人跟著去礙眼？

「郡主，她畢竟是蕭大哥的妻子，跟著去照顧蕭大哥，也是理所當然的。」蘇錚聽不下去了，幫腔道：「而且我相信，蕭大哥肯定也願意讓嫂夫人一起去照顧他的。」

秦溧陽不屑地看了看蘇錚，沒搭理他。

「郡主，都準備好了，可以啟程了。」碧桃領著四個身強體壯的隨從走進來。

秦溧陽朝床上努努嘴，那四個隨從會意，忙上前小心翼翼地抬起蕭景田就往外走。

「他腿上有傷，你們輕一些，不要碰到他的傷口。」麥穗含淚提醒道。

秦溧陽也上了馬車後，馬車開始徐徐地離去。

「郡主，我知道妳會對景田好，也相信郡主會醫好景田的傷。」麥穗亦步亦趨地跟在馬車後面，懇求道：「只是他這一病，得有人在他跟前端茶倒水地伺候著，妳就讓我去吧，我肯定不會給郡主添麻煩的。」

「麥穗，我勸妳還是放手吧！」透過車簾的縫隙，秦溧陽望著跟上來的女子，冷聲道：「他原本就不屬於妳，不屬於你們那個家。實話告訴妳，京城並沒有解藥，我得帶他去楚國求醫，這山高水遠的，也不知道什麼時候能回來。總之妳別惦記他，就當他又出去闖蕩了吧！」

「郡主，咱們還是快走吧！」楚妙妙掃了麥穗一眼，嬌滴滴地道：「天亮之前一定要趕到京城，我想吃八寶齋裡的湯水糕，去晚就沒有了。」

「好，聽妳的。」秦溧陽轉身替躺在軟榻上的蕭景田蓋了蓋被子，淺笑道：「我保證讓妳吃上八寶齋最新鮮的湯水糕。」

馬車突然加快速度，向前疾馳而去，很快不見了蹤影。

「景田，你一定要好起來，我等你回來。」麥穗腿一軟，一下子跌坐在沙灘上，泣不成聲。她恨自己不能照顧他，只能眼睜睜地看著秦溧陽把他帶走，她知道蕭景田心裡肯定是不願意的。

「嫂夫人，咱們回吧！」蘇錚嘆了一聲，忙上前扶起她，皺眉道：「既然郡主願意出手相救，那蕭大哥肯定會沒事的。」

連宋大夫都束手無策，除了讓溧陽郡主帶走，也實在沒有別的辦法了。

「蘇將軍，我想求您一件事。」麥穗擦擦眼淚，努力讓自己平靜下來。她想了想，又從懷裡掏出四張銀票塞到他手裡，鄭重道：「這裡有四百兩銀子，麻煩您派幾個侍衛暗中跟著郡主的馬車，以便隨時回來告訴我景田的傷勢如何，這些銀票算是給他們的盤纏。」

「嫂夫人提醒得對，我這就派人去跟著郡主的馬車。只是這銀子，我不能要，大家都是跟著蕭大哥出生入死的將士，若是給銀子，就太見外了。」蘇錚不肯收銀子。

他出身侯府，打小沒缺過銀子，自然也覺得別人不缺。再說了，派些人去保護蕭景田是理所當然的事，他們每月都有軍餉，還用單獨給銀子嗎？

「蘇將軍，這銀子是我的一點心意，將士們出門也是需要用到銀子的。」麥穗硬是把銀票塞到蘇錚手裡，勉強笑道：「我只希望我夫君能平安回來，麻煩您了。」

她隨身就帶了四百兩銀票，原本是要去找吳三郎還銀子的，要不然，她還能給得更多。

為了蕭景田，她就算傾家蕩產也在所不惜。

蘇錚只得收了銀票，當即挑了四個身手不錯的將士，每人塞了一百兩銀票，吩咐他們務必跟著溧陽郡主的馬車，一路護送他們。

「此去山高水遠，還望諸位珍重，半個月後，無論情況如何，請儘量給咱們報個信。」麥穗上前朝四人屈膝行禮。「待蕭將軍回來，另有重酬。」

「夫人放心，我等定會好好保護蕭將軍的，也會盡力把蕭將軍的消息傳回來給夫人知道。」四人得了銀票，很是振奮，立刻翻身上馬，沿路追上去。

蘇錚很欣慰，他就說蕭大哥的人緣還是不錯的嘛！

蕭景田中毒的消息傳回了魚嘴村，孟氏知道後，當場昏過去。

慌得蕭芸娘趕緊找了啞巴大爺過來，又是掐人中，又是潑冷水的，折騰了一番，孟氏才醒來後她又開始大哭，哭得嗓子都啞了，她知道這次兒子肯定傷得很重，要不然溧陽郡主不會連夜把兒子帶到楚國去。

總算醒過來。

蕭宗海也是悲傷難耐，蹲在院子裡，眼淚啪嗒、啪嗒地往下掉，一整天不吃不喝。他眼巴巴地看著大門口，他覺得高大魁梧的兒子隨時都會從外面走進來，衝著他喊道：「爹，我回來了。」

蕭福田和蕭貴田擔心爹傷心過度，會出什麼事，便輪流在老宅那邊陪他。

蕭貴田安慰道：「爹，您放心好了，老三他肯定沒事的，還有溧陽郡主在呢！」

「就是啊，爹，溧陽郡主肯定會想盡一切辦法救老三的。」蕭福田附和道。「咱們安心等著，老三很快就回來了。」

「老大、老二，你們回去收拾一下，陪我出去找老三。」蕭宗海紅著眼圈道。「他受了那麼重的傷，身邊卻沒有一個親人陪著，我想想就難受。」

孟氏在炕上聽蕭宗海這麼說，心裡更加難過，哭著下炕道：「孩子他爹，你帶著我去吧，讓我去照顧景田，我去……」

老倆口破天荒地抱在一起痛哭。

「爹、娘，你們就別哭了。」蕭貴田皺眉道：「這老三還沒怎麼著呢，你們這是幹什麼呀！」當初他出事的時候，也沒聽說爹這麼難過。

蕭福田一聽爹想讓他們跟著一起去找老三，心裡不禁直打鼓，不是他對老三沒有手足之情，而是就算他們答應，也未必能找到老三哪。再說了，這出去一趟可得花不少銀子。

牛五一聲不響地站在屋簷下，沈默不語。

所有人都在奔相走告，慶祝海戰大捷，唯獨蕭家沈浸在一片愁雲慘霧裡。上天真是太不公平了，蕭景田只去了齊州短短半個月，就乾淨俐落地收拾了那些海蠻子，他才是這次海戰的最大功臣啊？

「老大，你先去鎮上把于掌櫃請來，我要問問他寒冰毒到底是怎樣一種毒。」蕭宗海流淚吩咐道：「快去呀！」

「爹，聽說于掌櫃去了京城，現在不在家。」蕭福田皺眉道：「我早上去送魚的時候，他媳婦還賭氣地說，若是于掌櫃不回來，就不讓我再去飯館送魚了呢。」

蕭宗海蹲在地上，不停地抹淚，他覺得他的天塌了！

麥穗躺在炕上昏昏沈沈地睡了一天，水米未進，夢裡全是蕭景田，她捨不得醒來。

吳氏守在她身邊，紅著眼圈勸道：「穗兒，妳不能再這樣下去了，妳這不吃不喝的怎麼行，妳得振作起來才是。」

當她知道姑爺出事，也嚇得差點暈倒。若是姑爺有個三長兩短，女兒可怎麼辦哪！

「娘，我沒事了，我要起來吃飯。」麥穗掙扎著起身，神色倦倦地道：「您是給我燉了雞湯嗎？快幫我熱一熱，我要喝雞湯。」她得振作起來，等著她的蕭大叔回來。

吳氏忙擦擦眼淚，去灶房給她做飯。

吃完飯，麥穗覺得稍稍精神了些，下炕簡單地梳洗一番，便抬腿去了後院。

後院那邊一直是蘇二丫在替她張羅，一個人默默做著力所能及的活兒，毫無怨言。

「三舅媽，您好些了嗎？」蘇二丫正在裝罐，見麥穗進來，忙關切地上前道：「這裡有我，您放心歇著就是。」

「我沒事了，就過來看看。」麥穗嘴角彎了彎，勉強擠出一絲笑容。「禹州城那邊有訂單嗎？」

「有，他們昨天來人訂了一千瓶，說是下個月要過來拉貨，我跟芸娘昨天就做了兩百瓶，這批貨很快就能做完，不用三舅媽妳插手的。」蘇二丫認真道：「我婆婆聽說三表舅出事，也很著急，說家裡的事情不用管，讓我安心在這裡幫您。您放心，我會用心做好這批貨的。」

「謝謝妳，二丫，你們對我真好。」麥穗感激地道。蕭景田出了這麼大的事，家裡都亂了套，連她也顧不上做魚罐頭，可是蘇二丫卻一直待在後院這邊忙碌，還把後院收拾得乾乾淨淨、井井有條，就連訂單也沒耽誤。這樣好的幫手，她打著燈籠也找不著呢！

「三舅媽說啥呢，您對我不是更好嘛！」蘇二丫動容道：「這些日子要不是我一直打著您的名義在這裡熬藥，恐怕早就被村裡的流言蜚語淹死了。」

蘇二丫過門後，遲遲不孕，很是苦惱，前些日子她悄悄去看了大夫，大夫說她是內寒之症，得吃藥調理幾個月。她不好意思告訴公公、婆婆，更擔心村人說閒話。

麥穗知道後，便讓蘇二丫到新宅這邊來熬藥，還說若有人問起，就說是她腿傷未癒，在吃藥養傷。

「不過是舉手之勞，妳別放在心上。」麥穗安慰道：「妳好好在這裡吃藥調理身體，不要想太多，以後我還要妳幫我去鎮上開鋪子呢。」

「三舅媽的事就是我的事，我一定會盡力的。」蘇二丫連連點頭答應。她見麥穗心情還算不錯，便小心翼翼問道：「三舅媽，我三表舅是真的被溧陽郡主帶去楚國療傷了嗎？」

村裡傳得沸沸揚揚，說蕭景田在海戰中受了重傷，所幸被溧陽郡主救下，帶到楚國養傷去了。還說溧陽郡主跟蕭景田原本就是青梅竹馬的一對，是溧陽郡主的家人嫌棄蕭景田出身低，才棒打鴛鴦拆散兩人。可溧陽郡主卻是個癡情的女子，不但放下身段千里迢迢來找蕭景田，更在危急關頭救了蕭景田。

當然，還有更驚人的消息，說是溧陽郡主有了身孕，懷了蕭景田的孩子。

「是的，景田的確是被郡主帶到楚國養傷去了。」麥穗黯然道。「當時情況緊急，我不能跟著去照顧他，只好煩勞郡主。我想等景田傷好之後，很快就會回來的。」

「那就好。」蘇二丫見麥穗說得雲淡風輕，想來是沒聽見那些流言蜚語，這才放心，安慰道：「那三舅媽就不用太擔心了，我想三表舅吉人自有天相，他肯定沒事的。」

麥穗點點頭。雖然等待是漫長的、讓人窒息的，但她還是得等下去。

剛從後院出來，麥穗便聽見老宅那邊傳來蕭宗海的怒吼聲。「老三生死未卜，你們竟然還惦記著要出海捕魚？」

「爹，如今海上安寧了，村人不都忙著出海打魚嗎？」蕭福田不悅道：「難道老三不回來，咱們就不用過日子了嗎？」

「就是啊，爹，楚國那麼遠，咱們能不能去得了還是個問題。」蕭貴田也跟著嘀咕。

「滾。你們都給我滾！沒良心的東西！」蕭宗海見兄弟倆推推搡搡地都不想去，頓時火冒三丈，氣急敗壞地抄起牆角的棍子，朝兄弟倆揮舞著。「滾回去過你們的好日子吧！老子自己去！」

「爹，您別生氣了。」麥穗一步跨進去，上前奪過蕭宗海手裡的棍子。「就算咱們去楚國，也找不到景田啊。」

「老三媳婦，妳給我說實話，景田的傷到底要不要緊啊？」孟氏哭得眼睛都腫了。

這個媳婦自從被蘇將軍送回家後，就一直昏睡著，什麼也沒跟他們說。她這個當娘的只知道兒子受重傷被郡主帶走，其他的，她一概不知。

「爹、娘，景田是中了寒冰毒，軍中的大夫束手無策，好在溧陽郡主的表姊是個神醫，她說要解這寒冰毒，只能去楚國找她叔父。」麥穗如實道。「蘇將軍已經派了四個將士一路護送景田，我想過幾天他們就會送消息過來的，咱們先等等再說吧。」她心裡比誰都著急。若是能去，她早就去了。

蕭宗海聞言，長嘆一聲，面無表情地回了屋。

一輛馬車緩緩地在新宅門口停下來。吳三郎率先跳下馬車，上前敲門。

「吳大人，你怎麼來了？」見是吳三郎，吳氏很驚訝。

「嬸娘，我來看看穗兒。」吳三郎關切道：「她還好嗎？」蕭景田生死不明，想來她的日子一定不好過。

「比剛回來那會兒好多了。」吳氏嘆了一聲，側身道：「吳大人快請進。」

柳澄搖著扇子，大搖大擺地跟著走進去。

麥穗強打起精神，請兩人進書房喝茶。

「我剛從總兵府回來，趙將軍說待過些日子，等他能下床走動的時候，他親自來跟你們負荊請罪。他說要不是因為他，妳夫君也不會遭此劫難。」吳三郎見麥穗一臉憔悴，同情道：「妳也不要太難過了，既然有溧陽郡主幫忙，蕭景田肯定會沒事的。」

「但願如此。」麥穗勉強一笑，回屋取了銀票出來，推到吳三郎面前。「我知道那塊地的事，讓大人也跟著操心了。不過你剛剛上任，許多地方需要用銀子打點，卻還替我付了買地錢，我真的很感激大人。如今，這四百兩我就先還上了。」

「這銀子妳先拿著，我不急著用。」吳三郎見麥穗當場拿銀票給他，尷尬道：「妳每年還我一些即可，不必一次還清。」

麥穗硬是把銀票塞給他，淡淡道：「我知道吳大人的好意，但我真的不缺銀子。」

吳三郎知道麥穗的性子，只好順從地收起銀票。

「楚國名醫雲集，再加上有郡主在，蕭娘子不必太過憂心。」柳澄皺眉道：「那些海蠻子著實可恨，竟然在鏢上抹毒，卑鄙啊卑鄙！」說完，又扭頭對吳三郎道：「你趕緊查查到底是什麼人幹的，查出來通通處死得了。」

吳三郎皺皺眉，並沒有出聲。畢竟蕭景田被毒鏢暗算的事，不歸他管。總兵府的趙將軍早就放出話來，說若是抓到暗算蕭景田的那幫人，他必定會親自手刃，替蕭景田報仇雪恨。

第七十九章 桃花煞

見麥穗沈默不語，吳三郎看了看吳氏，又道：「穗兒，妳知道之前到妳家來鬧事的那個錢氏是誰嗎？」

「知道，她是錢家大小姐。」想到錢氏，麥穗無奈地道：「怎麼？她又去找錢管家鬧了？」

「她不僅是錢家大小姐，還是林大有的媳婦。」吳三郎輕咳道：「我擔心她再來妳這裡鬧事，便派人跟她說，若是她再不依不饒，我就把林大有家裡明明有髮妻，卻又在外面娶妻的事情立案一併審理，她才徹底消停了。」

「原來是這樣啊！」麥穗大吃一驚，作夢也沒想到那個胖胖的錢氏，竟然是林大有的媳婦。有個這麼厲害的女人管著，林大有的日子怕是也不好過吧？

「怪不得林大有這些年不回來，原來是攀了高枝。」吳氏之前聽說過女兒買地買得不怎麼順利，也聽說錢家大小姐上門來鬧過，卻不想，此事竟然還跟失蹤多年的林大有扯上關係，這讓她有些哭笑不得。「如此也好，她若是再過來鬧騰，我就去衙門告林大有，好好跟他算一算這些年來的帳。」

「放心，錢氏不會再鬧騰了。」吳三郎篤定道。「若是因為那塊地而讓林大有惹上牢獄之災，終究是不值的。孰輕孰重，她還分得清。」

吳氏笑了笑，不再吱聲。

兩人略坐一會兒，見天色不早，才起身告辭。

「穗兒，我家裡還有許多事，也該走了。」吳氏也跟著起身往外走。

「娘，您多住幾天嘛。」麥穗不想讓吳氏走，嗔怪道：「您這是在急什麼啊！」

「我過幾天再來。」吳氏不由分說地快步走出去。

吳三郎剛剛坐上馬車，見吳氏出來，便跳下馬車道：「嬸娘，我送您回家。」

「有勞了。」吳氏等的就是這句話。她上了馬車，看了看柳澄，欲言又止。

「你們聊，我坐外面去。」柳澄會意。

「吳大人，我知道你最近幫了穗兒不少忙，也知道你是個好人。」吳氏斟酌一番，開口道：「但她畢竟已經嫁人，是別人的媳婦，這男女大防，總得有所顧忌，大人說是不是？」

「嬸娘，我對穗兒始終有愧於心。」吳三郎嘆道：「是我負了她。」

「大人別這麼說，這人跟人是講究緣分的，你看我跟林大有，雖然有著夫妻的名分，卻從來沒有在一起過日子；這些年他在外娶妻生子，我就是知道了，也從來沒傷心過。我跟他終究是沒有夫妻緣分罷了。」吳氏鄭重道：「你跟麥穗也是，你對她再好，她也是蕭景田的媳婦。不知道大人有沒有想過，你對穗兒的好，要是落在有心人眼裡，反而成了別有用心。我想請大人多替穗兒想想，不要讓她難做人。」

「嬸娘所言極是，之前的確是我逾越了，我只想著要多彌補她一些，卻從沒考慮到給她帶來煩惱。」吳三郎聞言，頓覺尷尬，忙道：「嬸娘放心，以後我定會拿捏好分寸，絕對不會再給她添麻煩的。」

她現在畢竟是蕭景田的女人，再也不是當年那個需要保護的小姑娘了。

「大人能這麼想，我就放心了。」吳氏這才鬆了口氣。

柳澄豎起耳朵聽兩人談話，嘴角彎了彎。

吳三郎對青梅竹馬的這份癡心，的確挺難得的，他很欣賞這一點。日後他妹妹要是嫁給吳三郎，吳三郎肯定不會虧待她的。

哎呀，真是好姻緣啊好姻緣！

閒來無事，麥穗取出那支飛鏢，細細端詳。當時楚妙妙把飛鏢拔出來後，就扔到了地上，她便撿起來用手帕包著，並帶回來。

如今，她打開手帕看到那支飛鏢，想起蕭景田血肉模糊的傷口，心裡頓覺痛得不能呼吸。這飛鏢看上去像一朵四個花瓣的小花，是生鐵打磨而成，每個鐵片都打磨得異常鋒利，散著陰冷詭異的光芒。

突然，她發現飛鏢的把柄處刻著一個方形印記，既像個複雜的象形字，又像個行雲流水的草書。因為這個印記太小，要是不仔細看，是很難注意到的。

麥穗忙取過紙筆，一點一點地把這個方形印記描下來，又取過蕭景田在家常看的那本厚厚的《閒遊雜記》。她一頁一頁地翻看著，她記得這本書上很詳細地記錄各種文字，說不定她能找到一點線索。

于掌櫃不在，她實在想不出能找誰商量此事，只好自己動手查證。

孟氏突然推門走進來。她眼睛紅紅的，明顯哭過，見麥穗正坐著看書，便倚著炕邊道：「媳婦，娘有件事要跟妳商量。」

「娘，您儘管說。」麥穗放下書，往裡挪了挪身子，招呼孟氏上炕。

她知道，這些日子以來，孟氏所受的煎熬並不比她少。

「媳婦，妳鎮上的那塊地買下了嗎？」孟氏倚在炕邊問道。

「買下了。」麥穗一頭霧水地看著孟氏。「怎麼了？」

「媳婦，聽爹、娘的話，那塊地咱們還是不要了吧。」孟氏紅著眼圈道：「我和妳爹尋思著景田這次被人暗算，十有八九是龍霸天派人下的黑手。媳婦，娘求求妳，不要再瞎折騰了，咱們小門小戶的，有口飯吃就行。現在景田弄成這樣，妳就是賺再多銀子，又有什麼用？」

「娘，您想多了，咱們跟龍霸天只是不對頭，並不是有什麼深仇大恨，再說此事真的不是龍霸天所為。」麥穗哭笑不得道：「至於鎮上那塊地，地契我都拿到手了，怎麼可能退掉呢？」

孟氏見勸不住媳婦，只是低頭掉眼淚。

「娘，鎮上那塊地先那麼放著，至於什麼時候蓋鋪子，我得等景田回來再決定。」麥穗見婆婆一個勁兒地掉淚，好言安慰道：「反正眼下我也沒心思做別的事，我就在家安心等景田回來。」

「這樣也好。」孟氏擦擦眼淚道：「那妳不要再到處跑了。」

「娘，您放心，我哪裡也不去，就在家等景田回來。」麥穗黯然道。

五天後，趙庸親自上門看望蕭家人。

他肩膀上被砍了一刀，險些丟了整個胳膊，儘管養了這麼長時間，傷口處依然纏著一層紗布，舉止間也是格外小心。

許是他太過惜命，來的時候，身後竟然跟著十個小丫鬟和兩個郎中，浩浩蕩蕩的站了滿滿一院子。他隨身帶來大包、小包的禮物，也滿滿地放了一院子。

畢竟這次蕭景田會遭人暗算，一是因為他，二是為了沿海一帶百姓，是大義。

蕭宗海和孟氏很感動。

「二老請放心，以後你們家的事就是我的事，有什麼事儘管對我說，千萬別跟我客氣。」趙庸摸著纏在傷口上的紗布，肅容道：「若是誰敢欺負你們，我定會替你們討回公道的。」

「多謝將軍美意，咱們其實也沒什麼要緊的事可以麻煩將軍的，現在咱們只是想知道景田的傷怎麼樣了。」蕭宗海愁眉苦臉道：「雖然有郡主在，咱們多少能放點心，但眼下咱們連一點景田的消息都沒有，心裡難免惦記著。」

「蕭大叔，這個您放心，據我所知溧陽郡主跟蕭將軍是舊識，兩人關係一直不錯，有她在，蕭將軍肯定會沒事的。」趙庸安慰道。「咱們總兵府已經派出好幾路兵馬，沿途打聽蕭將軍的下落，相信不久後就會有消息的，你們安心在家裡等著就是。」

「如此，我就放心了。」蕭宗海連連點頭，這才徹底放心。

趙庸在老宅略坐了坐，便起身去新宅看望麥穗。

麥穗對趙庸的到來並不感到意外，大大方方把他請到書房喝茶。

趙庸也不說客套話，開門見山地問道：「聽蘇錚那小子說，嫂夫人把蕭將軍所中的那支暗鏢帶回來了，有什麼發現沒有？」

「我在飛鏢上發現一個印記。」麥穗從懷裡掏出畫著印記的那張紙，推到趙庸面前，神色凝重道：「不知趙將軍可否認識這個印記？」

「這是趙、楚兩字。」趙庸細細端詳一番，認真道：「別人或許不知道，我卻恰好認得。趙、楚兩國雖然隔海相望，中間還隔著咱們大周，但最南端的國土卻是相鄰的，且邊境處有一大片連綿的群山，山上住著好多放牧人。他們不屬於楚國，也不屬於趙國，卻也不願意得罪楚、趙兩國，因此自稱趙楚國。這印記看上去雜亂無章，實際上這趙、楚兩字只是重疊在一起罷了。」

麥穗見趙庸竟然認出這兩個字，忙起身去正房取了暗鏢給趙庸看。

趙庸仔細端詳一番，才在把柄處發現那個小小的印記，心裡暗讚麥穗的細心，沈思片刻，又道：「我明白了，那些海蠻子原本就四處流浪，他們從趙楚邊境訂製暗器行刺，也不是不可能。」

「趙將軍是說那些襲擊景田的人，都是海蠻子？」麥穗狐疑道：「如果是海蠻子，又何必蒙著臉，不敢以真面目示人？」

「大概是他們覺得一旦得手，必定會被總兵府的人記恨，所以才蒙面而已。」趙庸搖頭嘆道：「若沒有蕭將軍相助，這場海戰還不知道啥時候結束，如今蕭將軍中毒受傷，本將軍卻幫不上忙，唯一能做的，就是多派些人手打聽蕭將軍的下落。」

「如此，那就多謝趙將軍了。」麥穗勉強笑道。

「嫂夫人不必客套，這是趙某應該做的。」趙庸鄭重地道。

沈氏和喬氏早就聽村人說，有個大將軍帶了好多禮物去了老宅，妯娌倆什麼也顧不得，趕緊帶著孩子來老宅這邊瞧瞧。

趙庸帶來的禮物，大部分都是吃的和穿的，很是實用。有各種酥軟甜糯的點心、香噴噴的烤乳豬和各式瓜果，還有七、八疋綾羅綢緞。

看得沈氏和喬氏眼睛都直了。天啊，長這麼大，還從沒見過這麼貴重的禮物。

孟氏神色黯然道：「這些都是趙將軍送過來的。」

「咱們當然知道是趙將軍送過來的。」喬氏的目光在各色光鮮亮麗的布疋上落了落，臉上笑成一朵花。「娘，老三吉人自有天相，肯定沒事的。要不，您去找狐大仙問問？」

喬氏的一句話提醒了孟氏，孟氏忙點頭道：「對啊，我急得倒是忘了要去找大仙了。」

孟氏慌忙地去了狐大仙那裡，只見狐大仙掐指一算，滿臉凝重地說，要解此劫，非得栽九十九棵桃樹不可，得用桃樹來解蕭景田的這個桃花煞。還有就是景田媳婦的右手要戴上翠綠色的玉鐲，桃樹和玉都能辟邪。

回來後，孟氏去找麥穗商量道：「媳婦，桃樹還好說，只是咱們哪能買得起玉鐲。要不，我去妳三表姊家走一趟，看看她家有沒有，咱們借她的來戴戴？」

「娘，您可千萬不要去跟三表姊借，我跟她八字不合，借了我也不會戴的。」麥穗一聽孟氏提起蘇三，心裡就煩得慌。「娘，您放心，這些我能辦到的。但願大仙說得準，景田能平安回來。」

「好，不借就不借，只是妳可千萬不能懷疑大仙。」孟氏對狐大仙從來都是深信不疑，她連忙環顧一下左右，低聲道：「大仙畢竟是神仙，眼觀六路、耳通八方，啥事都知道的。若是她聽見妳懷疑她，生氣了怎麼辦？」神仙一生氣，說不定就不會保佑景田了。

「好，我不懷疑，大仙說得都對。」麥穗見婆婆神秘兮兮的樣子，有些哭笑不得。

「媳婦，大仙說這件事不可外揚。」因著這個秘密，婆媳倆的關係似乎一下子變得親密起來。孟氏拍著麥穗的手，悄聲道：「咱們只跟妳爹說一聲就成，就連芸娘我也會瞞著。」

「嗯，我聽娘的。」麥穗認真地點頭，如今她很願意相信狐大仙。

孟氏鬆了一口氣，腳步沈重地回了老宅。

「怎麼去了這麼久？」蕭宗海黑著臉道：「趕緊做飯，吃了飯還得去田裡幹活呢。」

「娘，咱們幫您做。」喬氏笑盈盈地上前抱柴火。

沈氏也沒有要走的意思，她就坐在板凳上給蕭菱兒梳頭。

蕭菱兒扭頭問道：「娘，咱們中午是在奶奶家吃飯嗎？」

「對啊，妳三叔不在家，咱們得多陪陪妳爺爺、奶奶。」沈氏淺笑道。

孟氏在廚房裡煙燻火燎地做好飯，便吩咐蕭芸娘去新房喊麥穗過來吃飯。

蕭芸娘應了一聲，一溜煙地去了新宅。片刻後，她又獨自一人回來道：「我三嫂說她想睡一會兒，不吃飯了。」

「不吃飯怎麼行？」孟氏從鍋裡取了一大塊肘子，連同趙將軍送來的點心也包了幾塊，讓蕭芸娘給麥穗送去。

蕭芸娘又匆匆去新宅給麥穗送吃的。

這時，蕭福田和蕭貴田已來到老宅，一家人有說有笑地開始吃飯。

「娘，妳今天去找狐大仙問卦，怎麼樣了？」喬氏從盆裡扯了一大塊肉放進蕭貴田的碗裡，笑咪咪地問道：「老三沒事吧？」

蕭宗海挾菜的動作頓了頓，等著孟氏回答。

「大仙說景田沒事，很快就會回來了。」孟氏含糊道。狐大仙說此事要保密，她自然不會當著他們的面說出桃樹跟玉鐲的事。

「我就說嘛，老三肯定沒事的。」沈氏見喬氏扯了一大塊肉給自家男人，也不示弱，索性也動手掰了一塊肘子放到蕭福田碗裡。「菱兒不喜歡吃肥肉，你挑點瘦肉給她吃。」

「知道了。來，菱兒，爹餵妳。」蕭福田笑容滿面地把瘦肉往女兒嘴裡塞。

「老三沒事就好。」蕭貴田吃得滿嘴流油，心情大好道：「這禹州城的烤乳豬就是好吃，我還從來沒吃過這麼好吃的豬肉呢。」

「趙將軍覺得景田是因為頂替他才會受傷，心裡過意不去，才送這麼多東西過來的。」

蕭宗海吃了幾口，頓覺難以下嚥，嘆道：「哎，如今海上算是真正太平了，唯有咱們景田，卻是生死未卜，真是讓人難過。」他越看這些東西越鬧心。說句不好聽的，這些可都是他兒子拿命換回來的。

孟氏見蕭宗海這麼說，也偷偷地擦了把眼淚，哽咽道：「回頭你們各自拿些肉和布料回去，這麼多東西，咱們吃不了，也用不完。」

蕭福田訕訕地道：「這都是趙將軍送給您們的，咱們怎麼好意思拿？」

「是啊。」沈氏附和道。

「大哥、大嫂，這天氣越來越熱，肉也放不了太久。」喬氏翻著白眼道：「再說了，爹、娘又不是外人。」若說老大兩口子不想拿這些東西，她是打死也不信的。還真能裝！

蕭貴田悶悶地沒吱聲。

「給你們，你們就拿著，不管是誰吃了，總比壞了好。」蕭宗海畢竟是男人，也沒想這麼多彎彎繞繞，放下筷子就走出去。

孟氏也緊跟著下炕，去灶房把剩下的豬肉和點心分成四份，又把布料也分好。

老大、老二家的人都吃飽喝足了，便各自拿了分給他們的肉、點心和布料，領著孩子興沖沖地回家。

第八十章　相思成疾

蕭芸娘把給麥穗的那一份送到新宅，還繪聲繪影地說著大嫂、二嫂如何不要臉，連吃帶拿地拿了許多東西回家。

麥穗聞到那股肉味，就覺得胸口翻騰得不行，忙衝著她擺手道：「這些東西我不要，快拿走，我有些受不了這個味道。」說完，忙捣著嘴衝到院子裡，把晌午喝的那點粥一股腦兒地全吐出來。

「哎呀，三嫂，妳沒事吧？」蕭芸娘嚇壞了，忙上前拍著她的背。「要不要看大夫？」

麥穗進屋漱了漱口，臉色蒼白道：「沒事，我最近胃口不大好，妳就把這些肉都拿回去吧，我是真的不想吃。」

蕭芸娘只得把東西又拿回去，心想三嫂跟大嫂、二嫂真的很不一樣呢！

午飯後，麥穗吩咐蘇二丫領著眾人做魚罐頭，自己則躺在炕上睡了一下午。

許是想念蕭景田想得厲害，她一睡著就夢見他，夢裡的蕭景田跟溧陽郡主出入成雙，對她竟是冷冷淡淡，任憑她怎麼問他，他就是不說話。

醒來的時候，她才發現枕頭都被淚水打濕了，頭也昏昏沈沈的，晚飯也不想吃。

原來太過想念一個人，也會得病的，她這是相思成疾了吧……

孟氏見麥穗一副虛弱不堪的樣子，很是擔心，便又熬了點紅棗粥過來。「媳婦，妳這樣下去可不行，咱們得安心等著景田回來，可別把自己的身子弄垮了。」

麥穗強打起精神，喝了一碗粥。

「媳婦，適才我跟妳爹在田裡幹活的時候，說了桃樹的事情，誰知道妳爹壓根兒就不信這些。」孟氏為難道：「妳也知道妳爹的脾氣，我也勸不動他，妳看怎麼辦？」

兒子不在，媳婦便成了她的主心骨。

「娘，我想過了，把鳳凰嶺那十畝荒地全種上桃樹吧。」麥穗沈吟道：「反正那塊地眼下也種不成莊稼，不如種上樹試試。」

除了那塊地，哪還有別的地方能種得了九十九棵桃樹。

「能行嗎？」孟氏表示懷疑。

「這件事交給我吧，回頭我讓牛五去買些桃樹栽上。」麥穗勉強笑道：「我想爹不會不同意的。」

「好，那我再去跟妳爹說說。」孟氏點頭道。

蕭宗海聽說麥穗要把那十畝荒地種上桃樹，立刻黑了臉。「不行，那塊地既然種不成莊稼，怎能種樹？景田說那塊地至少得空上三年才行。」

「孩子他爹，別的事情咱們聽你的，唯獨這件事，你就別攔著咱們了。」孟氏淚眼婆娑道：「咱們就是種上一片桃樹又能怎麼樣？心裡有個盼頭，總比沒有的好……」

蕭宗海聽孟氏這麼說，也覺得在理，便沒再吱聲。

既然兒媳婦想要栽樹，那就讓她栽好了。說不定，還沒等她栽完，兒子就回來了。

橫豎只是多費一些樹苗錢罷了。

麥穗從婆婆那裡得知公公同意她栽樹，便找來牛五商量此事，讓他出去幫著物色桃樹，囑咐道：「我不要樹苗，我要那種開花晚、冬天結果的雪桃大樹，價格高一些沒問題。」

「啊，三嫂妳要栽大樹啊？」牛五頓感驚訝。

栽樹不都是栽樹苗嗎？哪有買大樹栽的，能活嗎？

「對，我就要大樹。」麥穗不容置疑地道。「你放心，能活的。」

說起移栽桃樹，她還真有經驗。

前世的時候，她住在郊區，家裡有塊地被政府徵用，當時那塊地種了九棵桃樹，年年能結不少桃子。她爸爸捨不得被施工的人給砍了，便叫上她，拿著鐵鍬和鋤頭，硬是把那九棵桃樹移栽到後院的空地上。除了有一棵桃樹沒活成，其他桃樹都很快恢復生命力，照樣結了果子。

她希望等蕭景田回來的時候，桃林已然繁花錦簇。

「三嫂，不過咱們這個地方好像沒有雪桃樹喔。」牛五撓撓頭，仔細想了想，又道：「我記得有一年冬天路過齊州的時候，瞧見有人在路邊賣桃子，當時還感到奇怪，現在想來，是不是就是妳說的那種雪桃樹所結的果子？」

「沒錯。」麥穗連連點頭道：「我查過了，這種樹還未到花期，現在移植應該比較容易存活。」

「三嫂放心，這件事交給我了。」牛五拍拍胸脯道。

「我還有一件事要請你幫忙。」麥穗說著，從匣子裡取了幾張銀票遞給他。「你去齊州的如意樓幫我買只玉鐲回來，記住要翠綠色的，我有急用。」

「三嫂，我不懂玉，萬一買到假貨怎麼辦？」牛五有些為難。

「放心，齊州府那個如意樓是一間百年老字號的店，不會有假貨的。」麥穗安慰道：「我也不懂玉，你只要看是翠綠色的，價錢不超過這些銀票，買下來就行。」

雖然她不知道買玉鐲需要花多少銀子，但她覺得買一只五百兩左右的玉鐲，就已經是頂天了。

既然要買，就得去名聲響一些的首飾店，買一個好一些的。像金山鎮那些小店，她是不願意去的，聽說那裡面有許多贗品。

第二天，牛五便去了齊州，直奔如意樓。

說來也巧，一進門竟然碰到吳三郎，他正跟掌櫃的喝茶，兩人看起來似乎很熟的樣子。得知牛五的來意，吳三郎二話不說，便讓掌櫃的把鎮店之寶拿出來，讓牛五挑選。

如意樓的鎮店之寶，恰恰就是只翠綠色的玉鐲。

「若是別人買，至少得三百八十兩，你既然跟吳大人認識，給三百兩就行。」掌櫃的痛快道：「這可是上好的綠貓眼玉石，前不久禹州城那邊曾經來了兩口子，女的一眼看上，男的嫌貴沒給買，那女的之後還來了好幾趟要看這玉鐲，甭提多喜歡呢？」

「好，就它了，包起來吧。」吳三郎搶先付了銀子。

「大人，若是我三嫂知道這玉鐲是您付的銀子，怕是不會戴的。求求您，不要為難我了，我只是個跑腿的。」牛五苦著臉道：「三嫂信我，才讓我幫著出來買鐲子，她說她有急用，若因為是您付的銀子而不肯戴，豈不是耽誤了事？」

「說你笨，你還真笨，別告訴她不就得了？」吳三郎皺眉道。

「大人，小人可不敢私吞這三百兩銀票。」牛五說著，乘機把銀票硬是塞到吳三郎手裡，撒腿就跑。天啊，他可真猜不透這些當官的人的心思，下次若是再見到吳三郎，他還得跑。

吳三郎無語。唉，算了吧，橫豎他也追不上牛五。

從如意樓出來後，牛五又開始馬不停蹄地四處打聽要買雪桃樹。

兜兜轉轉了一番，還真的讓他找到一片雪桃園，一開始園主還不願意賣樹，畢竟找他買桃子的人多了去，買桃樹的還是頭一次見。

好在牛五是個機靈的，軟磨硬泡了好長一段時間，還按麥穗的囑咐，主動把價格抬到每棵樹五百文的高價，園主才欣然答應把桃樹賣給他，並找人把桃樹都挖出來，替他送到鳳凰嶺的田裡。

麥穗見園主還算熱心，便又多給了一些銀子，請他們幫忙把桃樹栽上，然後讓牛五領著他們去飯館吃了一頓飯，最後每人還送了兩瓶魚罐頭。

這些事情她都無法親力親為，就只能用銀子說話了。

麥穗在鳳凰嶺那邊栽了一片桃樹林，驚動了整個魚嘴村。村人茶餘飯後，便遛達著去鳳凰嶺看一看這片桃樹林。

景田媳婦跟別人還真的不一樣，栽的竟然不是樹苗，而是三、四年的大桃樹，聽說還是冬天會結果的。

「妳那十畝地栽了那麼多桃樹，想來也不耽誤種別的莊稼，我看間距挺大的。」姜孟氏嘻嘻哈哈地過來找麥穗，笑道：「看不出來妳還有這個頭腦。怎麼？不想弄海貨，要改行賣桃子了？」

「哪有，我是瞧著那塊地空著怪可惜的，便找人栽了些桃樹。」麥穗淡淡道：「最近海上怎麼樣？漁獲多不多？」

狐大仙說，知道的人越少越好，她索性連姜孟氏也瞞住了。

「如今海上安寧，村裡的船也敢往遠處去了，每天撈的魚還真不少，尤其是海娃娃魚最多，所以最近咱們也不怎麼去鎮上賣魚，都在家裡曬魚乾呢。」姜孟氏說著，又嘆道：「說起來也是愁，魚雖然不少，卻也得曬乾才能賣，而且現在到處都是海娃娃魚乾，賣得多了，也就不值錢，能不能賣得出去，還是個問題。」

海上沒魚也愁，有魚也愁，反正都是愁，過日子真難哪！

「不管怎麼說，魚多總是好事。」麥穗沈吟片刻，認真道：「不如這樣，妳去跟村人說說，就說我在家收購海娃娃魚乾，有多少我要多少，至於價格就按照市場價收。」

「真的？」姜孟氏聞言，眼前一亮，上下打量麥穗一眼，嘖嘖道：「老三媳婦，妳做魚罐頭生意發財了啊？全村的魚妳也敢吞下來？」

麥穗只是笑。

其實海娃娃魚的捕撈季節就這兩個月，不是天天都有，她都做過成記船隊的生意，要是連這點商機都抓不住，那她也不用混了。

再說等待太過苦澀，她需要做點別的事情，來抵擋一下對蕭大叔的思念。

消息一傳出，魚嘴村又沸騰了。

話說這蕭家老三的媳婦果然不是一般人，出手不僅快且大方，竟然能吞下村裡這麼多魚乾，就連別村的漁民聽說，也紛紛上門來送魚。

麥穗通通來者不拒，不管是本村的還是鄰村的，全都收下。

為了讓前來送魚的人不在烈日下曝曬排隊，麥穗還特意在家門口設了個涼棚，擺了茶水，讓他們邊喝茶，邊等著過秤。

如此一來，前來賣魚的人就更多了，他們一致覺得蕭家小娘子泡的茶很好喝。

徐四得知麥穗在村裡大量收購海娃娃魚乾，很快就坐不住了，趕緊找了龍霸天一起商量對策。

他本來想趁著這次海娃娃魚大豐收，壓一壓價格的，不想蕭家這個小娘子竟然敢搶先一步跟他叫板，真是豈有此理！

他得讓她知道，他才是做乾貨生意的龍頭！

「如今那蕭景田下落不明、生死未卜，他家那個小娘子還敢如此囂張地跟咱們作對，分明是仗著有總兵府這個後臺罷了。」龍霸天冷笑道。「聽說前幾天趙將軍還提了好多禮物去蕭家，肯定是給蕭家造勢去了，咱們若是因為此事給蕭家下絆子，想必趙將軍不會坐視不管。」

「難道就由著她在咱們面前興風作浪嗎？」徐四氣急敗壞道。「這麼多年了，還從來沒人敢跟我搶生意呢！」

放眼這金山鎮，龍霸天包魚塘、養船隊，做鮮魚生意，是十里八鄉公認的老大，那他徐四則是當之無愧的老二，他的乾貨生意遍及各州府，向來是所向披靡，除了龍霸天，他還真沒把誰放在眼裡過。

如今他好好的計劃，卻眼睜睜被一個小娘子給打亂，他豈能不生氣？

「我說徐老爺，你我在鎮上做生意多年，你怎麼還是如此沈不住氣？你想啊，她再怎麼興風作浪，家底也沒有咱們厚實，咱們拔根汗毛都比她的腰粗。你也無須生氣，只要把海娃娃魚乾的價格抬起來不就得了。」龍霸天難得熱心道。「你先放出風聲，就說今年海娃娃魚乾一定會大漲，先讓那些漁民們把貨留在手裡，讓他們不再往蕭家送，然後再找個合適的機會，把漁民手裡的乾貨大肆收購過來，我看她到底有多少銀子能往裡面投。」

「好，就這麼辦！」徐四拍著桌子道。

為了對付魚嘴村那個小娘兒們，他豁出去了。

麥穗收了五天的海娃娃魚乾，新宅前也一直忙碌了五天，前來賣魚的漁民們喝著茶、排著隊，倒也熱鬧。

到了第六天早上，蘇二丫照例早早來到新宅，燒了一大鍋茶水，準備招待前來送魚的漁民們，牛五也事先支好涼棚，把喝茶的桌子、凳子，擦得能映出人影來。

蕭芸娘見牛五忙得熱出汗，便上前掏出手帕遞給他，讓他擦汗。

牛五眉眼彎彎地接過帕子，嘿嘿直笑。

蕭芸娘見他什麼也不說，只是一個勁兒地朝她傻笑，粉臉微紅，一把奪過帕子，嬌嗔道：「討厭，擦完了汗也不知道還給人家。」

「妳今天穿的衣裳，真好看。」牛五乘機道。

蕭芸娘臉一紅，嬌羞地跑走了。

蘇二丫見兩人打情罵俏的樣子，走到麥穗身邊搗嘴笑道：「三舅媽，我看牛五叔跟芸娘表姨兩人對上眼了，也不知道姑公跟姑婆是個什麼想法，實在不行的話，我讓我婆婆當個媒人，去給姑公跟姑婆說說？」

「好啊，那這件事就交給妳了。」麥穗淺笑道：「此事若是成了，就讓牛五請咱們去一品居吃飯。」

「三舅媽放心，有您這句話，我心裡就有譜了。」蘇二丫拍拍胸脯道：「包在我身上好了，我會去提點一下牛五叔，讓他找我婆婆去說媒的。」

過了好一會兒，鍋裡的茶水燒開後又涼了，也不見半個人影來賣魚。

麥穗頓感奇怪。

以往這個時候，前來賣魚的人早就坐滿涼棚，今兒個是怎麼了？就算家裡的乾海娃娃魚沒了，也不可能所有人的都沒了啊！

蕭貴田扛著魚筐進了胡同，見麥穗站在門口張望，皺眉道：「三弟妹，以後這乾海娃娃魚，妳怕是收不到了。村裡都傳開了，說今年的乾海娃娃魚要漲價，村人不會再給妳送貨了，他們在等著漲價呢。」

「漲價？漲多少？」麥穗疑惑道。

「我也不知道漲多少，反正大家都等著漲價，手裡的乾貨不會再輕易出手了。」蕭貴田起身從鍋裡舀了一瓢茶水，咕嚕、咕嚕地喝了一大口，用袖子擦擦嘴，繼續道：「我覺得妳安安穩穩地做魚罐頭就好，不用想別的了。」

「原來大家是要等著漲價啊……」麥穗恍然大悟。

牛五替蕭貴田過了秤，仔細地數了銅板遞給他，蕭貴田拿了錢就走。

「三嫂，那咱們現在該怎麼辦？」牛五問道。

「什麼怎麼辦？既然大家都等著漲價，那咱們也等著漲價好了。」麥穗無所謂地道。「把涼棚收進來，咱們繼續做魚罐頭。」

「三嫂，肯定是有人眼紅咱們收了這麼多乾海娃娃魚，暗地裡使壞呢！」牛五憤憤道。

「三嫂妳放心，待會兒我去海邊打聽一下，就知道這話從哪裡傳出來的了。」

「算了、算了，做生意講究的是你情我願，既然大家都在等著漲價，那就一起等好了。」麥穗平靜道：「反正咱們這五天也收了兩萬多斤魚乾了，若是真漲價，那咱們也算是賺了。」

「不管什麼時候，三舅媽就是想得開。」蘇二丫嬉笑道：「牛五叔，咱們要好好跟我三舅媽學學才是。」

牛五只是嘿嘿地笑。

因為最近海上的海娃娃魚多，村人大都去了遠海捕撈海娃娃魚去了，除了蕭貴田和極少數的人嫌出遠海累，全村的人幾乎都去了。

男人們出海回來後，女人們便忙著晾曬海娃娃魚，街上、胡同裡四處都掛滿了魚。

喬氏看著別人家晾曬那麼多魚，很是眼紅，指著蕭貴田的鼻子罵道：「你看人家出海，哪個不是把船艙塞得滿滿的才回來，怎麼就你出不得遠海？每天就撈這麼個三、五十斤的小黃花魚，你也好意思回來？你想讓你媳婦跟兒子喝西北風嗎？」

哼，說起來就她家最倒楣，人家老大好歹得了個去于記飯館送魚的好差事，他們有什麼呀？不過是給老三媳婦打下手罷了。

「妳吼什麼吼，老三不在家，老三媳婦做罐頭又得用小魚，難道我就這麼拍拍屁股不管了嗎？」蕭貴田不耐煩地道：「妳知道什麼啊？就只會在這裡瞎嚷嚷！」

「我瞎嚷嚷了嗎？我告訴你，明天你必須跟著他們去遠海撈海娃娃魚，要不然你就別回來了！」喬氏氣得直跺腳，指著他的鼻子罵道：「你既然只願意給老三媳婦撈魚，那你就跟著老三媳婦去過日子吧。」

「妳在胡說什麼？」蕭貴田見喬氏這麼說，氣不打一處來，猛然推了她一把。「老三媳婦是我弟妹，我能跟她一塊兒過日子嗎？有妳這麼說話的嗎？」

「你為了那個女人，竟然敢跟我動手……來呀、來呀，你打死我吧！」喬氏瘋了一樣地伸手去撓他，就不信他真的敢對她動手。

兩口子鬧成一團。

第八十一章　沒有蕭大叔的日子

剛巧蕭福田和姜木魚從門口經過，聽見兩口子吵架，好說歹說才把兩口子給勸開來。喬氏抹著眼淚，帶著石頭就回了娘家。

「走、走，走了就不要回來了！」蕭貴田也氣得不輕。這個女人簡直是財迷心竅，出遠海哪是那麼容易的事，他的船又不是大船，就算出去也拉不了多少貨。

蕭宗海聽說此事，抄起棍子就去了蕭貴田家，見到他劈頭蓋臉就是一頓打。「你個沒出息的東西，有本事多撈點魚回來，打媳婦算什麼英雄好漢？」

「爹，是她不知足，我又不是不出海，我這不是給老三媳婦撈魚去了嗎？再說了，是她打我，我可沒打她啊！」蕭貴田被打得滿院子抱頭亂竄。

「爹，您別打了。」蕭福田聞訊趕過來，擋在蕭貴田面前，勸道：「兩口子吵架再正常不過了，您犯不著生這麼大的氣。」

「你們這是成心不讓我好過。」蕭宗海見蕭福田這麼說，索性扔了棍子，抱頭蹲在院子，老淚縱橫道：「老三一點消息也沒有，我是整宿整宿地睡不著覺，可你們放著好日子不過，到底在鬧騰什麼啊？」

自從蕭景田出事，他的心像是被掏空一樣，幹什麼都沒有精神，夜裡還總是睡不著覺。偏偏老二兩口子居然因為給老三媳婦送魚的事而吵起來，讓他更是心塞。若是老三在，哪還會發生這樣的事。

蕭福田和蕭貴田聽了，都耷拉下腦袋，只是嘆氣。

「老二，你給我聽著，趕緊去把你媳婦給我叫回來，若她不回來，那你也別回來了。」蕭宗海擦擦眼角不小心溢出的淚，頭也不回地走了。

「好，我聽爹的，我這就去把他們娘兒倆給接回來。」蕭貴田見他爹掉眼淚，心裡也不是滋味，忙起身換了衣裳，急匆匆地出門。

蕭福田搖搖頭，一聲不吭地回家。他突然覺得這個家沒了老三，就像是過不下去一樣。

孟氏得知老二兩口子吵架的緣由，便抬腳去了新宅跟麥穗說了此事，嘆道：「如今他們兩口子為了此事鬧得正凶，老二怕是不會再給妳送魚了，娘覺得妳這魚罐頭還是別再做下去了吧。」

「娘，您放心，二哥那裡不送就不送，我回頭讓牛五出海幫著撈幾網就是。」麥穗對婆婆動不動就讓她放棄她的事業，心中有些反感，但又不能因為這點小事就跟婆婆翻臉。「我現在手頭上還有兩筆訂單沒做完，哪能說停就停。」

孟氏只是嘆氣。

直到夜裡，麥穗一個人躺在炕上，想到蕭景田，眼淚才不知不覺地流下來。這些日子，她努力讓自己的情緒平靜下來，實際上心裡早就殘破不堪。

現在她才發現，自己是那麼依賴蕭大叔。沒有蕭大叔的日子，一切都是了無生趣、空洞虛無，虛無到讓人絕望……

仔細想想，秦溧陽比她更早就傾心於蕭景田，想必心裡也一直割捨不下，所以才千里迢迢尋過來，為的只是能時時見到他。

秦溧陽的確是個癡情的女子。

麥穗雖然相信秦溧陽腹中的孩子絕對不會是蕭景田的，但作為女人，麥穗卻能感覺到秦溧陽的自信和從容。因為她從來都不在乎蕭景田的態度，似乎篤定總有一天，蕭景田定會回心轉意，去到她身邊一樣。

以前一直見景田待秦溧陽冷冷淡淡的，可她卻從來都沒在意過。如今想來，這個秦溧陽的所作所為，很是蹊蹺，她憑什麼那麼自信地留在禹州城呢？

麥穗越想越不明白。

日子又悄無聲息地過了半個月。

唯一讓麥穗高興的是，雪桃園裡的桃樹出人意料地全都活了，有的還長出新的花苞，一派欣欣向榮的景象，連村裡的老人都驚嘆，說像這種快開花的桃樹能栽活，簡直是奇跡。

最高興的莫過於孟氏了。

這麼大一片桃樹全都活了，這可是個大大的吉兆，她堅信兒子肯定會平安回來的。

村裡家家戶戶都在曬海娃娃魚，曬乾了又不肯賣，因此也不必再忙著收魚乾，而後院的活兒如今也都交給蘇二丫負責。

麥穗閒來無事，便每天都會去雪桃園溜達一會兒，但願能像狐大仙說的那樣，這片桃樹林能解了他的桃花煞，讓他平平安安地回來。

這十畝地種不成莊稼，卻能栽活桃樹，還是麥穗從那本《閒遊雜記》中的良田篇裡偶然看到的。裡面詳細地記錄了怎麼改良土質以及比較耐活的各種綠植有哪些，除了這種雪桃，其實還有一種胡桃更適合這樣的土地。

麥穗之所以選擇雪桃，是因為覺得雪桃花比胡桃花好看。等到了花期，漫步在花團錦簇的桃林中，想想就覺得唯美。

正想著，卻見蕭芸娘一路小跑步著朝她奔來。「三嫂，總兵府來人了，說是要見妳。」

「總兵府？」麥穗心頭一跳，忙問道：「是不是妳三哥有消息了？」

「那人沒說，只說要見妳。」蕭芸娘擦了擦額頭的汗，上氣不接下氣地道：「他們來了兩個人，是騎著馬來的。」

麥穗眼前一亮，撒腿就往回跑。

見麥穗回來，蘇錚笑著迎上來，抱拳道：「嫂夫人，別來無恙。」

「蘇將軍，景田怎麼樣了？」麥穗急切地問道。

「嫂夫人放心，蕭大哥的毒已經解了。」蘇錚扭頭對身邊的將士吩咐道：「李猛，跟嫂夫人說說你們一路跟隨蕭將軍的經過。」

麥穗聽說蕭景田無礙，頓時鬆了口氣，忙招呼兩人進屋。

蕭芸娘很懂事地奉上茶。

「回稟夫人，咱們一路跟著蕭將軍，先是到了京城，待住了一個晚上後，又接著啟程去了楚國。後來溧陽郡主的暗衛發現咱們，還跟咱們打了一架。」李猛喝了一口茶，清清嗓子，繼續道：「咱們假裝敗陣而逃，他們倒也沒有窮追猛打，為了不引起他們注意，咱們便分散開來跟蹤他們，直到進了楚國境內，才會合在一起。

「溧陽郡主把蕭將軍帶到那個楚妙妙的家裡療傷，輕易不出門，咱們便扮成沿街叫賣的貨郎，日夜蹲守在楚府門口，直到親眼見到蕭將軍在溧陽郡主的攙扶下出現在院子裡，我才快馬加鞭地回來報信。咱們約好了，等再過半個月，他們會再派回一個人來報信，讓夫人放心。」

「只要景田無礙，我就放心了。」麥穗聽他這樣說，心中日夜懸著的石頭才算落地，開心道：「多謝李猛兄弟不辭辛勞，千里迢迢地回來報信，若是再沒有景田的消息，咱們家的人真的快要撐不住了。」說完，她起身回屋取了一百兩銀票塞到李猛手裡，動容道：「此番山高水遠、凶險無比，李猛兄弟真是辛苦了。」

單憑這個消息，也值一百兩了。

「夫人言重了，先前給的盤纏已經足夠。」李猛見麥穗又給他銀票，連連推辭。先前的一百兩對他來說，已經是很大的驚喜了。

「拿著，這是你應得的。」麥穗硬是塞給他。「你和暗衛打鬥，受了這麼重的傷，就當是給你的診費吧。」

「既是蕭夫人賞給你的，你就拿著。」蘇錚笑道：「等蕭大哥平安回來後，本將軍另有重賞。」

「多謝夫人，多謝蘇將軍。」李猛這才欣然收下銀票，心裡暗暗發誓，以後只要是蕭將軍的事情，他一定赴湯蹈火、在所不辭。

蘇錚示意李猛先行一步回去休息，自己則繼續不緊不慢地喝著茶，沈默片刻，他便清清嗓子開口問道：「嫂夫人，趙將軍說蕭大哥是被海蠻子所傷，這點在下不敢苟同，那天我也在場，總覺得事情不會這麼簡單。在下想問一下嫂夫人，蕭大哥之前有沒有跟什麼人結怨過呢？」

蘇錚跟趙庸相處得並不和睦，若不是敬重蕭景田的人品以及他叔父的託付，他早就請旨回京城了。

他看不慣趙庸的貪杯和貪財，終日醉生夢死，趙庸也看不慣他的熱血方剛，他們可說是相看兩厭。

「若說結怨，還真有那麼幾個人。」麥穗便把他們跟龍霸天以及王大善人之間的恩恩怨怨大體說了一遍，除此之外，她還真想不出有其他人了。

「嫂夫人放心，我會派人調查他們的。」蘇錚認真聽著，分析道：「只是根據暗鏢上那枚印記來看，那些蒙面人應該是死士，而這些人還不大可能動用死士來暗殺蕭大哥，他們沒這個能力。」

「你是說……那幾個刺客是死士？」麥穗很驚訝。

「不錯，而且我猜這些死士肯定跟總兵府的人內外勾結。否則這些日子以來，蕭大哥一直在船上作戰，他們是如何認得蕭大哥的？」蘇錚滿臉凝重道：「嫂夫人，妳仔細想想，蕭大哥跟趙將軍之間有沒有什麼矛盾？」

不是他多疑，而是此事太過蹊蹺。

蕭景田頂替趙庸指揮海戰的時候，方圓十里內早已戒嚴，除了海上原有的那些海蠻子外，外人不大可能混進來。

若沒有內應，那些死士是到不了蕭景田身邊的。

「據我所知，趙將軍跟我夫君之間，並沒有什麼矛盾。」麥穗想也不想地道。「趙將軍跟我夫君相談甚歡，並無嫌隙。」

她見蘇錚一臉肅容，心裡暗暗吃驚。難道蘇錚在懷疑趙庸？

「嫂夫人，害人之心不可有，防人之心不可無。」蘇錚目光深沈道：「妳放心，我若不把此事查個水落石出，誓不甘休。我倒要看看總兵府這潭水有多渾，看那趙庸到底是不是真如大家所說的，只是個紈褲將軍。」

「需要我做些什麼嗎？」麥穗不動聲色地問道。

「嫂夫人唯一要做的事，就是安心地等著蕭大哥回來，其他事情交給我就好了。」蘇錚抿了一口茶，壓低聲音道：「因為此事牽扯到總兵府的人，總兵府離這裡又不是太遠，我擔心他們會再生事端，所以我打算安排幾名暗衛保護你們一家子的安全。聽說小六子以前跟過蕭大哥，不知道他是不是個可靠的。」

「小六子為人忠厚老實，是個靠得住的。」麥穗點頭道。

「如此，我心裡就有數了。」蘇錚沈吟道：「等我回去就把小六子派過來，以後有什麼事，咱們就透過小六子聯繫。」

「好，我聽蘇將軍的。」麥穗連連點頭。

交代完之後，蘇錚起身告辭。

出了門，剛要上馬，他又突然回頭低聲道：「今日之事，妳知、我知，切不可再讓別人知道，尤其是趙庸。」

「蘇將軍放心，我不會跟別人說的。」麥穗鄭重地道。

蘇錚走後，麥穗便趕緊把蕭景田還活著的這個好消息，告訴了公公、婆婆。

老倆口欣喜若狂。

「原來那個蘇將軍來，就是為了說這件事，我瞧你們說了這麼久，還以為景田出啥事了呢！」孟氏撫著胸口，笑容滿面道：「他沒說景田什麼時候回來？要不要咱們去接？」

「這個的話，蘇將軍倒是沒說。」麥穗展顏道：「他說讓咱們放心，等景田好些就會回來了。」

「老三媳婦，妳沒問問蘇將軍，景田到底是在哪裡養傷，咱們也好去看看他，順便把他接回來。既然無礙，那回來養著就是。」蕭宗海覺得有些奇怪，為什麼兒媳婦並不著急讓兒子回來，難道在自己家裡養傷，不比在外面好？

「爹，我問過了，景田現在還在楚國，咱們還是再等等吧。」麥穗理解公公此刻的心情，安慰道：「現在景田剛剛能下地走動，想來舟車勞頓是受不住的，咱們還是聽從郡主的安排吧。」

「是啊，孩子他爹，景田既然無礙，那咱們等著就是了。」孟氏原本就對秦溧陽印象不錯，如今聽說蕭景田沒事，心裡便也跟著踏實起來。

「那就等著吧。」蕭宗海臉上難得有了笑容，腳步輕鬆地扛起鋤頭，出門去幹活了。

不一會兒，只見姜孟氏笑容滿面地進了院子。

「表姊來了，快炕上坐。」麥穗招呼道。

「原來妳在這兒，怪不得我方才去妳家找不到妳呢。」姜孟氏四平八穩地上炕，神秘地看了看孟氏，笑道：「二姑姑，妳猜猜我今天是來幹麼了？」

麥穗會意，低頭抿嘴笑著。

看來，牛五也不是個傻愣的，知道搬救兵去了。

「死丫頭，我哪知道妳來幹麼？」孟氏心裡正想著蕭景田跟秦溧陽之間的事，壓根兒沒心思跟她打啞謎，笑罵道：「想說就說，不想說就憋回去，別在我這裡賣關子。」

「好、好、好，如今您也是快當丈母娘的人，架子自然得大一些。」姜孟氏眉眼彎彎地道：「我呀，是來給咱們芸娘說媒來了。二姑姑，猜猜是哪家的後生？」

「又賣關子！」孟氏嗔怪道：「我怎麼知道是誰？」

「今天我要說的這家呢，是遠在天邊、近在眼前的，這下子您知道是誰了吧？」姜孟氏繼續賣著關子，晃了晃孟氏的胳膊，嬌嗔道：「哎呀，二姑姑，您就猜猜嘛！」

「妳要是不說，我可得做飯去了。」孟氏穿鞋下炕，佯怒道：「我可沒那個閒工夫聽妳瞎掰扯。」

「好了、好了，二姑姑，我今天是替牛五來提親的。」姜孟氏這才收了笑容，一本正經道：「牛五一直都很中意芸娘，只是礙於手頭拮据，不敢開口。如今，他攢了一些銀子，就立刻請我上門來提親了。二姑姑，牛五可是您看著長大的喔。」

「原來是牛五啊！」孟氏並不感到驚訝，反而覺得有些欣慰，拋開家世不說，她對牛五是很中意的。

以前她覺得蕭芸娘能找個更好的人家，才沒有考慮牛五。可如今芸娘的親事已拖了這麼久，總是這不成、那不成的，她都有些發愁了。不過這親事她自己可作不了主，便笑道：「此事還是等妳姑丈回來商量、商量吧，只要妳姑丈同意，我也就同意了。」

「哼，就知道二姑姑會這麼說。」姜孟氏笑道：「那好，您慢慢跟姑丈商量，我等你們的好消息。」見麥穗一直坐在那裡不吭聲，她又扭頭問道：「我說老三家的，這事妳怎麼看啊？」

「我還能怎麼看？」麥穗笑了笑，心情大好道：「爹、娘都願意的話，這樁親事就成了唄！」

「妳什麼時候變得這麼精明了？」姜孟氏拍了拍麥穗的手，笑道：「當老闆的人就是不一樣，連說話都是說一分留三分的。」

「表姊就知道取笑我，我哪裡是什麼老闆。」麥穗淺笑道：「後院的事最近都是妳家二丫在忙活，說起來，我還得好好感謝妳家二丫。」

「二丫是個好媳婦。」孟氏讚許道：「她見到人都樂呵呵的，做事也麻利，這樣的媳婦可不多見哪！」

「媳婦好是好，就是進門幾個月了，也沒見動靜。」說著，姜孟氏臉上的笑容消失不見，皺眉道：「我這表面上不在乎，其實比誰都急。」

「這種事也急不得。」孟氏看了看麥穗，又道：「也許是和孩子的緣分未到吧。」有句話她沒好意思說，老三媳婦這不也還沒有懷上嘛。

「二丫是個好媳婦我知道，在家裡跟狗子的感情也不錯，兩人說說笑笑的，從來不臉紅。私底下我也問過狗子幾次，可是狗子每次都不耐煩，說不著急。問了幾回，我也懶得再問了。」姜孟氏嘆道：「這眼瞅著進門都快半年，肚子卻一直沒動靜，妳們說我怎能不著急啊？」

見麥穗不語，姜孟氏又道：「老三媳婦，我家二丫可是最喜歡妳的，妳有空就替我勸勸她，要是再沒動靜，就讓她去給大夫瞧一瞧。如果身子有什麼毛病，咱們該吃藥吃藥，這有病得先治好才行。」

「表姊，這事妳就別操心了。」麥穗淺笑道：「妳放心，二丫的身子健健康康的，啥病都沒有，以後有妳抱孫子抱累的時候。」

她當然不會把二丫的內寒症告訴姜孟氏，這是她跟二丫之間的小秘密。

給二丫看病的那個大夫曾說過，二丫的病只消兩、三個月的時間就能治好，半年之內，二丫肯定會懷上孩子的。

姜孟氏一想也是，便又高興起來。「那我就耐心等著當祖母吧。」

而蕭宗海回來後，聽說牛五託孟氏前來說親，便很痛快地應下。「等景田回來，咱們就挑個好日子，把他們的親事定下吧！」

「好，那就這麼定了。」孟氏聽了，很是歡喜。

第八十二章 情花蠱

蘇錚雖然對海上作戰沒什麼經驗，也幹過把戰船連在一起操練的笑話，但他在調查蕭景田被人暗算的這件事上，手腕卻是雷厲風行。

不出兩天，小六子便悄無聲息地回了魚嘴村。跟他一起回來的，還有四個放蜂人。

六月將盡，魚嘴村附近的田野裡、後山上，漫山遍野地開滿紫荊花，正是採蜜的好時節。

放蜂人在麥穗家不遠處的空地上搭了帳篷，有條不紊地安頓下來。

之前村裡也來過放蜂人，因此村人並不覺得奇怪。

麥穗暗讚蘇錚的細心周密。讓這些暗衛扮成放蜂人，的確不會引起村人注意。

「三嫂，以後就讓我跟牛五哥一起幫妳送魚罐頭吧。」小六子在總兵府歷練了幾個月，舉手投足間穩重內斂許多。「家裡的重活都交給我來做。」

「好，那以後你就跟著牛五，有什麼不懂的，問他就行了。」麥穗當著牛五和蘇二丫的面，也不好多說什麼，淺笑道：「禹州城謝記那邊的魚罐頭，就由你負責去送。」

「一切謹遵三嫂吩咐。」小六子挺胸道。

「小六子回來可真是太好了。」牛五笑道：「以後我就不用兩頭跑了，只要負責齊州府那邊的貨就行。」

「嗯，以後禹州城那邊的貨交給我吧。」小六子嘿嘿道：「你們不知道，總兵府的將士們還讓我回來問問三嫂啥時候再去總兵府，他們說自從三嫂走了以後，就再也沒有那麼痛快快地吃過魚了呢。」

「怎麼？難道咱們不去，他們就沒有魚吃嗎？」牛五不可思議地道：「總兵府有那麼多船，隨便撒上幾網不就得了？」

「有船沒有網，還不是白搭。」小六子道：「自從黃老廚受傷後，總兵府的那些廚子就很少做魚了，大家都說其他廚子做的魚不如黃老廚做得地道呢！」

「黃老廚受傷了？」麥穗忙關切地問道：「怎麼受的傷？」

「聽說海戰那天他去海邊送糧食，結果半路上遇到海蠻子，被海蠻子打傷了。」小六子嘆道：「聽說傷得不輕，躺了大半個月還沒有好。」

「哦，原來如此。」牛五點頭應道。

麥穗聽了一頭霧水。

海戰那天，她恰好就在營地灶房那邊，可她並沒有見到黃老廚，他到底是在哪裡被海蠻子打傷的？難不成是在回去的路上？那就更不可能了，齊州的那些海蠻子並沒有上岸，全都是被蕭景田在海上剿滅的啊……

真是想不通！

位在楚國鬧市的一座宅子裡，古箏輕響，委婉動人。悠揚的樂聲，時而像小橋流水般溫和細膩，時而像萬馬奔騰般氣勢磅礴。

蕭景田坐在藤椅上，靜靜地望著窗外。

外面一樹合歡落盡，樹下鋪了一層厚厚的殘花落葉。風起，落英飛舞，猶如一隻隻翩然的蝴蝶。

「二哥，該吃藥了。」秦溧陽端著藥碗，笑盈盈地上前道：「不過是棵合歡樹，有什麼好看的？二哥竟然看了半個多時辰呢。」

有他在身邊的日子，連時光都變得絢爛起來。真好，她好想跟他一直這樣過下去。

「溧陽，再過幾天，我得回去看看我爹、娘，免得他們惦記。」一覺醒來，他就身在楚國，至於他是怎麼受的傷、怎麼來的這裡，他竟然全都忘記了。

他只記得銅州邊境的戰亂剛剛平息，他想要解甲歸田，回家侍奉雙親，可他卻怎麼也想不起自己為什麼會來到楚國養傷。

秦溧陽告訴他，他回家後正好遇到家鄉海上不寧，他為了協助總兵府的趙庸趙將軍清剿海蠻子，因而受傷，當時情況緊急，她只得把他帶到楚國來解毒養傷。

「二哥放心，待你傷好之後，我會陪你回去的。」秦溧陽放下藥碗，低頭撫摸著隆起的小腹，嬌羞道：「再過兩、三個月，咱們的孩子就要出生了，正好讓你爹、娘也跟著高興一下。」

反正他失去了記憶。這個孩子，他不認也得認。

「溧陽，妳說這孩子是我的？」蕭景田頗感驚訝。

他雖然失去片段記憶，但有一點他依然可以肯定，就是他並不喜歡秦溧陽。於他而言，秦溧陽可以是他的妹妹，可以是他的戰友，唯獨不能是他的女人。

可如今，她說她懷了他的孩子，這讓他感到很不可思議。

「二哥，你可以忘記一切，唯獨此事你不能不承認。說起來也怪我，不該醉酒誤事。」秦溧陽事先早已想好說詞，不慌不忙道：「二哥你放心，我知道你家中爹、娘已經給你娶了媳婦，你們雖然有名無實，但她畢竟是你的妻。我不要名分，只要能跟二哥在一起，我就心滿意足了。」

她原本是想讓他徹底失憶，忘記所有人，這樣她就有機會讓他重新認識她、接受她。哪知他醒來後，只是忘記這一年多來的事，其他事情照樣記得。

楚妙妙說，這個男人的抗藥性太強，連她叔父都沒辦法讓他忘記所有一切，她就更沒辦法了。

「郡主，那個女人成親前就不檢點，跟那個吳三郎勾勾搭搭的，就連如今蕭將軍受傷，也一直不聞不問。」碧桃憤憤地插話道：「這樣的女人哪裡配得上蕭將軍，蕭將軍就應該早點休了她。」

「住口！」秦溧陽厲聲喝道。「我跟蕭將軍說話，哪裡有妳插話的分兒？還不退下。」

「郡主，並非奴婢多嘴，只是您一味替別人考慮，誰又會為郡主您考慮呢？」碧桃倏地跪在地上，據理力爭道：「郡主可以不要名分，可是郡主腹中的孩子呢？難道孩子也要無名無分的嗎？」

「夠了，妳給我退下！」秦溧陽假意呵斥道：「主子的事情，哪裡能輪到妳一個丫鬟說三道四？趕緊給我退下！」

碧桃大氣也不敢出一聲，馬上退下去。

蕭景田臉一沈，也跟著抬腿走出去。

他是失了記憶，不是傻了，怎麼會瞧不出這主僕倆在唱雙簧？

待蕭景田出了屋，楚妙妙才從屏風後走出來，冷笑道：「真搞不明白，這個男人明明對妳無意，妳為什麼還要如此煞費苦心地藉著解毒的機會，讓他失去記憶？俗話說，強扭的瓜不甜，我勸妳還是對他如實相告，放他回去吧！」

沒想到堂堂郡主，居然會如此自欺欺人。

為了替蕭景田解毒，害她用掉了十支百年老參不說，還苦口婆心地勸她叔父拿出珍藏已久的靈珠雪蓮花，給他做了藥引。

要不是看在秦溧陽的面子上，她才捨不得拿出來給一個臭男人用呢！她又不喜歡男人。

如今她叔父還沒等蕭景田醒來，就又四處去尋找靈珠雪蓮花去了。靈珠雪蓮花可是叔父的救命靈藥，用掉了一支，得趕緊再尋一支補回來才行。

「我這輩子就愛這麼一個男人。」秦溧陽幽幽道。「只要能留在他身邊，我別無所求。」她只想跟他在一起。

「我要是妳，就直接殺了他那個鄉下媳婦，然後光明正大地嫁給他。」楚妙妙聳聳肩，無奈地道：「像妳這樣成天怨天尤人的，不累嗎？」

「妙妙姊，我的手上不能再沾人命了，我得為我腹中的孩子積德。」秦溧陽嘆道：「我就不信我還比不過一個鄉下婦人。我要讓她嘗嘗，受人冷落、被人拋棄的滋味。」

「反正忘憂散已經起了效果，若他還是不喜歡妳，就只能用情花蠱了。」楚妙妙媚眼如絲道：「若他中了妳的情花蠱，這輩子就只能愛妳一個人，再也不會有別的女人。」

「妳不說我差點就忘了，其實之前我寫信讓妳來的時候，就是想讓妳幫我用情花蠱留住他的。」秦溧陽眼前一亮，忙道：「現在看來，二哥對我的態度還是沒有改變，也只能用情花蠱了。」

「郡主，我若是幫妳下了情花蠱，妳倒是逍遙，煩惱的可就是我了。」楚妙妙似笑非笑道：「我對郡主的心意也不是一天、兩天了，郡主可是一直沒有答覆我呢。」

「妙妙姊，妳少來這套。」秦溧陽見楚妙妙一本正經的樣子，粉臉微熱道：「我除了敬妳是我表姊，還敬妳是個妙手回春的神醫，除了這些之外，我對妳就再無其他情愫。妙妙姊若是幫我給他下了情花蠱，讓他只愛我一個人，我是不會虧待妳的。」

之前楚妙妙也說過這樣的話，她一直當成是好姊妹之間的調侃來著，可如今看來，這個表姊竟然是來真的啊……

她的兄長秦東陽有斷袖之癖，她已經不能容忍，怎麼連她唯一的表姊也只喜歡女人呢？而且還是喜歡自己……秦溧陽想著，身上不禁起了一層雞皮疙瘩。

「溧陽，凡是被下了情花蠱的男人，最多只能活十年，他是不能跟妳白頭到老的。」楚妙妙翹著蘭花指，點了點她的眉心，巧笑倩兮道：「妳若是同意，我這就幫妳下。」

「十年？」秦溧陽震驚道。她只是想讓蕭景田愛上她，而不是要害了他。

「溧陽，這世上的事原本就是這樣，想得到多少，便要失去多少。」楚妙妙收斂笑容，冷冷道：「對於原本不屬於妳的男人，若想要強行得到，終究是不能長久的，這個道理妳必須懂。」

「他若是只能活十年，那我就算得到他，也很快就會失去他的……」秦溧陽一個勁兒地搖頭，黯然道：「不，我不要他那麼早死，我不要……」

「妳不願意殺他的媳婦，又不忍心給他用情花蠱，那我也無能為力了。」楚妙妙聳聳肩。「別忘了妳剛才說的話，妳說妳不會虧待我的。雖然妳我是姊妹，但有些事，還是得說清楚。」

「妙妙姊，妳放心，妳喜歡什麼樣的女人儘管跟我說，我不惜一切代價，也會幫妳找到的。」秦溧陽忙道：「等回了大周，我就派人安排此事。」

之前她雖然說過，她得不到的也不會讓別人得到。可如今，如果要讓蕭景田用性命來成全她這份感情，她終究狠不下心。

「好啊，這可是妳說的，我就幫妳徹底醫好他吧。」楚妙妙嬌聲道：「反正蕭將軍過些日子還得施針拔毒，我就先去妳那裡住一陣子，我要親自在你們京城挑選幾個可心的美人兒陪伴左右，也嘗嘗左擁右抱的滋味。若是我高興了，就在你們大周開個藥鋪什麼的玩一玩，反正有妳這個郡主罩著，我就什麼也不用操心了。」

「好。」秦溧陽硬是擠出一絲笑容，勉強應道，心裡卻是冷汗涔涔，她突然覺得好色的女人比好色的男人更可怕。

又休養了半個多月，蕭景田雖然臉色還是有些蒼白，但也能每天早起晨練了，這讓楚妙妙很驚訝。

這男人的體力還真不是一般好，若換了尋常人，至少得躺三、五個月才行。

「郡主、楚大夫，叨擾了一個多月，我也該告辭回家了。」蕭景田發覺自己的內力已恢復到足以自保，便直截了當地前來告別，鄭重道：「救命之恩，來日定當重謝。」

「蕭將軍，為了救你，我可是花了血本的。」楚妙妙冷冷打量蕭景田一眼，慢騰騰道：「十支百年老參，一株靈珠雪蓮，怎麼說也值十萬兩銀子，不知道蕭將軍打算什麼時候還？」

她是大夫，救命醫人是本分，但收取錢財也在情理之中。

「容楚大夫寬限幾個月，蕭某定會把銀子如數奉上。」蕭景田坦然道：「蕭某這就回去籌備銀子。」

「妙妙姊放心，我是不會虧待妳的。」秦溧陽見楚妙妙竟然開口跟蕭景田要銀子，尷尬道：「等我回了大周，自會還妳銀錢的。」

說著，又朝蕭景田嫣然一笑道：「二哥，銀子的事不用你操心，我來還。」

「此事不勞郡主費心，欠債還錢，天經地義，何況楚大夫對我還有救命之恩。這十萬兩銀子，我自會想辦法。」蕭景田轉身就往外走。

他不想欠誰的銀子，更不想欠誰的人情。而這個楚妙妙行事豁達，如此一來，他也不用欠她人情了，因為他深知人情比銀子更難還的道理。

秦溧陽既尷尬又難堪。

真是知人知面不知心，她怎麼從來都不知道楚妙妙如此薄情、如此貪財呢！

自從海亂結束後，官道和海路都疏通開來，麥穗的魚罐頭生意，也做得越來越紅火。

齊州府柳澄那邊每個月就加一千瓶的量，禹州城謝記那邊就不用說了，更是大手筆，接二連三派人告訴麥穗有多少要多少，來者不拒。

為此，大家很興奮，幹勁十足。

特別是添了小六子這個得力助手，新鮮的小黃花魚從來沒有斷過貨。

他跟牛五出海回來後，又去後院幫著做魚罐頭，隔個兩、三天就出去送一次貨，每天都忙忙碌碌的，日子過得倒也充實。

只是訂單越來越多，固定的人手卻只有四個，這讓麥穗有些著急。

梭子媳婦跟狗蛋媳婦還在家裡忙著曬海娃娃魚，暫時顧不上這邊，麥穗自然不好多說什麼。

好在孟氏是個勤快的，知道媳婦這邊人手不夠，便常常過來幫忙燒火添柴。有時候蕭宗海得空，也會過來幫忙包裝一下。只是老倆口惦記蕭景田，整天沈著一張臉，沒有一絲笑容，弄得牛五他們也不敢說笑。

後院常常是一點聲響也沒有。

蘇錚不知道是怎麼得知此事的，不聲不響地從總兵府的灶房裡，調了兩個侍衛過來幫麥穗做魚罐頭。這兩個侍衛是親兄弟，也是蘇錚從京城帶過來的心腹。

兄弟倆不怎麼說話，開口就笑，兩人做不來後院的活兒，便頂替小六子和牛五出海撈魚，而小六子和牛五則騰出手來幫忙後院的事，才算徹底解決了問題。

村人不知道兄弟倆的底細，只知道是小六子找來的幫手，再加上大家都忙著曬海娃娃魚，倒也顧不上議論旁人閒事。

日子不知不覺就到了七月中旬。

天氣越來越熱，雪桃園裡的桃花開得如火如荼，放眼望去，猶如一片粉色的花海。每當黃昏，魚嘴村的人便會結伴去鳳凰嶺看桃花，原本荒蕪已久的山崗，竟然成了炙手可熱的消遣勝地，這讓王大善人很不爽。

那塊地他的確租出去了不假，但那好歹是他家的地，那些土包子每天興高采烈地到他家的地賞花，難道不用給銀子嗎？

他越想越不是滋味，連聲吩咐下人備馬車，氣沖沖去找親家許知縣商量此事。

得知王大善人的來意，許知縣搖搖頭，圓滾滾的指頭有一下、沒一下地敲打桌面，嘆道：「親家，不是我不替你撐腰，而是蕭家今非昔比，咱們碰不得了。」

「蕭景田現在生死未卜，有什麼好碰不得的？」王大善人不以為然道。「以前我念及吳大人的面子，不跟蕭家作對，可是這面子賣得越大，他們就越猖狂。你信不信他們今年能種桃樹，明年就敢挖池塘養魚，我把那塊地租出去，還真後悔哪！」

早知道那塊地能種麥子，也能種活桃樹，打死他也不會租。

「咳咳，親家，你們可是白紙黑字簽了文書的，再鬧起來，你也討不到半點便宜。」許知縣皺眉道：「不瞞你說，現在的蕭家有總兵府照拂著，別說你了，就連我也輕易動不得。之前蕭景田揍了龍霸天的外甥，蕭家小娘子還搶了龍家的生意，人家不都忍下來了嗎？勸你一句，該忍則忍，忍過五年，把地一收不就完了嘛。」

「難道就由著他們騎在我脖子上拉屎？」王大善人黑著臉道。「我王某人從來沒受過這樣的氣。」

「忍忍吧！」許知縣笑了笑，端茶送客。

親家歸親家，他可不會因為這麼點小事，而得罪總兵府。別忘了，總兵府的趙庸趙將軍可是當今皇上的大舅子，連龍霸天都忌憚三分，他又不是吃飽了撐著，怎可能會跟皇上的大舅子過不去?!

王大善人憤憤地出了衙門，心裡暗罵許知縣是個欺軟怕硬的官。

他本來想直接去蕭家興師問罪，但又想到之前吃過的虧，便打消這個念頭。

「爹，咱們明、明著不敢找蕭家麻煩，可以、可以暗著來嘛！」王子揚提議道：「咱們找、找、找幾個人，去把、把那片桃樹林給砍、砍了，不就得了。咱們來個神不知、鬼不覺，他們又不、不知道是咱們幹的。」

雖說蕭家那個小娘子長得還不錯，他很喜歡，但那個蕭景田的確挺可恨的，上次還捉弄他，讓他當眾掉褲子。

那次的事一傳十、十傳百，很快傳遍整個金山鎮。現在他上街，都還有小娘子對他指指點點的，不用猜就知道她們肯定是在談論他的腿毛。

「對呀，我怎麼沒想到呢！」王大善人眼前一亮，當即拍案道：「好，我這就去找幾個人，等到了晚上，一定要把他們家的樹砍光了。」

「爹，此事就交、交、交給我好了。」王子揚拍拍胸脯保證道。

第八十三章　大難不死，必有後福

是夜。

桃林一角搭了個小小的帳篷，暗衛徐大正在裡面睡得香甜。既然他是扮成放蜂人，那麼放著這一大片桃林不來，也太沒天理了。

許是桃花香太過濃郁，連他的夢裡都是香甜的。等等，如此美好的夢境裡，那些亂入的腳步聲是怎麼回事？

他猛地睜開眼睛，掀開帳篷往外看，只見十幾個黑壓壓的身影已經到了桃林邊上，只聽一個結結巴巴的聲音道：「大家能砍、砍多少，就、就砍多少，砍多了，本少爺有、有、有重賞。」

「是。」眾人齊聲應道，紛紛挽起袖子，握著斧頭進了桃林。

徐大見他們要砍樹，拔起腰間的短劍就往外走。

可惡啊，說好的民風淳樸呢？怎麼這些人居然趁著天黑來砍人家的桃樹？

走沒幾步，他突然想到若是自己失手打死幾個，髒了這片桃林終究是不值的。想了想，他靈機一動，抓起白袍披在身上，又隨手抓了一把泥土，施展輕功躍上樹枝，捏著嗓子道：「爾等凡夫俗子，竟敢擅闖我桃林，擾我清夢，速速拿命來！」

說完，便把手裡的泥土揚手朝空中撒去。

眾人嚇了一大跳。循聲望去，只見半空中飄著一個白衣仙人，長髮飄飄，遮住大半張臉，空洞悠遠的聲音在四周迴響著。

速速拿命來……速速拿命來……

徐大本身內功了得，揚土的時候又用了力道，被打中的幾個人頓覺身上火辣辣地疼，嚇得扔下斧頭，撒腿就往外跑。沒被打中的那些人也嚇得不輕，抱頭鼠竄，嘴裡喃喃唸道：「大仙饒命、大仙饒命！」

一群人就這樣屁滾尿流地逃走了。

只剩下王子揚哆哆嗦嗦地站在原地，呆呆望著依然浮在半空中的仙人。

天啊，原來這世上真的有神仙！

徐大快氣死了。娘的，這廝再不走，他快撐不住了怎麼辦？想到這裡，他只得故技重施，捏著嗓子道：「你怎麼還不走？」

「大仙，您、您是男的，還、還、還是女的？」王子揚鬼使神差地問道。

「放肆，這也是你能問的嗎？」徐大訓斥道：「你記住了，若是再敢來叨擾本仙，本仙絕不輕饒，還不快滾！」

「滾、滾，我這就滾！」王子揚狼狽而逃。跑了一會兒，才發現自己褲襠濕漉漉的，他竟然被嚇到尿褲子了。

徐大這才從枝頭跳下來，鑽進帳篷裡繼續睡覺。若是這幫小畜生敢再來搗亂，他就不只是裝仙人那麼簡單了，非得好好收拾他們不可！

第二天一大早，徐大收了帳篷來到蕭家新宅，便將此事告訴小六子。這件事畢竟不是小事，得讓他們要保護的主人家知道，以防後患。

小六子又把此事繪聲繪影地告訴麥穗。「三嫂，徐大說領頭的那個人是個年輕公子，說話結結巴巴的，聽口音像是本地人。」

「我知道是誰了。」麥穗扶額道：「他是王大善人家的公子王子揚，自從上次咱們的麥子豐收後，他就老是跟咱們過不去。」

「三嫂，他們竟然敢帶著人過來砍樹，真是太氣人了！」小六子憤憤道。「他們分明是欺負我三哥不在家，故意乘機要陰咱們的，這事要是不解決，指不定他們什麼時候就對咱們家裡下手。這件事咱們不能忍，得去衙門告他們。」

「咱們沒有證據，怎麼去衙門告他們？」麥穗想了想，起身道：「我這就去一趟鎮上，我要親自問問那個王子揚，咱們家到底哪裡招惹他們了？」

王家一而再、再而三地鬧事、找事，到底是什麼意思？

「三嫂，我陪妳去。」小六子義憤填膺道。

麥穗點點頭，剛讓小六子牽來馬車，正要出門，卻驚訝地見王子揚探頭探腦地走進來。他見到麥穗，嬉皮笑臉道：「小娘子，我、我、我在妳家桃林裡看見仙、仙人了，原來這世上真的有仙人，一襲白、白、白衣，長髮飄飄，要多好看，就、就、就有多好看。」

小六子聞言，頓覺驚悚。他是在說徐大長得好看？

「王大公子，你大半夜的去我家桃林幹麼？」麥穗不認識徐大，也無意探討他的容貌美醜。

「嘿嘿，此事是、是個誤會，不提也罷。」王子揚一門心思都在大仙身上，嘿嘿笑道：「昨、昨晚大仙顯靈，在下深、深感榮幸，所以特意過來問問，妳這些桃樹都是、是、是從哪裡買來的？」

「齊州府的雪桃園。」麥穗如實答道。

「哪、哪家雪桃園？」王子揚急切地問道。

「齊州府就一家雪桃園，公子去了，一打聽就知道了。」麥穗又問道：「敢問王公子，咱們家到底是哪裡得罪你們？我可是聽說你打算帶人去砍咱們家的桃樹呢。」

「哪裡，沒、沒有的事。」王子揚大手一揮，乾脆來了個死不認帳。「我只是帶人路、路過，路過而已，不信你、你們去桃林看看，那些桃、桃樹都好好的，連花、花瓣也沒掉一片。」

「大半夜的帶著斧頭路過我家桃林？」麥穗淡淡道：「王大公子，希望以後咱們有事就在明面上說，暗地裡下黑手，那是小人所為，不是嗎？」

「是、是、是，小、小娘子說得對，小娘子說、說啥都是對的。」王子揚連連點頭，指著天發誓道：「昨晚真、真的是個誤會，誰騙妳、妳，誰、誰、誰是小狗。咱們王、王家也算是有頭有臉的人家，怎、怎麼會做如此缺德的事。」

「好，那我就暫且信你這一回。」麥穗不冷不熱道。「以後若是再發生這樣的事，咱們公堂上見。」跟他說話真的是一件很痛苦的事，她只想趕快結束兩人的談話。

「好，下、下不為例！」王子揚看了看麥穗，擠眉弄眼道：「我、我這就去找吳大人，讓他幫忙找、找到那個雪桃園，然後我、我也要種一片桃林，請大、大仙去我那裡住。」說完，他便火燒火燎地跳上馬車，揚長而去。

「三嫂，這事就算完了？」小六子懷疑自己聽錯，他還準備去跟王家理論呢！

「要不還能咋樣？」麥穗聳聳肩，目送馬車離去，盈盈地進了屋。

帳篷裡，暗衛們簡單地開了個會以後，覺得桃林那邊也應該列入保護圈內，便重新安排監視的範圍，讓大家在當值的時候，輪流去雪桃園走一圈。

而孟氏得知此事後，則是嚇得不輕，趕忙跑到新宅，拉著麥穗問道：「媳婦，妳說要是王家再對咱們下黑手，那可如何是好？要不然，咱們去找袁庭，讓他出面說個情如何？」

除了這個媳婦，她沒人可以商量了。蕭芸娘是個不中用的，跟蕭宗海說，那個老頭子也只會吼她。

「娘，您別擔心，咱們又沒做錯什麼，幹麼要找人說情呢？」麥穗向來不能理解婆婆的思維，好在這麼長時間以來，她也已經習慣，波瀾不驚地道：「這件事已經過去，您就別擔心了。」

「人家都要砍咱們的樹了，娘還能不擔心嗎？」孟氏嘆道：「景田到現在還下落不明，也不知道他怎麼樣了。前些日子，妳蘇姨媽去了一趟禹州城看妳三表姊，說是袁庭聽聞景田一事後，已經派人出去打聽景田的下落，可到現在出去打聽的人都還沒有回來呢！」見麥穗不語，她又道：「對了，差點忘了告訴妳，妳三表姊說她從禹州城找了一個會法術的老道長，說是要讓他領著咱們全家去海邊祭一祭海，祈求海神保佑景田，讓他早點回來。好歹是妳三表姊的一片心意，我和妳爹就答應了。」

「三表姊還真能折騰。」麥穗頓感無語，但公公、婆婆既然答應，她也不好說什麼，索性就依著他們吧。

「妳三表姊這麼做，也是為了景田好。」孟氏紅著眼圈道。

「娘，您放心，景田沒事的。等他的傷好全了，自然就會回來的。」麥穗說著，眸光卻跟著黯淡下來。

除了之前那個消息，她也不知道蕭景田現在身在何處。但她總有一種預感，他應該快回來了。

「聽妳這麼說，我就放心了。」孟氏吁了一口氣，又道：「不過，妳三表姊既然熱心地操辦了此事，咱們可得好好準備才是，橫豎不過是一些擺供用的饅頭和肉食之類的，也費不了幾個錢。」

麥穗點頭道「是」。

她連桃樹都栽了，幾個饅頭、肉食算什麼？

祭海那天一大早，蘇三果然帶著一個身穿道袍的老道長，早早地進了老宅。

蕭宗海和孟氏親自出門相迎，熱情地把老道長請到炕上，陪著笑臉伺候著。

早飯是按老道長要求準備的白麵饅頭和六碟菜，全是素菜。老道士狼吞虎嚥地吃完早飯，便領著眾人浩浩蕩蕩地去了海邊。

蕭福田和蕭貴田兩家人也都在，兄弟倆很虔誠地聽從那老道士指手畫腳地指揮著，讓他們去擺桌子、點蠟燭什麼的，他們都一一照辦。

沈氏和喬氏臉上則帶著幸災樂禍的笑容，心裡暗忖，這三表姊如此大張旗鼓地為蕭景田祈福，也不怕老三媳婦和那個袁庭吃醋……

不過麥穗還真不吃醋，不管怎麼說，多一個關心蕭景田的人總是好的，反正蕭景田又不喜歡蘇三。

像這樣的祭海其實很簡單，就是在海邊擺一張供桌，供桌上放著帶了紅點的饅頭和豬頭，桌角還綁著一隻活雞，正撲著翅膀，爪子一蹬一蹬地掙扎著。

那老道士繞著供桌轉三圈，嘴裡含糊不清地唸著什麼，唸了一番才盤腿坐下，然後從紙簍裡拿出一串事先準備好的金元寶焚燒起來。

一時間海邊青煙裊裊。

隨後，老道士又率先跪在供桌前，畢恭畢敬地磕了三個頭。

眾人也學著他的樣子，依次磕頭。

祭海結束。

「不出半個月，你家公子必回。」老道摸著鬍鬚道：「昨晚我夜觀星象，就知今日所祈之人，是大難不死、必有後福。」

「謝道長吉言。」蕭宗海感恩戴德地把事先準備好的碎銀塞到他手裡。

「好說、好說。」老道面露微笑，拈著鬍鬚，拍了拍蕭宗海的肩頭，朗聲道：「你就等著享福吧！」

蕭宗海開心得連聲道謝。

祭海儀式結束後，也快晌午了，一家人便簇擁著那老道長跟蘇三回家吃飯。

沈氏有身孕，因此沒去灶房幫忙，正心安理得地坐在院子裡織漁網。

灶房裡只有孟氏、喬氏跟蕭芸娘在忙碌地做飯，麥穗則拽了一把青菜坐在門口揀菜，如今她一聞到油煙味，不知怎的就犯噁心。

喬氏見兩個妯娌都不幫忙，心裡很不平衡，便慢騰騰地切著菜。

都一樣是媳婦，憑什麼讓她一個人幹這麼多活兒？有身孕就了不起嗎？她還給蕭家生下長孫呢！

還有老三媳婦，她為啥也不用進灶房幫著幹活？難道因為她會賺錢，就不用幫忙做飯？哼，都分家了，她就算賺再多錢，也跟他們沒有半點關係。

孟氏很無奈，卻又不好說什麼，只得讓蕭芸娘去找姜孟氏來幫忙。

姜孟氏向來爽快，不一會兒便帶著蘇二丫一塊兒，兩人嘻嘻哈哈地進門。

「知道你們家來了貴客，咱們婆媳倆過來蹭吃蹭喝了。」姜孟氏笑道：「二姑姑，您可別嫌棄咱們吃得多啊。」

蘇二丫掩嘴笑。她雖然一直在新宅那邊幫忙，但老宅這邊卻沒來過幾次，跟蕭家其他人也不是很熟，如今見屋裡有這麼多人，她頓覺羞澀。

她轉頭發現麥穗正坐在屋簷下揀菜，便趕緊提著裙襬走過去。「三舅媽，還是讓我來吧。」

「坐。」麥穗也不推辭，把手裡的籮筐遞給她。這是她剛剛從菜園裡摘的小油菜，反正道長是個吃素的，正好能湊個菜。

蘇二丫剛剛坐下，就見蘇三從屋裡走過來，她連忙起身打招呼。「姑姑。」她見到蘇三，就有一種天生的壓迫感，一時也不知該說什麼了。

「妳坐吧，跟著什麼人，就該幹什麼樣的活兒，我這雙手可不是用來揀菜的手。」蘇三低頭撫摸手上的金鑲玉戒指，故意嘆道：「要是不小心沾了泥污，弄髒我的戒指，袁庭會心疼的呢。」

「姑丈待姑姑真好。」蘇二丫附和道。

「那倒是，妳袁庭姑丈娶了妳姑姑這麼個嬌滴滴的美人，可不得好好供著。」沈氏看著她手上那枚金光閃閃的戒指，頓覺刺眼，卻故意幸災樂禍道：「若是伺候不好，跟別人跑了可怎麼辦？」

她心裡酸酸地想，看來袁庭還真捨得在蘇三身上花錢哪！蘇三雖然只是個妾，卻比她們這些正妻過得還要體面。

麥穗面無表情地繼續揀菜，她沒心思繼續這個無聊的話題。

「哎喲，三表姊，妳這戒指可真好看，在哪裡買的啊？」喬氏聽見這邊說的話，顛顛地跑過來湊熱鬧。「我長這麼大，還從來沒見過這麼好看的戒指呢，這得花多少銀子？」

「說起來也不貴，就二十兩銀子。」喬氏的話讓蘇三很受用，愈加得意道：「這是上次我跟袁庭去齊州府那個如意樓買的，我說不要，可袁庭非要買給我，說是身上沒點珠寶怎麼成？我拗不過他，這才讓他買了。」

「二十兩銀子！」喬氏驚訝道：「天啊，袁庭對妳可真好，像咱們怕是這輩子也買不起這樣的戒指了。」

「妳們也不需要戴戒指哪。」蘇三揶揄道：「妳們成天做粗活，擺弄魚蝦什麼的，這些金啊、玉啊的，妳們戴著也不方便。」

「這倒也是。」喬氏酸酸地道，一扭頭，目光冷不防瞧見麥穗手腕上泛著清亮光暈的翠綠色玉鐲，她吃了一驚，大呼小叫道：「哎呀，老三媳婦買鐲子了？」

「老三媳婦，妳啥時候買的鐲子？」沈氏一把抓過麥穗的手腕來看，兩眼放光道：「是綠松石做的嗎？」鎮上有賣綠松石手鐲，二十兩一對，她想要好久了，就是沒錢買。

「我也不知道是什麼材質，反正只是戴著玩的。」麥穗笑了笑，抽回手，把袖子往下拉了拉，蓋住玉鐲，繼續揀菜。

要不是為了蕭大叔，她哪裡捨得買這麼貴的鐲子。

蘇三卻把她那只玉鐲瞧了個仔細，她簡直不敢相信自己的眼睛，這玉鐲分明是如意樓裡那個鎮店之寶——綠貓眼玉鐲。

她喜歡這玉鐲喜歡得發狂，去看了好幾次，無奈卻買不起……

難不成麥穗現在已經這麼有錢了？

她的心裡兜兜轉轉一番，才清了清嗓子，故作隨意地問道：「麥穗，妳這玉鐲是從哪兒來的？」

「自然是買的。」麥穗大大方方地答道。

「這玉鐲我認得，正是齊州府如意樓的鎮店之寶──綠貓眼玉鐲，要價三百八十兩。妳說妳是買來的？」蘇三只覺得自己的心在滴血。因為那只玉鐲太貴，袁庭沒給她買，為此她還跟袁庭鬧了好幾天呢！

「我不知道是不是鎮店之寶，也不知道是不是綠貓眼，反正就是在齊州府的如意樓買的。」麥穗淡淡答道。

「三百八十兩！」沈氏和喬氏齊聲驚呼。

話說老三媳婦什麼時候這麼有錢了？她若是花三十八兩銀子給自己買玉鐲，她們還能接受，可剛才蘇三明明說是三百八十兩……

「嘿嘿，其實也沒這麼貴，三嫂這玉鐲只花了三百兩，是如意樓掌櫃的看在吳大人的面子上，要了個本錢而已。」牛五不知道女人之間的彎彎繞繞，正巧路過聽見，便停下腳步解釋道：「價錢雖然高了些，但聽說是真正的綠貓眼玉，也是值了。」

麥穗頓感無語。

牛五，你真是看熱鬧的不嫌事大啊！

果不其然，喬氏馬上大驚小怪道：「呵呵，怪不得，原來是吳大人送的啊。嘖嘖，這吳大人出手真大方，看來有個當了大官的老相好，就是能享福啊！」

「二嫂，妳哪隻耳朵聽見牛五說是吳大人送的？」麥穗白了喬氏一眼。「這鐲子是我讓牛五去買的，我花的是自己的銀子，跟吳大人沒有任何關係。」

「呵呵，自己的銀子?!」喬氏冷笑道：「想不到妳這魚罐頭還真賺錢，這麼短的時間，竟然賺了那麼多銀子。老三回來要是知道他媳婦這麼能幹，一定高興慘了。」

蘇三眼睜睜地看著自己心儀已久的玉鐲，在麥穗的手腕上晃來晃去，氣得簡直要抓狂。都怪袁庭那個小氣鬼，若是他肯給自己買下這只玉鐲，她又何苦在這裡受這樣的屈辱。

「當然，若是每批貨不賺個幾百兩，那還叫做生意嗎？」麥穗沒有理睬蘇三，更無意跟喬氏鬥嘴，端著揀好的菜就進了灶房。她一進去，聞到那股油煙味，胸口處馬上一陣翻騰，她放下菜就跑出來，蹲在地上一陣狂吐。

孟氏嚇得忙跟在後面問道：「哎呀，媳婦，妳怎麼了？」媳婦該不會是有了吧？她想想又覺得不大可能，老三不在家都快兩個月了，媳婦怎麼可能在這個時候有身子？

「沒事，我只是累了，先回去歇著。」麥穗擺擺手，臉色蒼白地回家，倒頭就睡。

也不知道怎麼了，她最近老是犯睏，渾身疲憊不堪，總有一種睡不飽的感覺。

第八十四章　他回來了

麥穗正睡得迷迷糊糊間，便聽見有人腳步匆匆地跑進來，接著蕭芸娘欣喜的聲音在耳邊響起。「三嫂，快起來，三哥回來了！」

「什麼？妳三哥回來了？」麥穗一骨碌地爬起來，欣喜無比道：「他現在在哪裡？」

「他正在老宅那邊跟爹、娘說話呢。」蕭芸娘興奮地道：「我一見三哥回來，就趕緊過來告訴妳了，好讓妳開心一下。」

麥穗急急地穿鞋下炕，眼淚一下子就流出來。她的蕭大叔終於回來了！

「三嫂，妳別著急。」蕭芸娘見她手忙腳亂的樣子，笑道：「放心，他跑不了的。」

「我這不是太高興了嘛。」麥穗擦擦眼淚，對著鏡子稍稍理了理微亂的頭髮，也顧不得換衣裳，便急匆匆地出了新宅，朝老宅跑去。

「三嫂，妳慢點。」蕭芸娘亦步亦趨地跟在後面。

蕭宗海坐在炕上，看著安然歸來的兒子，激動得老淚縱橫，連一句話也說不出來，只是不停擦眼淚。

孟氏更不用說，她拉著蕭景田的手，早已經泣不成聲。

蕭福田和蕭貴田兩家人坐在炕邊，沈默不語。老三回來就回來了，老倆口卻哭成這樣，讓他們也不知該怎麼勸了。

「景田回來是件天大的喜事，你們就別傷心了。」蘇三大大方方地盤腿坐在炕上，笑盈盈地望著蕭景田道：「景田，說說看，這些日子你都去了哪裡？」

蕭宗海和孟氏這才漸漸止住淚水，目不轉睛地看著蕭景田，他們的眼睛都不敢眨一下，生怕一眨眼，他就又不見了。

「這些日子我都在楚國養傷，沒有及時給爹、娘報信，讓爹、娘擔憂了。」蕭景田穿著一身嶄新的玄色直綴，整個人顯得穩重又貴氣，只是他的臉色稍稍有些蒼白，看得出來是一副大病初癒的模樣。

孟氏像個孩子般依偎在蕭景田身邊，抽泣道：「也不是沒人回來報信。你受傷那時候，你媳婦就找了幾個人一路護送你，前些日子有送回一個消息，說是你身上中的毒已經解了，並無大礙，咱們才算鬆了口氣，天天在家盼著你回來。你要是再不回來，我和你爹可就都要撐不下去了。景田，娘求求你，以後別再四處去了，就安安分分待在家裡種田、捕魚，好不好？」

「好！」蕭景田微微頷首，環視一圈屋裡的眾人，勉強笑道：「這些日子，讓你們跟著受累了。」

原來他在家裡，真的有個媳婦！但他怎麼連一點印象也沒有了？

蕭福田起身拍拍他的肩膀，笑道：「景田，別這麼說，你能夠平安回來就好。」

「景田，你剛回來，就好好歇著吧，咱們先走了，改天再來看你。」蕭貴田不想再看到他爹跟繼母哭哭啼啼的樣子，便心情複雜地領著眾人起身告辭。

他算是看出來了，他爹最心疼的還是老三。

兩家人浩浩蕩蕩地出了院子，剛走到大門口，就見麥穗迎面走來。

麥穗急匆匆地跟他們打了聲招呼後，就一路小跑步進了院子。

她進了屋，一眼就看見端坐在炕上的男人，欣喜道：「景田，你終於回來了，你的傷還好吧？」

「沒事了。」蕭景田淡淡地看了她一眼，見她一臉急切，眸底黯了黯，不動聲色地道：「讓妳擔心了。」

眼前這個清麗可人的小娘子，想必就是他的媳婦了吧？

感受到他的客套疏離，麥穗心裡一沈，只是當著這麼多人的面，她又不好說些什麼，只能壓下滿心疑惑，倚在炕邊坐下來，眼睛一眨也不眨地盯著他看。

他除了臉色有些蒼白外，其他地方並無異樣，看樣子，他身上的毒是真的解了。

「景田，我聽說是溧陽郡主救了你，你可得好好答謝人家哪！」蘇三一看到麥穗，就想起那只玉鐲，心裡恨得牙癢癢。她白了麥穗一眼，故意捏著帕子問道：「對了，景田，這外面都傳開來了，說溧陽郡主腹中的孩子是你的，到底是不是真的啊？」

哼，麥穗，我氣死妳！誰叫妳什麼都搶我的，搶了我的蕭景田不說，還搶了我心儀的鐲子！

麥穗對於蘇三的挑釁，一點反應也沒有。自從她進屋後，一門心思全都在蕭景田身上，蘇三說了什麼，她完全沒聽見。

蘇三見麥穗無動於衷的樣子，心中怒火燒得更旺了。

「不是。」蕭景田抬眼看了看蘇三，冷冷道：「那些道聽塗說的謠言，不可當真，我對郡主連半分情意都沒有。」

「好了、好了，不說這些了。」蕭宗海興奮道：「景田，爹又幫你把你的大船重新刷上一層桐油，保存得可好了，你隨時都可以出海。」

「爹，我這次回來，是打算先給你們報個平安，好讓你們放心。」蕭景田淡淡道：「從明天起，我就要去禹州城住一陣子，好好養傷，等我身上的傷完全好了，我再回來出海捕魚吧。」

他得想辦法儘快還清楚妙妙那十萬兩銀子，畢竟這不是筆小數目，他不想讓爹、娘替他擔心。

「景田，你的傷還沒有好全嗎？」麥穗心疼地看著他，若是爹、娘不在這裡，她早就撲進他懷裡痛痛快快哭一場了。

這些日子以來，她無時無刻不在擔心著他、思念著他，他要是再不回來，她都要崩潰了。

蕭景田的目光在麥穗身上落了落，不冷不熱地道：「為我解毒的楚大夫說，我體內還有些殘毒，需要緩緩地清除。」

「這樣也好，反正禹州城離家裡也近，你想什麼時候回來就什麼時候回來。」孟氏語氣輕鬆道：「景田，讓你媳婦陪著你一起去吧。」

想起秦溧陽，孟氏又長長嘆了一口氣。算了算，秦溧陽也快到生產的日子了，這可如何是好？

「不用，我會照顧好自己的。」蕭景田低頭抿了一口茶，沈吟道：「除了讓楚大夫施針，我還有別的事要做。待事情一了結，我就回來，你們不用擔心我。」

麥穗見他這樣說，心裡很不是滋味。

她總覺得眼前這個人不是她的蕭大叔，他對她的態度，怎麼一下子就冷下來呢？難道又聽說了些什麼？

想想又覺得不可能，她跟吳三郎那點陳穀子爛芝麻的事，他早就知道了，而且還不屑地說吳三郎壓根兒不配做他的對手。

「你們聊，我累了，要回屋歇息一下。」蕭景田起身下炕。

麥穗也跟著他走出去，她有太多的話想跟他說。

出人意料的是，蕭景田並沒有回新宅，而是進了老宅的南房。

「景田！」麥穗站在身後喊住他，淚水忍不住又湧上眼眶。「你忘了嗎？咱們已經搬到隔壁的新宅去了啊。」

落日餘暉柔柔地灑在男人年輕俊朗的臉上，還是當初她熟悉的眉眼，只是這眉眼間的冷淡和疏離，卻讓她感到陌生。

蕭景田怔了怔，緩緩道：「妳先回去，我今晚想歇在爹、娘這邊。」

「景田，你走了這麼久，就沒有什麼話要跟我說嗎？或是有什麼想要問我的？」麥穗快走幾步，拽住他的衣角，淚眼婆娑道：「你若是有什麼難言之隱，就告訴我，咱們一起來面對，好嗎？」

蕭景田停下腳步，沈聲道：「前些日子解毒的時候，我喪失了一段記憶，不記得妳了。有什麼事，咱們以後再說吧！」

「景田，你是說你不記得我了嗎？」麥穗簡直難以相信他說的話。

他記得他爹、娘，記得蕭家每個人，唯獨把她給忘了？

為什麼，他偏偏只忘記她一個人……

「也許過幾天就會想起來了。」蕭景田朝她歉然一笑，頭也不回地進了屋。

他不是逃避，也不是冷血無情，只是這些日子以來，每每到了深夜，他看似癒合完好的傷口便會奇癢難忍，他必須輾轉反側好一會兒才能平靜下來。而這件事，他不想讓任何人知道，包括她。

麥穗靜靜站在原地，望著屋裡亮起來的燭光，禁不住淚流滿面。

看樣子，他是真的不記得她了，否則，他怎麼捨得把她拒之門外……

蕭芸娘站在門口，把兩人說的話聽了個一清二楚。

見麥穗傷心欲絕的樣子，她連忙上前安慰道：「三嫂，三哥肯定只是暫時忘記妳了，等他的傷再好一些，說不定就想起來了。」

麥穗什麼也沒說，擦了擦眼淚，抬腳就往外走。雖然他忘了她，但終究是回來了，她應該高興才對。

蕭芸娘亦步亦趨地陪著她回了新宅，繼續安慰道：「三嫂，妳別難過了，三哥遲早會想起來的。他之前對妳那麼好，妳要相信他。」

「芸娘，妳去廂房睡吧，我要一個人靜一靜。」麥穗強忍著眼淚道：「妳放心，我沒事的，妳三哥能平安回來，比什麼都強，不是嗎？」

「那妳早點休息，以後我就都住在這裡陪著妳。」蕭芸娘小心翼翼地叮囑道。

「我知道了，妳快去睡吧。」麥穗點點頭，勉強笑道：「早點休息，妳明天還得幹活呢。」

「嗯。」蕭芸娘盈盈地走出去。

夜裡，麥穗躺在被窩中，思緒萬千。

他說他是在解毒的時候失了記憶，所以不記得她，那是不是等他完全康復後，記憶就會回來了呢？

想到這裡，麥穗迅速地擦乾眼淚。她安慰自己，只要他平安回來就好，大不了她跟蕭大叔再重新開始就是了。

她相信，他肯定會再次喜歡上她的，這點自信她還是有的。

想開了，心也就釋然，這一夜她倒也睡得安穩。

夢裡，蕭景田一進門就欣喜若狂地抱住她，旁若無人地吻著她，吻著、吻著，他便把她壓倒在炕上。

他依然那麼柔情似水，依然那麼剛勁有力，她沈迷在他炙熱的懷抱裡，覺得自己是世上最幸福的女人……

第八十五章 失憶

第二天醒來，想起這個夢，麥穗情不自禁地紅了臉。

天啊，她竟然作了這樣一個春夢。

這時，大門響了一聲，蕭景田信步走進來。

麥穗深呼吸了一下，施施然迎出去。

「我過來拿衣裳。」蕭景田嘴角彎了彎，語氣溫和又客套。「我今天開始會在禹州城住一陣子，家裡的事有勞妳了。」

他不知道該怎麼跟她相處，反正故作親熱，他是真的做不到。

「家裡的事，你不用擔心。」麥穗望著眼前這張朝思暮想的臉，觸及他眼下的烏青，知道他昨夜肯定沒睡好，也就沒再多說什麼。

她轉身回屋打開衣櫃，替他收拾衣裳。

景田，你知道嗎？我想你想得都快要瘋了……

「我來吧，妳不知道我想拿什麼衣裳。」蕭景田跟進來，不緊不慢地環視一眼這間臥房。屋裡收拾得很乾淨，家具也是他喜歡的風格，既然衣裳都擺在這裡，那他的確是在這裡生活過的。

自從他失去記憶以來，他心裡就堅持一個想法，那就是不要輕易相信別人所說的，只相信自己的判斷和感受。

所以，他覺得秦溧陽腹中的孩子，肯定不是他的。他不喜歡她，不可能跟她上床。

至於他的這個媳婦，他暫時還顧不上考慮他跟她之前的關係如何，就拿此時來說，他對她確實沒有任何感覺，就像是陌生人一樣。

「那好，你自己收拾吧。」麥穗點點頭，退到一邊，讓他自己收拾衣裳。

橙色的天光透過窗格，影影綽綽地透進來，讓屋裡有了些許溫暖的顏色。

看著他冷靜專注的側顏，麥穗頓時有些恍惚，彷彿又回到自己初嫁給他的那段時光。那個時候，他對她也是這樣愛理不理的。

想到兩人之前的點點滴滴，恩愛纏綿，麥穗心裡一陣甜蜜，她目不轉睛地看著眼前的男人，有口難言。

景田，你失去記憶不要緊，我會幫你慢慢找回來。即使找不回來也不要緊，我會對你加倍的好，讓你重新愛上我……

蕭景田有條不紊地收拾好衣裳，拿起包袱，對她笑了笑。「我走了。」

「景田，你要去禹州城，身上總得帶些銀子吧！」麥穗忙喊住他，把櫃子裡的木匣拿出來，打開放在炕上，淺笑道：「在外面不比家裡，手頭上沒有銀子可不行。」

「這些銀子妳留著用吧。」蕭景田想也不想地道：「不用擔心我，眼下我不需要銀子。」

他聽說她一直在家裡做魚罐頭維持家計，是個勤快的女人，不過那只是小本生意，怕是也賺不了多少錢，他蕭景田斷不會花她辛辛苦苦賺來的銀子。

待他的身子再好一些，他就會想辦法去賺錢還債。

麥穗知道蕭景田的性子，說不拿就一定不會拿，只得收起木匣，叮囑道：「這個月的初七是女兒節，鎮上會很熱鬧，娘之前就說了，今年最好全家一起去給芸娘討個彩頭，你若是有空就回來，說不定芸娘今年就會嫁出去了。」

「知道了。」蕭景田面無表情地點點頭，便沒再多說什麼。他直接去後院牽了馬，翻身上馬，揚長而去。

「景田走了？」孟氏走出來問道。

「嗯，走了。」麥穗心情複雜地點點頭。

他這次回來，雖然沒跟她說幾句話，但憑直覺，她覺得他肯定有事瞞著她，也瞞著所有人。

想必他在楚國的那段日子裡，除了失憶，還發生過其他事情吧？

「媳婦，景田昨晚怎麼沒有回新宅睡覺？」孟氏不解地問道。

麥穗覺得孟氏這個娘當得真糊塗，索性如實道：「景田說他自從解了毒，之前好多事都不記得，所以對我也沒什麼印象了。」

「啊？」孟氏大驚。「我就說他看上去怎麼怪怪的，敢情是不記得妳了呀。」

天啊，若這個兒子把她這個當娘的給忘記，那該如何是好？

「可能是因為藥物所致吧。等他好了，自然就會記起來了。」麥穗故作輕鬆地道。

「娘，我猜他只是失去一段記憶，而我恰好就在那段他失去的記憶裡罷了。」

「那妳就放寬心，別想太多了。」孟氏安慰道：「景田之前待妳是什麼樣的，妳自己最清楚，切不可因為他忘了妳，就對他發脾氣。他沒了記憶，本來就已經夠可憐的了。」說著、說著，孟氏擦了把眼淚，道：「如今他能平平安安回來，比什麼都好，妳千萬不要怪他。」

「娘，您放心，我不會怪他的。」麥穗點頭道。「他是病了，又不是真的忘了我，我哪裡會跟他計較？」

「好、好、好，妳能這樣想就好。」孟氏連連點頭。

而蕭宗海得知蕭景田失去記憶，不以為意道：「記不得就記不得了，只要人好好的就行。」反正他是覺得兒子沒什麼異樣，仍然跟以前一樣沈穩冷靜。

至於記憶什麼的，慢慢就能想起來，若真想不起來，那也無所謂啊，日子還不照樣得過。

「可是三哥他忘了三嫂，三嫂能不難過嗎？」蕭芸娘嘀咕道：「要是三哥不認得我，那我可就傷心透了。」

「傷心也沒用。」蕭宗海黑著臉道：「妳三哥就是不記得，妳還能把他咋地？他又不是故意的。」

孟氏只是嘆氣。

「如今景田也回來了，等過了女兒節，咱們就找個日子，把牛五跟芸娘的事情定下來吧。」蕭宗海看了看蕭芸娘，意味深長道：「人是妳自己選的，以後是苦是甜，別反悔就行。」

蕭芸娘羞澀地用手指絞著衣角，點點頭。

這幾個月以來，她跟牛五幾乎是天天在一起，她已經習慣他的存在，也習慣他對她的照顧。她對他早已日久生情，沒什麼反悔不反悔的，若是不能嫁給他，那才真的會讓她後悔呢？

孟氏也跟著點點頭。

牛五就牛五吧！閨女嫁在跟前，也不至於受什麼委屈。

金山鎮的女兒節不是每年都過，而是每逢閏年才過一次，故而家家戶戶都很重視這個節日。

特別是家裡有閨女的，一定會把閨女打扮得漂漂亮亮，然後由家裡的長輩帶著去廟裡上香磕頭，祈求能嫁個好婆家。

雖然蕭芸娘已經默許給牛五，但孟氏還是準備好多香燭，祈禱女兒日後能過得好。

這一日，麥穗還特地給蘇二丫他們放了一天假，讓他們去鎮上好好玩一玩。

蘇二丫吃過早飯，就跟在姜孟氏身後來來回回收拾著要去廟裡拜拜的東西，笑道：「還是三舅媽最好，就因為這個節日，還給咱們每人發了一兩銀子，說讓咱們買點好吃的，打打牙祭呢！」

「妳三舅媽不是個小氣的，待妳也不錯，妳可得好好幹活，回報她才是。」姜孟氏收拾好包袱，換了衣裳，鎖了門，這才領著蘇二丫去了老宅那邊。

「娘，妳說奇不奇怪，聽說三表舅的傷雖然無礙，但他卻不記得三舅媽了。」路上，蘇二丫小聲對姜孟氏道：「聽芸娘說，三舅媽表面上看不出什麼，其實挺傷心的。」

「還有這種事？」姜孟氏驚訝地道：「好端端的怎會不記得自己媳婦了呢？」

蕭景田對他這個媳婦，可是很寶貝的。連姜木魚都說，景田娶了媳婦後，就像變了個人似的，原本冷冰冰的臉上，也開始有了笑容，甚至偶爾還會跟他們說個笑話什麼的。

「誰曉得呢。」蘇二丫嘆道：「三舅媽那麼能幹，又那麼要強，若是三表舅真的不記得她，該如何是好？」

婆媳倆邊說邊進了老宅。

蕭福田和蕭貴田兩家人領著孩子，早早就過來老宅吃早飯，正有說有笑地坐在炕上聊天。

孟氏獨自在灶房裡忙碌，一大家子的早飯，讓她忙了一個早上。

姜孟氏最看不慣沈氏、喬氏這妯娌倆，寒暄了幾句，便抬腳去新宅看麥穗。

麥穗洗漱完畢，換了衣裳，正拿剪子修剪院子裡的綠植。

這些綠植都是蕭景田精心挑選的，她一直很用心照看著。

「老三真的不記得妳了？」姜孟氏開門見山問道。

「他是這樣說的。」麥穗勉強笑了笑，內心苦澀道：「我看得出來，他的確是不記得我了。」

「這個景田，以前待妳多好啊，怎麼說忘就忘了。」姜孟氏嘆了一聲，又道：「回頭我再跟他說說，以前他可是最疼妳的。」

「表姊，這真的不怪他，他是失憶，又不是不要我了。」麥穗把剪下的枝枝葉葉放到窗臺上，然後放下剪子，走到木盆前洗手，淡淡道：「我想他總有一天會想起來的，只要他現在好好的就行了。」

「唉，也就妳這沒心沒肺的想得開，要是我，得哭死。」姜孟氏拍拍她的肩頭，安慰道：「妳放心，他若是敢不想起妳來，我第一個就不答應，肯定饒不了他。」

麥穗只是笑。

「好了，咱們不說這些煩心事了。走，去鎮上逛逛，散散心去。」姜孟氏笑道：「我聽說妳給二丫他們每人發了一兩銀子的過節費，看來妳是真的賺到錢了，待會兒去鎮上，可要請咱們喝茶喔。」

「好，我請你們吃飯。」麥穗笑著鎖上門，跟姜孟氏一起去老宅。

老宅那邊正激烈地討論著要不要坐馬車去鎮上。男人們說走著去就行，妯娌倆卻執意要坐馬車去。

沈氏說她有身孕，走不了這麼長時間的路；喬氏說孩子們還小，也走不了遠路，嚷嚷著要坐大馬車。

牛五很為難，雖然他是蕭家的準女婿，但這樣的事他也不好多嘴。他在心裡嘀咕著，馬車可是三嫂家的，她們這樣喧賓奪主，也太不客氣了吧。

姜孟氏進了院子，見老大、老二兩家人不知道在討論什麼事，個個臉紅脖子粗的，像是要吵起來的樣子，便走上前不冷不熱地問道：「你們在說什麼呢？這麼熱鬧。」

「表姊，妳來得正好，妳說說，家裡明明有大馬車，他們兄弟倆非得走著去，這不是傻是什麼？」喬氏扭著腰肢，上前拉了拉姜孟氏的胳膊，撇嘴道：「這鎮上說遠不遠、說近不近，有三、四十里路呢。」

「如果我沒有記錯，這馬車是老三家的吧？」姜孟氏翻白眼道：「到底坐不坐馬車去，應該也是老三媳婦說了算吧？」

「就是啊，三嫂都還沒說什麼呢，妳們倒是先決定好了。」蕭芸娘頓覺兩位嫂子的不要臉程度，堪比天高。

「馬車當然是老三家的，可大家這不是正商量著嘛。」喬氏見姜孟氏和蕭芸娘這麼說，頓覺尷尬，訕訕地看了麥穗一眼，笑道：「三弟妹，妳別生氣，咱們就是覺得走路實在太辛苦，大家一起坐馬車，這不是挺好的嗎？」

「就是啊，三弟妹，咱們就坐馬車去吧，好不好？」沈氏也捧著肚子，討好道：「去鎮上還得走路逛著呢，這一天下來得多累啊。」

「那就坐馬車去吧。」麥穗淡淡道。

就算她們不說，她原本也打算坐馬車去的。來回幾十里路，說不累那是假的。

「好，我這就去駕車過來。」牛五這才鬆了口氣，眉開眼笑地跑出去。

馬車雖然挺寬敞的，但也坐不下這麼多人，男人們只得跟在後面走。

女人們坐在馬車裡，嘰嘰喳喳地說不停，無非說老三跟老三媳婦能幹，在這麼短的時間，不光蓋了大房子，還添了馬車，真是出人頭地了。

「這些還不算什麼，重要的是老三媳婦還在鎮上買地，要蓋大鋪子呢！」姜孟氏拍了拍麥穗的手，笑道：「這老三媳婦以後可是不得了，我想用不了幾年，就能趕上徐家和龍家了呢。」

「表姊，哪有妳說得那麼誇張。」許是馬車上人太多，麥穗只覺得胸口悶得慌，她抬手撩開車簾，懨懨地道：「我這只是小生意而已。」

「我說老三媳婦，如今老三都回來了，妳那鋪子是啥時候要蓋啊？」沈氏親熱地坐在麥穗身邊，笑咪咪地問道：「等妳蓋鋪子的時候，我讓妳大哥去幫忙。」

「對、對，妳二哥肯定也得去。」喬氏附和道。

「以後再說吧。」麥穗覺得這妯娌倆的態度怎麼和之前來了個一百八十度大轉彎，今兒個太陽是打西邊出來了嗎？

鎮上的商家早就把鋪子裡的貨物擺到店門口，再加上熙熙攘攘的人群，原本不寬的馬路變得更加擁擠，別說馬車，就連步行也走不快。

眾人只得下了馬車，跟著人群朝城隍廟的方向走去。

牛五則把馬車趕到一個小巷子裡調頭，去接跟在後頭的蕭宗海父子三人。

城隍廟前的空地上早就搭起戲臺，雖然還未開唱，卻已是鑼鼓聲陣陣，穿著各種戲服的花旦、小生在後臺咿咿呀呀地吊著嗓子，很是熱鬧。

城隍廟分了前、後兩個院子。前院供的是城隍爺，保佑升官發財、家宅平安。後院供的是城隍娘娘，護佑姻緣子嗣，也是女眷們上香的地方。後院又分了東西廂房，東廂房求姻緣，西廂房求子嗣。

孟氏領著蕭芸娘去了東廂房求姻緣。

麥穗則跟沈氏、喬氏，還有姜孟氏婆媳倆，去了西廂房祈求子嗣昌盛，家宅永順。

供桌上，香煙裊裊。

城隍娘娘慈眉善目地看著前來磕頭上香的芸芸眾生，嘴角微帶笑意。

待上了香，磕了頭，眾人才先後出了西廂房，卻見孟氏和蕭芸娘還沒從東廂房出來。

「妳們先去逛吧，我在這裡等娘和小姑。」麥穗站在後院門口的老槐樹下說道。她適才聞到檀香味，胸口又有些翻騰，現在連一步也不想走動。

唉，最近可能是身心疲憊的緣故，她的胃口一直不好。等哪天有空，她得去鎮上的藥鋪給大夫瞧一瞧。

「那好，咱們就約在這棵老槐樹下碰頭。」姜孟氏拽著蘇二丫，嬉笑著走了。

沈氏和喬氏也紛紛領著孩子，一頭栽進人群裡，很快便不見蹤影。

剩下麥穗一個人坐在老槐樹下，等著婆婆和小姑子。

一輛馬車緩緩停在廟前。

車簾被掀起，跳下一個身穿桃紅色衣裳的小丫鬟。那小丫鬟迅速從車上拿了一張矮凳放在車廂下，小心翼翼地把車上戴著紅色帷帽的女子扶下來。

麥穗認出那個小丫鬟正是秦溧陽的貼身丫鬟碧桃。

這麼說，那戴著帷帽的女子，肯定是秦溧陽了。只見她穿著寬鬆，根本看不出是個身懷六甲的女人。

剛巧孟氏和蕭芸娘從後院走出來，見到碧桃，就知道站在她身旁的一定是郡主了。

孟氏很驚喜，忙拽了蕭芸娘上前行禮。「郡主。」

蕭芸娘不喜歡秦溧陽，她有些不情願地上前微微屈膝。

「嬸娘，妹妹，快快請起。」秦溧陽伸手虛扶一下母女倆，摘下帷帽，笑道：「原本一回來就想著去探望嬸娘的，不想卻因身子不適給耽擱了，還望嬸娘別見怪。」

「怎麼會呢，郡主得多多保養身子才是。」孟氏心情複雜地瞄了一眼她藏在寬大衣襟下的小腹。之前蕭景田就說過好幾次，說郡主腹中的孩子不是他的，如今他失了記憶，也不知道他會如何看待郡主腹中的孩子。

碧桃笑盈盈地道：「老夫人，我家郡主猜到妳們今日肯定會來城隍廟參拜，特意在一品居定下酒席要招待妳們。待會兒等郡主上完香，咱們一起去。」

「好。」孟氏不好拒絕，只得答應。

碧桃見她答應，便行了一禮，然後攙扶著郡主去了西廂房。

「娘，您幹麼要答應啊？」蕭芸娘不滿地道：「您想想，若是她跟三嫂見了面，那該多尷尬哪！」

「人家郡主都開口了，咱們怎麼好拒絕人家。」孟氏嗔怪道。「娘當然不是為了貪她那一點吃的，娘就是想問問妳三哥的事，看看他怎麼會失憶的。」

「娘，那您問吧，反正我不去，我要去找三嫂她們了。」蕭芸娘提著裙襬就跑走了。

「這孩子……」孟氏搖搖頭，只得站在後院門口，耐心等著秦溧陽主僕二人出來。

麥穗站在樹後，把她們的對話聽得一清二楚，見婆婆真的等著秦溧陽出來，她頓時有些心灰意冷，便不聲不響地朝不遠處那些琳琅滿目的攤位走去。

——未完，待續，請看文創風622《將軍別鬧》4（完結篇）

2018年1月出版

獵獲美人心

文創風 600～601

「胎穿」為王府女兒，該是上輩子燒了好香吧？
看來老天爺對她的作弄還真是沒完沒了呢！

愛情是身子與心靈都化不開的蜜／十七月

侯遠山，高大健碩的俊朗男兒，身懷絕世武功卻隱身山村為獵戶；
沈葭，粉妝玉琢的絕世佳人，身世不凡卻險些命喪雪地狼爪下。
原以為，剋親剋妻的傳聞，會讓他此生注定孤身一人，
沒想到，雪地中救回的傾城美人，卻主動開口願委身於他！
拋開他無法坦白的過去，成親後的生活是美滿且饒富情趣的，
婚前一見她就結巴的夫君，婚後竟成了「撩妻」高手，
總是三言兩語就逗弄得她臉蛋羞紅、身子發熱、暈頭轉向，
在甜甜蜜蜜的小日子背後，他力守的一方幸福，真能固若金湯嗎？
一紙縣城的公告，昭示他們平靜的生活將起波瀾，
他為報救命之恩，冒死入京尋找失蹤師姊的下落，
她則因棲身之處曝了光，再次陷入王室紛擾，險些丟了性命。
經過一番波折，曾經渴望的生活伸手可及，但如今她竟毫不戀棧，
只求回歸平淡，與摯愛的夫君和孩子離開這是非之地，
然而，那始終惦念著她的人，真能就此放手嗎？

有勇有謀成事，相知相惜成雙／皓月

2018年1月出版

鎮家之寶

她一邊尋親，一邊招賢，
而這收編後的「丐幫」也不是省油的燈，助她蒐集情報又掙錢，
現在她不只養雞養鴨，竟還管起軍中棉衣來了？

文創風 602 1

雲水瑤身為堂堂名門閨秀，被人用一碗毒藥作踐，
如今重生歸來，又淪為被追殺的目標，還被迫與家人分離！
一個落難千金淪落農家，就算有才有謀也難以施展，
加上養母雖待她好，可養母的家人卻是一肚子壞水，
她一面要解決家裡的糟心事，一面要想法子賺錢，
好在她運氣不錯，地主家的兒子自己撞上門來，
還有個衣著普通、相貌與氣質卻不凡的江家少年出面幫襯，
怪的是，這位名為江子俊的少年好神秘，莫非是個不簡單的人物？

文創風 603 2

天地之大，雲水瑤一個女娃兒要找人無疑是紙上談兵，
幸虧上蒼賜給她得力小伙伴，一起尋親，努力「謀財」，
豈料當失散已久的親弟歸來，竟慘遭火吻，
母親與妹妹好不容易尋到當官的親爹，卻是過得水深火熱，
親爹還是個軟柿子，任由妾室爬上正位而不吭聲！
她在這頭焦頭爛額，那處的深宅大院同樣未有安寧，
一樁樁離奇事件接連發生在她們身上，讓她不禁懷疑，
對方究竟是要她們的命，還是覬覦藏在她身上的傳家寶……

文創風 604 3

說起這傳家寶，雲水瑤只能參透一半，
當初她大難不死、自家舅舅與江子俊的父母失蹤，興許皆與之有關，
只是她還未釐清來龍去脈，一場意外就打亂了她的計劃——
瘟疫橫行，民間一片亂象，她被迫提前與父親相認，回歸本家，
可如此勢必會撼動某些人的利益，因而再次伸出魔掌！
這場你來我往的暗鬥，她走得步步為營，
怎知對方一出招就放出對他們有利的線索，
隨著舅舅與江家父母的行蹤浮出水面，江子俊的真實身分也即將揭曉……

文創風 605 4 完

雲水瑤戰戰兢兢的蟄伏，只為等待真相水落石出的那天，
她以為的嫌疑犯其實只是小螺絲釘，而那幕後大魔王竟與皇室有關！
想她好不容易齊了家、收穫了愛情，難道現在還要協助皇上平天下 ?!
可糧價異常上漲、南北鄰國同時來犯，民生雪上加霜，
她無法棄之不顧，致力帶頭捐獻，
她在這頭忙得團團轉，江子俊在另一頭剿滅賊人，
兩人雖分隔兩地，不過她相信「國家和，萬事興」，
待一切風雨過後，終將見月明……

攜手度患難，並肩共白首／盼雨

2018年1月出版

神力小福妻

世道混亂，民不聊生。
她一個小孤女，如何才能生存？

文創風 596 1

辛湖穿越成了個小丫頭，孤身一人苦哈哈的在山洞中求生，
身無長物，唯有一身怪力能保障安全。
循著記憶尋找人煙，她意外的救下一對母子，
無奈那母親不久後便病逝了，餘下男孩——陳大郎與她同行。
誰知他雖年幼，卻莫名成熟，還一本正經向她求親？
她好笑地逗他幾句，就這樣糊裡糊塗談成了婚約。
這意外獲得的「小老公」，使她不再倉皇無措，
儘管未來渺茫，但她不再是孤身一人……

文創風 597 2

陳大郎重生了，但他差點兒比上輩了還短命，
還好一個怪力小丫頭出現，從惡徒手中救了他和母親。
然而母親敵不過病魔，他僅能與小丫頭——辛湖在亂世中結伴。
一路上兩人碰上了許多慘事，還救了幾個孩子，
或許是天佑好人，他們幸運地發現一個隱蔽的荒村。
有了遮風避雨的屋子，他心頭充滿希望，
就算世道艱難，他也會照顧好這輩子的「家人」！

文創風 598 3

辛湖笑著看顧在村內跑跳的孩童，
蘆葦村如今已不再荒蕪，還多了人煙，
村民平日種田打獵、相互幫助，日子溫飽且平安。
然而村中男丁採買油鹽時，卻遇到了朝中平亂勢力，
為了闖出名堂，男人們加入了軍隊，包括已是少年的陳大郎。
見他灑然離去，承擔重任的她心頭發堵，
但她明白，他不應受困淺灘，該在天空翱翔……

文創風 599 4 完

辛湖收到了陳大郎功成名就的消息，
歡喜他安全無恙之餘，卻難免憂慮當年的口頭婚約。
兒時生活艱苦，兩人皆以兄妹相稱，
這事只有他們彼此知道，就算不履行也無所謂。
況且兩人多年未見，只以書信往來，根本沒有愛情火花嘛～～
說不定……他在京城找到了意中人呢！
唉呀！這可不行，她得上京把這事弄清楚，
否則她等成了老姑娘，哪裡還有機會談戀愛？

流浪貓狗介紹所

為流浪貓狗加油 和貓寶貝 狗寶貝

廝守終生(一定要終生喔！)的幸福機會

對人來說，貓寶貝狗寶貝只是生活的一部分，但妳（你）對牠們來說，卻是生活的全部，領養前請一定要考慮清楚——

▲ 擁有多樣面貌的小少女　尤咕

性　　別：女生
品　　種：米克斯
年　　紀：2歲
個　　性：愛撒嬌，可又愛耍高冷；超愛玩耍，很愛演
特　　徵：粉紅小鼻子、可愛的白色眉毛
健康狀況：1. 已打過預防針。
　　　　　2. 一隻眼睛曾受過傷，已痊癒，但有留傷疤。
目前住所：高雄市

『尢咕』的故事：

在一個下大雨的夜裡，中途的朋友聽見了狗叫聲與幼貓細微的哭聲，於是上前察看，就見全身濕漉漉的尢咕縮在小縫隙裡，還被幾隻狗包圍，且畏怯地發抖著。後來，中途和朋友把牠給救出，並送到中途家裡照料。

本來中途以為，尢咕應該會害怕而不敢從紙箱出來，殊不知才進家門十幾分鐘後，尢咕竟然就大剌剌在家中探險了！之後，中途在和尢咕相處時也發現，尢咕只要碰到水和狗，就會變得很緊張，中途想，可能是因為牠之前有過不愉快的回憶。

尢咕是隻非常乖巧的小貓咪，有時喜歡賣賣萌，有時喜歡耍耍白目，但牠最喜歡做的事就是──在大人講話時喵喵叫！就像是牠也有不少「個貓」意見要表達，忍不住想插嘴一樣。

中途表示，尢咕對陌生人會有戒心，因此需要慢慢與牠培養感情，可是只要肯花時間陪牠玩耍、摸摸牠，讓牠熟悉了以後，就會無時無刻黏在你左右喔！如果您正在尋找乖巧又有趣的貓貓陪伴，歡迎來信ppac5427@gmail.com，或致電0953-688-950（陳小姐）。

認養資格：

1. 認養者須年滿20歲，有穩定經濟能力。
2. 須同意簽認養寵物切結書，並對貓有一定了解。
3. 會對待尢咕不離不棄。

來信請說明：

a. 個人基本資料：姓名、性別、年齡、家庭狀況、職業與經濟來源等。
b. 想認養尢咕的理由。
c. 過去養寵物的經驗，及簡介一下您的飼養環境。
d. 若未來有結婚、懷孕、出國或搬家等計劃，將如何安置尢咕？

文創風 621

將軍別鬧 3

國家圖書館出版品預行編目資料

將軍別鬧 / 果九著. --
初版. -- 臺北市 : 狗屋, 2018.03-
冊 ; 公分. -- (文創風)
ISBN 978-986-328-846-6 (第3冊 : 平裝). --

857.7 107000509

著作者	果九
編輯	江馥君
校對	黃薇霓　黃亭蓁
發行所	狗屋出版社有限公司
地址	台北市104中山區龍江路71巷15號1樓
電話	02-2776-5889～0
發行字號	局版台業字845號
法律顧問	蕭雄淋律師
總經銷	知遠文化事業有限公司
電話	02-2664-8800
初版	2018年4月
國際書碼	ISBN-13　978-986-328-846-6

本著作物由阿里巴巴文學信息技術有限公司授權出版

定價250元
狗屋劃撥帳號：19001626
網址：love.doghouse.com.tw　E-mail：love@doghouse.com.tw
版權所有・翻印必究　倘有倒裝、缺頁、污損請寄回調換